Kelly Keaton

Das Mädchen mit dem Silberhaar

Fürchte die Wahrheit

Ebenfalls von der Autorin im Arena Verlag erschienen:
Dein göttliches Herz versteinert

Kelly Keaton
liebt die Geschichten der Antike, Fantasy und Mythologie.
Sie träumt davon, eines Tages ihre magischen Fähigkeiten zu entdecken,
unsterblich zu werden, in einem tierhaarfreien Haus zu leben
und zur Königin von Mardi Gras gekrönt zu werden.
Außerdem mag sie präraffaelitische Kunst, Mondlicht, Schnee
und Rollenspiele. Kelly Keaton lebt mit ihrer Familie,
einer deutschen Dogge und zwei unglaublich haarigen Katzen
in North Carolina.

Kelly Keaton

Das Mädchen mit dem Silberhaar

Fürchte die Wahrheit

Aus dem Amerikanischen
von Bea Reiter

Arena

FSC
www.fsc.org
MIX
Papier aus verantwortungsvollen Quellen
FSC® C110508

1. Auflage als Sonderausgabe 2015

Dieses Buch ist erstmals unter dem Titel *Dein göttliches Herz entflammt*
in anderer Ausstattung 2013 beim Verlag erschienen.
Aus dem Amerikanischen von Bea Reiter
Umschlaggestaltung: Zeichenpool, München
Umschlagtypografie: KCS GmbH · Verlagsservice & Medienproduktion,
Stelle/Hamburg
Gesamtherstellung: Westermann Druck Zwickau GmbH
ISSN 0518-4002
ISBN 978-3-401-50803-0

www.arena-verlag.de
Mitreden unter forum.arena-verlag.de

Für Mary Keaton

Du hast immer meine kleine Hand genommen
und bist mit mir in den Wald gegangen,
wo du den Vorhang vor meiner Fantasie weggezogen
und mir viele wundersame Dinge gezeigt hast,
wo Feen wohnten, Geister tanzten,
und Elfen sich vor Kobolden versteckten.
Der Vorhang hat sich nie wieder geschlossen.
Ich wünschte, du wärst hier und könntest es sehen.

Eins

Mein rechtes Knie hüpfte wie ein außer Kontrolle geratener Presslufthammer unter dem Kantinentisch auf und ab. Adrenalin schoss mir in Arme und Beine und am liebsten wäre ich hinausgerannt und hätte Rocquemore House sofort wieder vergessen.

Tief durchatmen.

Wenn ich mich jetzt nicht wieder einkriegte und runterkam, würde ich anfangen zu hyperventilieren und mich komplett zum Affen machen. Was keine gute Idee war, vor allem weil ich gerade in einer Irrenanstalt saß, in der bestimmt noch ein paar Zimmer frei waren.

»Miss Selkirk, sind Sie sich sicher?«

»Sagen Sie einfach Ari zu mir. Und ja, Dr. Giroux, ich bin mir sicher.« Ich nickte dem Mann, der mir gegenübersaß, aufmunternd zu. »Ich habe den weiten Weg nicht gemacht, um jetzt aufzugeben. Ich will es wissen.« Eigentlich wollte ich das Ganze nur so schnell wie möglich hinter mich bringen und etwas – *irgendetwas* – mit meinen Händen machen. Stattdessen legte ich sie flach auf die Tischplatte. Ganz ruhig. Ganz gefasst.

Den schmalen, von der Sonne spröden Lippen des Arztes entwich ein leiser Seufzer, während er mich mit seinem Tut-mir-leid-Schätzchen-du-hast-es-so-gewollt-Blick anstarrte. Er schlug die Akte in seiner Hand auf und räusperte sich. »Ich habe damals noch nicht hier gearbeitet, aber wir wollen mal sehen…« Er blätterte ein paar Seiten um. »Nachdem Ihre Mutter Sie in die Obhut des Jugendamtes gegeben hatte, verbrachte sie den Rest ihres Lebens hier in Rocquemore.« Seine Finger spielten mit der Akte. »Sie hat sich selbst eingewiesen«, fuhr er fort. »Sie war sechs Monate und achtzehn Tage hier. Und am Abend vor ihrem einundzwanzigsten Geburtstag hat sie Selbstmord begangen.«

Plötzlich hatte ich einen dicken Kloß im Hals.

Verdammt. *Damit* hatte ich nicht gerechnet.

Mein Verstand setzte aus. Mit einem Mal waren all meine zurechtgelegten Fragen weg.

Im Laufe der Jahre war ich jeden nur möglichen Grund durchgegangen, der meine Mutter bewogen hatte, mich wegzugeben. Dabei war mir auch der Gedanke gekommen, dass sie irgendwann in den letzten dreizehn Jahren gestorben sein könnte. Aber Selbstmord? *Tja, du Blitzmerkerin, auf die Idee bist du nicht gekommen.* Ich fluchte innerlich und am liebsten hätte ich meine Stirn auf die Tischplatte geknallt – vielleicht hätte ich es dann verstanden.

Kurz nach meinem vierten Geburtstag hatte man mich in die Obhut des Staates Louisiana gegeben und nur sechs Monate später war meine Mutter gestorben. All die Jahre hatte ich an sie gedacht, hatte mich gefragt, wie sie aussah, was sie tat, ob sie wohl an das kleine Mädchen dachte, das sie zurückgelassen hatte, und dabei hatte sie die ganze Zeit über zwei Meter unter der Erde gelegen und rein gar nichts *getan* oder *gedacht*.

In meiner Brust bildete sich ein Schrei, der mir nicht über die Lippen kommen wollte. Ich starrte auf meine Hände, auf meine kurzen, schwarz lackierten Fingernägel, die auf der weiß beschichteten Tischplatte wie glänzende Käfer aussahen. Es fehlte nicht viel und ich hätte meine Finger in den Tisch gekrallt, um zu spüren, wie die Haut unter den Nägeln einriss, um nichts anderes zu spüren als die Trauer, die in mir brannte wie ein loderndes Feuer, doch ich widerstand meinem Verlangen.

»Verstehe«, sagte ich, während ich in Gedanken meine Strategie änderte. »Und was genau war mit ihr los?« Die Frage lag wie Blei in meinem Mund, mein Gesicht glühte. Ich zog meine schweißnassen Hände zurück und rieb sie unter dem Tisch an meiner Jeans.

»Schizophrenie. Wahnvorstellungen – genauer gesagt, *eine* Wahnvorstellung.«

»Nur eine?«

Er schlug wieder die Akte auf und tat so, als würde er lesen. Der Typ war unglaublich nervös und schien es mir nicht sagen zu wollen – ich konnte ihn sehr gut verstehen. Mit Sicherheit gibt es Angenehmeres, als einem jungen Mädchen ins Gesicht zu sagen, seine Mutter sei so durchgeknallt gewesen, dass sie sich selbst um die Ecke gebracht habe.

Auf den Wangen des Arztes leuchteten hektische rote Flecken auf. »Hier steht« – er musste schlucken – »dass es Schlangen gewesen sind ... Sie behauptete, Schlangen würden versuchen, aus ihrem Kopf zu kriechen, sie könnte spüren, wie sie unter ihrer Kopfhaut wuchsen und sich bewegten. Sie hat sich mehrmals den Kopf blutig gekratzt und versucht, die Schlangen herauszuschneiden; mit einem Buttermesser, das sie in der Kantine gestohlen hatte. Egal, was die Ärzte auch versuchten, egal, was für Medikamente sie ihr gaben, nichts konnte sie davon überzeugen, dass sie sich das alles nur einbildete.«

Bei der Vorstellung lief es mir eiskalt den Rücken hinunter. Ich *hasste* Schlangen.

Dr. Giroux schlug die Akte zu und beeilte sich, mir wenigstens ein Mindestmaß an Trost zu spenden. »Sie sollten bedenken, dass damals viele Menschen unter posttraumatischem Stress litten… Sie waren damals noch zu jung, als dass sie sich erinnern könnten, aber…«

»Ich kann mich noch an einiges erinnern.« Wie könnte ich das je vergessen? Die Flucht mit Hunderttausenden von Menschen, als zwei aufeinanderfolgende Hurrikans der Kategorie 4 New Orleans und die gesamte Südhälfte von Louisiana zerstört hatten. Niemand war darauf vorbereitet gewesen. Und niemand war zurückgekehrt. Selbst heute, dreizehn Jahre später, wagte sich kein vernünftiger Mensch hinter den Wall.

Der Arzt lächelte mich mitfühlend an. »Dann brauche ich Ihnen ja nicht zu erklären, warum Ihre Mutter zu uns kam.«

»Nein.«

»Es gab so viele Fälle.« Er starrte bedrückt vor sich hin und ich fragte mich, ob seine Worte überhaupt noch an mich gerichtet waren. »Psychosen, die Angst vorm Ertrinken, der Tod von Angehörigen, den man mit ansehen musste. Und die Schlangen. Die Schlangen, die vom Hochwasser aus den Sümpfen ins Landesinnere geschwemmt wurden… Ihre Mutter hat vermutlich etwas Schreckliches erlebt und das hat dann ihre Wahnvorstellung ausgelöst.«

Wie bei einer Diaschau schossen mir Bilder der Hurrikans und ihrer Folgen durch den Kopf, Bilder, die ich schon fast verdrängt hatte. Ich sprang auf. Ich brauchte frische Luft, ich musste sofort hier raus, raus aus diesem verdammten Haus, das von gruseligen Sümpfen und knorrigen alten Bäumen mit herabhängenden Flechten umzingelt war. Ich wollte mich wie eine Wahnsinnige schütteln, um die Bilder loszuwerden, die mir über die Haut krochen. Stattdessen zwang ich mich, stehen zu bleiben. Ich holte tief Luft, zog den Saum meines schwarzen T-Shirts herunter und räusperte mich. »Danke, dass Sie so spät noch mit mir gesprochen haben. Ich glaube, ich mache mich jetzt besser auf den Weg.«

Langsam drehte ich mich um und ging auf die Tür zu, obwohl ich gar nicht wusste, wohin ich wollte oder was ich als Nächstes tun würde. Ich wusste nur, dass ich einen Fuß vor den anderen setzen musste, um endlich von hier wegzukommen.

»Und ihre Sachen wollen Sie nicht haben?«, fragte Dr. Giroux. Abrupt blieb ich stehen. »Von Rechts wegen gehören sie jetzt Ihnen.« Mein Magen krampfte sich schmerzhaft zusammen, als ich mich umdrehte. »Ich glaube, in der Abstellkammer ist ein Karton mit ihren persönlichen Sachen. Ich werde ihn holen. Setzen Sie sich doch noch einen Moment.« Er deutete auf die Bank. »Es wird nicht lange dauern.«

Bank. Hinsetzen. *Gute Idee.* Ich ließ mich auf die Bank fallen. Dann stützte ich die Ellbogen auf die Knie, drehte die Fußspitzen nach innen und starrte so lange auf das V zwischen meinen Füßen, bis Dr. Giroux mit einem ausgeblichenen braunen Schuhkarton wiederkam.

Ich war überrascht – und ein bisschen enttäuscht –, wie leicht der Karton war. »Danke. Oh, noch etwas... Ist das Grab meiner Mutter hier in der Nähe?«

»Nein. Sie wurde in Griechenland begraben.«

Ich starrte ihn ungläubig an. »In Griechenland? Sie meinen doch nicht etwa Griechenland in Europa?«

Dr. Giroux lächelte, steckte die Hände in die Taschen und

wippte von den Zehen auf die Fersen. »Doch. Griechenland in Europa. Jemand aus der Familie hat sich um die Beerdigung gekümmert. Wie gesagt, ich habe damals noch nicht hier gearbeitet, aber vielleicht können Sie mehr herausfinden, wenn Sie sich mit dem Bestattungsinstitut in Verbindung setzen. Dort kann man Ihnen sicher sagen, wer die Papiere unterschrieben hat.«

Familie.

Dieses Wort war mir so fremd, dass ich nicht sicher war, ob ich Dr. Giroux richtig verstanden hatte. Familie. Hoffnung stieg in mir auf und plötzlich ergriff mich ein seltsames Gefühl. Aus irgendeinem Grund musste ich auf einmal an einen Disneyfilm mit putzigen Vögelchen und singenden Streifenhörnchen denken.

Nein. Dafür ist es noch zu früh. Eins nach dem anderen.

Ich starrte den Schuhkarton an und unterdrückte die aufkeimende Hoffnung in meinem Inneren – ich war schon so oft enttäuscht worden, dass ich mir dieses Gefühl gar nicht erst erlauben wollte. Dann ergriff mich die Neugierde, was ich an diesem Abend wohl noch so alles herausfinden würde.

»Auf Wiedersehen, Miss Selkirk. Alles Gute.«

Ich blieb kurz stehen. Bevor ich das heruntergekommene Herrenhaus durch die hohe Doppeltür verließ, beobachtete ich noch, wie der Arzt in Richtung einiger Patienten steuerte, die in der Nähe des Erkerfensters saßen. Jeder Schritt, den ich von der psychiatrischen Klinik zu meinem Auto ging, führte mich weiter in meine Vergangenheit zurück. Der Leidensweg meiner Mutter. Mein Leben unter der Vormundschaft des Staates Louisiana. Ich war die Tochter einer alleinerziehenden Teenagermutter, die sich umgebracht hatte.

Toll. Echt toll.

Die Sohlen meiner Stiefel knirschten auf dem Kies und übertönten das unaufhörliche Zirpen der Grillen und Heuschrecken, das gelegentliche Plätschern im Wasser und das laute Quaken der Ochsenfrösche. Im Rest des Landes herrschte gerade Winter, doch im tiefen Süden war der Januar warm und feucht. Ich drückte den Schuhkarton fester an mich und versuchte, an den von Spanischem Moos überwucherten Eichen und Zypressen vorbei bis zu den dunklen Schatten um den morastigen Teich zu sehen. Doch eine Wand aus Schwärze hinderte mich daran, eine Wand, die – ich musste blinzeln – zu schwanken schien.

Doch es waren nur die Tränen, die mir in die Augen schossen.

Ich bekam kaum noch Luft. Damit hatte ich nicht gerechnet, nicht damit, nicht mit diesem ... *Schmerz*. Ich hatte nicht damit gerechnet, dass ich herausfinden würde, was aus ihr geworden war. Nachdem ich mir die Tränen aus den Augen gewischt hatte, stellte ich den Schuhkarton auf den Beifahrersitz des Autos und fuhr über die gefährlich schmale und kurvenreiche Straße nach Covington, Louisiana, ein Ort, der zumindest ansatzweise an Zivilisation erinnerte.

Covington lag kurz vor dem Wall, der Grenze zwischen dem Land der Verdammten und dem Rest des Landes; eine kleine Grenzstadt mit einem *Holiday Inn Express*.

In meinem Hotelzimmer angekommen, stellte ich den Schuhkarton aufs Bett. Dann schlüpfte ich aus meinen Stiefeln, zog meine alte Jeans aus und zerrte das T-Shirt über meinen Kopf. Ich hatte am Morgen geduscht, doch der Besuch in der Irrenanstalt hatte seine Spuren hinterlassen. Die bedrückende Atmosphäre und die klebrige Feuchtigkeit Louisianas, die sich auf meine Haut gelegt hatte, musste ich abwaschen.

Im Bad stellte ich die Dusche an und knüpfte das schmale schwarze Band um meinen Hals auf, mein Lieblingsamulett hing daran, ein Halbmond aus Platin. Der Halbmond war für mich schon immer der schönste unter den Himmelskörpern gewesen, vor allem wenn er in einer kalten, klaren Nacht von funkelnden Sternen umgeben war. Er faszinierte mich so sehr, dass ich mir einen winzigen schwarzen Halbmond unter den rechten Augenwinkel hatte tätowieren lassen, am höchsten Punkt des Wangenknochens. Ein vorgezogenes Geschenk zu meinem Highschool-Abschluss, von mir selbst. Das Tattoo erinnerte mich an meine Herkunft, an meinen Geburtsort. Die Halbmondstadt. New Orleans.

Doch dieser Name war Vergangenheit. Jetzt hieß sie New 2 und war eine bröckelnde, verlorene Stadt, die dem Hochwasser getrotzt hatte. Eine Stadt in Privatbesitz, ein Leuchtturm in der Nacht, ein Zufluchtsort für Außenseiter der Gesellschaft und alle möglichen Spukgestalten, die im Schutz der Dunkelheit ihr Unwesen trieben. Jedenfalls wurde das behauptet.

Während ich in meiner schwarzen Unterwäsche vor dem großen Spiegel stand, beugte ich mich vor und berührte den kleinen schwarzen Mond unter meinem Auge. Ich musste an meine Mutter denken, die ich nie richtig gekannt hatte, meine Mutter, deren Augen vielleicht genauso türkis gewesen waren wie jene, die mich jetzt aus dem Spiegel anstarrten, deren Haare vielleicht genauso ausgesehen hatten wie meine ...

Ich seufzte, richtete mich auf und griff nach hinten, um den festen Haarknoten in meinem Nacken zu lösen.

Unnatürlich. Krank. Total scheiße.

Diese und noch andere Ausdrücke hatte ich benutzt, um die dicken Strähnen zu beschreiben, die sich jetzt entrollten und hinter meinen Schultern bis zu meiner Taille fielen. Mittelscheitel. Eine Länge. So hell, dass es im Mondlicht wie Silber wirkte. Mein Haar. Der Fluch meines Lebens. Voll. Glänzend. Und so glatt, dass alle dachten, eine ganze Horde von Stylisten mit Glätteisen hätte Überstunden eingelegt, um es so aussehen zu lassen. Aber es war alles Natur.

Nein. Es war wider die Natur.

Erneut kam ein müder Seufzer über meine Lippen. Ich hatte schon vor langer Zeit kapituliert.

Als mir mit etwa sieben Jahren klar geworden war, dass meine Haare bei einigen der Pflegeväter und Jungen die *falsche* Art von Aufmerksamkeit erregten, hatte ich alles versucht, um sie loszuwerden. Ich hatte sie kurz geschnitten. Gefärbt. Abrasiert. In der siebten Klasse hatte ich sogar einmal Salzsäure aus dem Chemielabor mitgehen lassen, zu Hause ins Waschbecken gekippt und meine Haare in die Lösung getaucht. Die Haare wurden weggeätzt, doch ein paar Tage später hatten sie wieder die gleiche Länge, die gleiche Farbe, es war alles genau gleich. So wie immer.

Und deshalb versteckte ich meine Haare inzwischen, so gut es ging, mit Knoten, Zöpfen, Mützen. Außerdem trug ich grundsätzlich Schwarz und hatte so viel Selbstbewusstsein entwickelt, dass die meisten Typen ein Nein, das sie von mir zu hören bekamen, auch akzeptierten. Und wenn nicht, tja, auch damit konnte ich inzwischen umgehen. Meine aktuellen Pflegeeltern, Bruce und Casey Sanderson, besaßen eine Kautionsagentur, was bedeutete, dass sie für Leute, die vor Gericht standen, die Kaution stellten, damit diese bis zu ihrer Verhandlung nicht im Gefängnis sitzen mussten. Und wenn jemand nicht zu seinem Termin beim Richter erschien, jagten wir ihm nach und übergaben ihn der Polizei, damit die Kaution nicht flöten ging. Dank Bruce und Casey konnte ich mit sechs verschiedenen Schusswaffen umgehen, einen hundert Kilo schweren Mistkerl innerhalb von drei Sekunden zu Boden werfen und mit einer auf den Rücken gebundenen Hand einem Straftäter Handschellen anlegen.

Bei den Sandersons lief so etwas unter »Freizeitgestaltung«.

Mein Abbild lächelte mich aus dem beschlagenen Spiegel an. Bruce und Casey waren schwer in Ordnung. Das ging so weit, dass sie einer Siebzehnjährigen die Schlüssel zum Familienauto in die Hand drückten und sie nicht daran hinderten, sich auf die Suche nach ihrer Vergangenheit zu machen. Casey war selbst bei Pflegeeltern aufgewachsen und hatte Verständnis dafür, dass ich wissen wollte, woher ich kam. Und sie begriff, dass ich das alleine machen musste. Wären die Sandersons von Anfang an meine Pflegeeltern gewesen, alles wäre anders gekommen. Ich schnaubte verächtlich durch die Nase. Ja, wenn das Wörtchen wenn nicht wäre...

Im Bad breitete sich Wasserdampf aus. Mir war klar, was ich gerade tat. Klassisches Ausweichverhalten. Ganz typisch für die liebe Ari. Wenn ich nicht unter die Dusche ging, brauchte ich auch nicht das Bad zu verlassen, meinen Pyjama anzuziehen und diesen verdammten Schuhkarton zu öffnen. »Jetzt bring's endlich hinter dich, du Schisser.« Ich zog meine Unterwäsche aus.

Dreißig Minuten später sahen meine Finger schrumpelig wie eine Schildkröte aus und im Bad hatte sich so viel Wasserdampf ausgebreitet, dass ich kaum noch atmen konnte. Ich trocknete mich ab, zog meine karierten Boxershorts und ein dünnes Baumwolltop an. Nachdem ich meine nassen Haare zu einem Knoten zusammengebunden und ein Paar Wollsocken über meine ständig kalten Füße gezogen hatte, setzte ich mich im Schneidersitz auf das Kingsize-Bett.

Der Schuhkarton stand direkt vor mir. Er sah ganz harmlos aus.

Ich kniff die Augen zusammen. Auf meinen Armen und Oberschenkeln bildete sich eine Gänsehaut. Mein Puls schoss in die Höhe, was ich merkte, als mein Brustkorb sich schmerzhaft zusammenzog.

Jetzt stell dich doch nicht so an!

Es war doch nur eine blöde Schuhschachtel. Nur meine Vergangenheit.

Ich setzte mich bequemer hin. Dann hob ich den Deckel und zog den Karton ein Stück zu mir. Als ich einen Blick hineinwarf, fand ich ein paar Briefe und zwei kleine Schmuckschatullen.

Der Schuhkarton enthielt so wenig, dass er unmöglich über ein ganzes Leben Auskunft geben konnte. Ich war mir sicher, dass er mehr Fragen aufwerfen als beantworten würde, aber das war ich von meiner Suche ja schon gewohnt. Entmutigt griff ich hinein und holte den schlichten weißen Umschlag heraus, der ganz oben auf dem Stapel lag. Als ich ihn umdrehte, sah ich, dass jemand mit blauer Tinte meinen Namen daraufgeschrieben hatte.

Aristanae.

Ich war so überrascht, dass ich für einen Moment zu atmen vergaß. *Ach du Scheiße.* Meine Mutter hatte mir einen Brief hinterlassen.

Es dauerte eine Weile, bis ich es begriffen hatte. Mit zitternden Fingern fuhr ich über die geschwungenen Buchstaben, dann öffnete ich den Umschlag und faltete den Brief auseinander. Es war nur ein Blatt Papier, herausgerissen aus einem Notizblock.

Meine liebste kleine Ari,

wenn Du diesen Brief liest, weiß ich, dass Du mich gefunden hast. Ich habe gehofft und gebetet, dass es Dir nicht gelingen wird. Es tut mir so leid, dass ich Dich einfach im Stich gelassen habe. Ich weiß, dass das wie eine lahme Entschuldigung klingt, aber ich hatte keine andere Wahl. Du wirst bald verstehen, warum, und auch deshalb tut es mir leid. Ich gehe davon aus, dass Du diesen Schuhkarton von den Leuten in Rocquemore hast, und deshalb musst Du jetzt fliehen. Halte Dich von New Orleans fern und auch von jenen, die Dich erkennen könnten. Ich wünschte, ich könnte Dich retten. Mir bricht es das Herz zu wissen, dass Dir das Gleiche bevorsteht wie mir. Ari, ich habe Dich so lieb. Und es tut mir leid. Alles. Ich bin nicht verrückt. Vertrau mir. Und bitte, mein Kleines, LAUF WEG!

Mom

Entsetzt sprang ich vom Bett und ließ den Brief fallen, als wäre er aus heißem Eisen. »Was zum Teufel soll das?«

Mein Herz klopfte wie wild vor Angst und die feinen Härchen auf meiner Haut richteten sich auf, als stünden sie unter

Strom. Ich ging zum Fenster und spähte durch die Jalousie nach unten zu meinem Wagen, den ich auf dem Parkplatz hinter dem Hotel abgestellt hatte.

Es war nichts Ungewöhnliches zu sehen. Ich rieb über die Gänsehaut an meinen Armen und ging im Zimmer auf und ab. Nervös knabberte ich am Nagel meines kleinen Fingers.

Ich starrte wieder auf den Brief mit den kleinen, geschwungenen Buchstaben. *Ich bin nicht verrückt. Vertrau mir. Und bitte, mein Kleines…*

Mein Kleines. Mein Kleines.

Ich konnte mich nicht mehr an viel von früher erinnern, aber diese Worte… Fast meinte ich zu hören, wie meine Mutter mich so nannte. Leise. Sanft. Mit einem Lächeln in der Stimme. Mir wurde klar, dass es eine echte Erinnerung war, keine von den tausend falschen, die ich mir im Laufe der Jahre ausgedacht hatte. Es gab mir einen Stich ins Herz und hinter meinem linken Auge spürte ich einen leichten Anflug von Kopfschmerzen.

All die Jahre… Es war einfach nicht fair!

Adrenalin jagte durch mich hindurch, am liebsten hätte ich laut geschrien und auf die Wand eingeschlagen, doch ich biss mir auf die Unterlippe und ballte meine Hand zur Faust.

Nein. Vergiss es.

Es brachte doch nichts, jetzt zu jammern. Das hatte ich alles schon hinter mir. Und ich hatte meine Lektion gelernt. Diese Art von Selbstmitleid war völlig sinnlos.

Mit einem genervten Stöhnen warf ich den Brief in den Schuhkarton, knallte den Deckel darauf und zog mich an. Nachdem ich meine Sachen in meinem Rucksack verstaut hatte, schnappte ich mir den Schuhkarton. Dreizehn Jahre lang hatte ich nichts von meiner Mutter gehört und jetzt las ich in ihrem Brief aus dem Grab, dass ich weglaufen, dass ich mich in Sicherheit bringen sollte. Egal, um was es hier eigentlich ging, tief in meinem Innersten wusste ich, dass irgendetwas nicht stimmte. Vielleicht hatte mich das Gespräch mit Dr. Giroux auch nur paranoid gemacht.

Und vielleicht, dachte ich, als mein anhaltendes Misstrauen die Oberhand gewann, hatte meine Mutter ja gar nicht Selbstmord begangen.

Zwei

Ich hastete nach unten zur Rezeption, wo ich meine Rechnung bezahlte und den Zimmerschlüssel abgab. Dann lief ich durch den Hinterausgang zu meinem Wagen. Die Straßenlaterne brummte und flackerte hin und wieder und ließ den über den Boden kriechenden Nebel noch unheimlicher wirken. Jenseits des Maschendrahtzauns, der sich über die gesamte Länge des Hotelgeländes zog und den Parkplatz von einem dicht bewachsenen, mit Wasser gefüllten Graben trennte, lärmten Frösche und Grillen.

Mit jedem Schritt wurde ich skeptischer. Ich kam mir immer lächerlicher vor. Warum um alles in der Welt brachte mich ein blöder Brief dazu, einfach die Flucht zu ergreifen? Und was war in New 2, dem ich aus dem Weg gehen sollte? Antworten auf meine Vergangenheit? Der Grund dafür, warum ich eine Missgeburt war? Mehr Informationen über das Leben meiner Mutter?

Meine Mutter hatte mich gewarnt, aber vermutlich wäre ihr nicht mal im Traum eingefallen, dass ihre einzige Tochter irgendwann in Teilzeit für eine Kautionsagentur arbeiten würde. Mit New 2 und allem, was noch auf mich zukam, würde ich schon fertig werden.

Ich stellte den Schuhkarton auf den Beifahrersitz und verstaute meinen großen Rucksack im Fußraum. Meine Finger trommelten auf dem Lenkrad herum, während ich eine halbe Ewigkeit auf dem Fahrersitz saß und mich für meine Unentschlossenheit hasste.

Ich hatte vor meiner Abreise aus Memphis von Rocquemore House und meinem Geburtsort New Orleans erfahren. Bruce und Casey hatten kein Problem damit gehabt, mir eines ihrer Autos zu leihen, da sie wussten, dass ich reifer und verantwortungsbewusster war als die meisten Erwachsenen. Ich war siebzehn, hatte gerade ein halbes Jahr früher als üblich meinen Highschool-Abschluss gemacht und durch meine Arbeit in der Kautionsagentur bewiesen, dass man mir vertrauen konnte. Und in sechs Monaten wurde ich volljährig. Dann konnte ich als Vollzeitangestellte bei der Kautionsagentur Sanderson arbeiten und völlig legal eine Waffe besitzen.

Allerdings hatte ich Bruce und Casey versprochen, dass ich nur bis nach Covington fahren und, falls meine Suche mich nach New 2 führte, auf sie warten würde, damit sie mich begleiten konnten. Ich sollte auf keinen Fall allein dort hingehen. Ich beugte mich vor und ließ meine Stirn auf das Lenkrad sinken.

Doch jetzt, nachdem ich den Brief meiner Mutter bekommen hatte, wollte ich sofort nach New 2. Ich hatte so viele Jahre gewartet. Ich war so nah dran ...

Der Abend hatte mich völlig durcheinandergebracht. Ari Selkirk war *kein* Mensch, der Schwierigkeiten hatte, sich zu entscheiden. Ich hatte fast mein ganzes Leben lang selbst auf mich aufpassen müssen und hatte schon in erheblich schwierigeren Situationen gesteckt. Im Vergleich zu einigem anderen war das hier der reinste Kinderkram.

Mit diesem Gedanken im Kopf richtete ich mich auf und

steckte den Schlüssel in die Zündung. Doch noch bevor ich ihn umdrehen konnte, klingelte mein Handy im Rucksack.

»Hallo?«

»Hallo, Ari. Wie läuft's?« Es war Bruce.

»Gut. Ich glaube, ich habe gefunden, was ich gesucht habe. Aber ich muss es mir noch genauer ansehen. Dein Bruder hat mir sehr geholfen. Sag ihm Danke von mir.« Obwohl mir der Arsch entschieden zu viel für seine Ermittlungen in Rechnung gestellt hatte.

»Mach ich. Kommst du wie geplant morgen zurück? Wir haben zwei neue Fälle. Das könnte gut fürs Geschäft sein.«

Könnte gut sein, dachte ich. Es könnte sogar noch besser sein, wenn ich endlich herausfand, wer ich war und warum ich so anders war als all die anderen Mädchen auf diesem Planeten.

»Ari, bist du noch dran?«

»Ja.« Ich zögerte. »Ich... ähm... es gibt noch ein paar Spuren, denen ich nachgehen muss, aber dann komme ich zurück. Es wird wahrscheinlich morgen Abend werden.« Ich kniff die Augen zusammen und fühlte mich beschissen, weil ich ihn anlog und verschwieg, dass ich nach New 2 wollte. Aber ich hatte viel zu viel Angst, dass er meine Pläne zunichtemachte, wenn ich ihm davon erzählte. Eigentlich hatte ich vorgehabt, Covington am nächsten Morgen zu verlassen und nach Memphis zurückzufahren. Doch jetzt wusste ich nicht mehr, was ich machen sollte, oder warum zum Teufel ich eben im Hotel ausgecheckt hatte.

Oh doch, du weißt es. Du gehst über die Grenze. Du gehst nach New 2.

Nachdem ich das Gespräch mit Bruce beendet hatte, drehte

ich den Zündschlüssel um und ließ den Motor im Leerlauf. Ich brauchte einen Tag. Nur einen Tag, um nach New 2 zu fahren, dem Charity Hospital einen Besuch abzustatten, mir Zugang zu den Akten der Entbindungsstation zu verschaffen und – hoffentlich – den Namen meines Vaters herauszufinden. Allerdings war es wohl keine gute Idee, selbst zu fahren, da New 2 berüchtigt dafür war, dass einem dort das Auto unter dem Hintern weggeklaut wurde. *Ohne* das Auto der Sandersons nach Memphis zurückzukommen, war das Letzte, was ich wollte, nachdem ich schon mein Versprechen gebrochen hatte.

Vielleicht konnte mir die Frau an der Hotelrezeption sagen, wo ich den nächsten Busbahnhof fand. Wenn es einen in der Nähe gab, war das vielleicht ein Zeichen, dass ich es tun sollte. Und wenn nicht, musste ich eben warten. Aber fragen kostete ja nichts.

Ich beugte mich vor und wollte nach meinem Rucksack greifen, aber eine Bewegung im Rückspiegel ließ mich erstarren.

Hinter dem Wagen erkannte ich eine dunkle Gestalt, die jetzt völlig reglos dastand. Augenblicklich durchflutete Angst meinen Körper und ich hatte das ungute Gefühl, gerade in einem Horrorfilm gelandet zu sein.

Scheiße. Er stand einfach nur da, ein Schatten in der Heckscheibe.

Langsam tastete ich mit meiner Hand über den Rucksack zum Handschuhfach. Ich klappte es auf und suchte nach der Neun-Millimeter-Knarre, die dort liegen musste. Ich saß in einem Firmenwagen. In *jedem* Fahrzeug der Sandersons gab es eine Reservewaffe. Von Rechts wegen durfte ich sie gar nicht benutzen, aber aus gegebenem Anlass hielt ich den Umstand, dass ich noch minderjährig war, in diesem Moment für das geringste meiner Probleme. Und wenn sich der Typ alleine durch die Waffe in meiner Hand verscheuchen ließ, hatte ich sie streng genommen ja auch gar nicht benutzt.

Erleichterung strömte durch mich hindurch, als meine Hand die Pistole umgriff. Ich holte tief Luft und schaltete meinen Verstand auf Trainingsmodus. Situationen wie diese hatte ich schon tausendmal geübt – Ausweichtechniken, Selbstverteidigung, Festnahme...

Ich stieß die Tür auf und stieg aus.

Groß. Dunkelblonde, kurz geschnittene Haare. Schwarzes T-Shirt. Quer über seine Brust zog sich ein breiter Lederriemen, der an einem runden Schild auf seinem Rücken befestigt war. Doch was wirklich meine Aufmerksamkeit erregte und mein Herz bis zum Hals klopfen ließ, war das ziemlich große und ziemlich spitz aussehende Messer in seiner Hand, eine Mischung aus Schwert und Dolch.

Der Mann war kräftig gebaut. Während er mich von oben bis unten musterte, mir dann direkt in die Augen sah, musste ich an die Worte meiner Mutter denken. *LAUF WEG!*

Meine Finger schlossen sich fester um die Pistole, die ich in Höhe meines Oberschenkels hielt. Der Mann bewegte sich ein Stück vom Kofferraum weg. Jetzt saß ich zwischen zwei Autos und der Wand des Hotelgebäudes in der Falle. Ich wich zurück, schlüpfte zwischen Motorhaube und Büschen hindurch und versuchte, auf die andere Seite des Wagens zu gelangen. Er folgte mir.

»Ich weiß zwar nicht, was Sie von mir wollen, aber wie wäre es, wenn Sie erst mal das Messer weglegen?«

Der Parkplatz lag auf der Rückseite des Hotels und war so gut wie nicht einsehbar. Falls nicht gleich ein Auto auf der

Seitenstraße neben dem Hotel vorbeifuhr, war ich auf mich allein gestellt.

Er kam auf mich zu, den Kopf und die breiten Schultern vorgebeugt. Ich wollte den Typ nicht erschießen, aber aus irgendeinem Grund wusste ich, dass ihm die Waffe in meiner Hand völlig egal war. Er sagte etwas, in einer Sprache, die ich nicht verstand. Seine Stimme klang so bedrohlich, dass mir eines klar war: Was er sagte, war böse, und zwar wirklich zutiefst böse.

»Machen Sie sich doch nicht unglücklich.« Ich wich noch ein Stück zurück und stolperte über den Bordstein. »Ich will Sie nicht erschießen.«

Er bewegte sich weiter auf mich zu. Als nur noch knapp ein Meter zwischen uns lag, hob er das kurze Schwert und sagte in gebrochenem Englisch: »Im Namen von *Pallas Athene* erlöse ich dich von diesem Leben.«

Verdammter Scheiß, er tut es wirklich.

Das Schwert kam auf mich zu. Ich drückte ab.

Der Schuss peitschte durch die Nachtluft und der leichte Rückstoß vibrierte durch meinen Körper, als die Kugel sich in seinen Oberschenkel bohrte.

Der Mann zuckte zusammen, erstarrte für eine Sekunde und ging dann einfach weiter.

Ich riss die Augen auf, mein Mund wurde trocken. Ja klar, der Typ war high. Er hatte etwas eingeworfen. Eine andere Erklärung gab es nicht.

Wieder hob er das Schwert. Plötzlich spürte ich meinen Pulsschlag in den Ohren, laut und langsam. Nach einer Sekunde, die eine Ewigkeit zu dauern schien, bewegte er seinen Arm mit so viel Kraft nach unten, dass er vor Anstrengung stöhnte. Als ich zielte und ein zweites Mal abdrückte, spürte ich meine

Hand kaum noch. Die Kugel traf ihn in die rechte Schulter. Sie würde ihn nicht töten, aber hoffentlich dafür sorgen, dass er dieses verdammte Miniaturschwert fallen ließ.

Der Mann hielt mitten in der Bewegung inne und starrte auf das Blut, das aus der Wunde strömte. Unsere Blicke trafen sich. Er grinste.

Scheiße.

Er machte noch zwei Schritte auf mich zu und schwang das sonderbare Schwert nach unten. Ich packte seinen Arm, in der Hoffnung, dass die Verletzung ihn geschwächt hatte und meine Kraft ausreichen würde, um ihn abzuwehren. Sein Gesicht war nur noch wenige Zentimeter von meinem entfernt; er war mir so nah, dass ich die Entschlossenheit in seinen Augen erkennen konnte. Schweißtropfen liefen über seine linke Schläfe. Mit zusammengebissenen Zähnen zischte er etwas in dieser merkwürdigen Sprache. Als er mit der anderen Faust von unten zuschlagen wollte, blockte ich die Bewegung mit meinem Ellbogen und wappnete mich innerlich vor dem Schmerz, der sofort durch meinen Arm schoss. Sekundenbruchteile später trat ich ihm mit solcher Wucht zwischen die Beine, dass es für eine Delle in einer Motorhaube gereicht hätte. Er kippte nach hinten und krümmte sich.

Mit lautem Klirren landete das Schwert auf dem Boden.

Das wurde auch langsam Zeit.

Ich kam wieder zur Besinnung und rannte los. Im Vorbeihuschen bückte ich mich nach dem Schwert, meine Haare lösten sich aus dem Knoten und fielen mir in die Augen. Mein Ziel war die Seitenstraße, die an dem Hotel vorbeiführte. Doch in dem Moment, in dem ich um die Ecke bog, holte er mich ein. Seine Hand schoss nach vorn und packte meinen Knöchel. Vor

Schreck schrie ich laut auf. Meine Arme ruderten wild in der Luft und fanden keinen Halt. *Oh nein.* Ich machte mich auf eine unsanfte Landung gefasst.

Meine Ellbogen schlugen zuerst auf dem Boden auf, Sekundenbruchteile später knallte meine Stirn auf den Asphalt. Die Pistole und das Schwert glitten aus meinen Fingern.

Der Schmerz breitete sich in alle Richtungen aus und schoss über jeden Zentimeter meiner Schädeldecke. Plötzlich konnte ich nichts mehr sehen.

Großer Gott! Blendend weißes Licht umgab mich. Meine Arme und Beine wurden taub, mein Puls raste. Ich war kurz davor, in Panik zu geraten, die Art von Panik, die mich komplett lähmen würde, wenn ich mich jetzt nicht zusammenriss. *Wenn du am Boden liegst, greifst du alles an, was in deiner Nähe ist! Du versuchst alles, um wieder hochzukommen!*, brüllte Bruce' Stimme in meinem Kopf.

Ich biss die Zähne zusammen, drehte mich blitzschnell auf den Rücken und trat blindlings zu, bis ich Widerstand spürte. Meine Hand streifte den Griff des Schwertes hinter meinem Kopf. Ich packte es, setzte mich auf und stieß es mit aller Kraft vor mich, wobei ich inständig hoffte, etwas zu treffen.

Das Schwert hatte ein Ziel gefunden. Ich drückte gegen den Griff.

Mein Herzschlag dröhnte so laut in meinen Ohren, dass ich kaum noch etwas von außen hörte. Allmählich konnte ich wieder sehen.

Der Mann kniete zwischen meinen Beinen und umklammerte mit beiden Händen die Schwertklinge in der Nähe des Griffs. Der Rest der Klinge steckte tief in seiner Brust. In seinen weit aufgerissenen Augen lag ein Ausdruck der Überraschung, ein

Blick, als wäre es ihm nie in den Sinn gekommen, dass seine Mission scheitern könnte.

Die Sekunden verstrichen. Unverwandt starrten wir uns an. Irgendwann änderte sich der Ausdruck in seinen Augen und mir schien, als würde es ihm leidtun. Er streckte die Hand aus und berührte eine Strähne meiner Haare. »So schön«, flüsterte er auf Englisch. Er rieb sie zwischen seinen blutigen Fingern. Dann murmelte er etwas in seiner sonderbaren Sprache, bis er von einem Hustenanfall geschüttelt wurde. Er verzog das Gesicht und kniff die Augen zusammen. Meine Haare glitten durch seine Finger, als er nach hinten fiel und sein Körper langsam von der Klinge des Schwertes rutschte.

Die Frösche und Grillen setzten ihr nächtliches Konzert fort. Verkehrslärm drang an mein Ohr. Doch all diese Geräusche, die keinen Schimmer davon hatten, was gerade passiert war, wurden von meinem lauten, angestrengten Keuchen übertönt.

Plötzlich saß mir ein dicker Kloß in der Kehle. Tränen brannten in meinen Augen, als ich den Mann vor mir anstarrte. Er konnte nicht älter als fünfundzwanzig gewesen sein. Gesund. Gut aussehend. Er hätte ein schönes Leben haben können. Er hätte ein nettes Mädchen kennenlernen, heiraten, Kinder haben können.

Oh Gott. Meine Finger am Griff des Schwertes zitterten. Ich hatte gerade einen Mann getötet. Mit einem Miniaturschwert.

Bei der Freizeitgestaltung mit den Sandersons war von so etwas nie die Rede gewesen.

Während ich mir mit einer Hand die Tränen aus den Augen wischte, hielt ich mit der anderen noch immer das Schwert umklammert; obwohl meine Knöchel schon ganz weiß und meine Finger verkrampft waren. Ich konnte mich nicht bewegen, konnte mich nicht von dem lähmenden Schock befreien. Dem Schock, dass ein völlig Fremder mich angegriffen hatte. Um mein Leben zu kämpfen. Zu töten ... *Nimm dein Handy. Ruf die Polizei. Setz deinen Arsch in Bewegung, du weißt, was du tun musst.*

Ja. Ich wusste, was ich tun musste. Nachdem ich ein paarmal tief Luft geholt hatte, drehte ich mich auf die Seite. Gerade wollte ich mich in die Höhe stemmen, als plötzlich ein heftiges Zucken durch den Körper des Mannes fuhr.

Ich erstarrte und sah mit offenem Mund zu, wie sein Körper in die Luft gehoben wurde, wie er einige Sekunden schwebte, ehe er sich langsam in Rauch auflöste und von einem unsichtbaren Aufwind davongetragen wurde.

Verblüfft setzte ich mich auf und blinzelte. Meine Hand um den Schwertgriff erschlaffte. Im Licht der Straßenlaterne glänzte das Blut auf der Klinge.

Ein lautes Lachen kam aus meinem Mund. »Soll das ein Witz sein?« In der ruhigen Nacht klang meine Stimme dünn und leise. Ich legte den Kopf in den Nacken und schrie in den nebelverhangenen Nachthimmel. »Soll das ein Witz sein?!«

War das hier irgend so ein beschissenes Psychospiel? War ich in Rocquemore die Treppe hinuntergefallen und mit der Stirn auf den Asphalt geknallt? Die Tränen in meinen Augen ließen die Umrisse des Schwertes zwischen meinen Beinen verschwimmen.

Blut. Und ein Schwert.

Ich hatte keinen blassen Schimmer, was gerade geschehen war, aber eines wusste ich: Es war wirklich passiert. Den Beweis dafür hielt ich in der Hand. Meine Mutter hatte recht gehabt, so seltsam das auch klingen mochte.

Drei

Das tiefe Dröhnen eines Motors und laut plärrende Musik drangen zu mir durch. Grelles Licht blendete mich. Reifen quietschten. Der Geruch von verbranntem Gummi auf Asphalt… Als ich das alles registrierte, war es schon zu spät.

Ich schlug einen Arm vors Gesicht und wollte mich wegrollen. Erst in diesem Moment wurde mir klar, dass ich mitten auf der Straße saß und ein Lieferwagen auf mich zuraste. Ich hatte nicht aufgepasst, war abgelenkt von dem, was ich gerade getan und gesehen hatte. Das Blut schoss so schnell durch meine Adern, dass sich meine Glieder versteiften und mir schwindlig wurde.

Der Lieferwagen geriet ins Schleudern, kam dann aber heftig schaukelnd vor mir zum Stehen. Seine linke vordere Stoßstange war so nah, dass ich sie mit meinem ausgestreckten Arm berühren konnte. Auspuffgase, deren Gestank mir den Magen umdrehte, stiegen mir in die Nase. Aus der offenen Fahrerseite beugte sich eine kleine Gestalt heraus. Ich nahm den Arm herunter, während der laut dröhnende Motor durch mich hindurch vibrierte wie Strom, der in die Erde fließt.

»Alles okay mit dir?«, fragte ein Mädchen in Latzhosen und mit einer Schiebermütze aus Tweed auf dem Kopf.

Ich versuchte zu antworten, brachte aber keinen Ton heraus.

»Nein«, krächzte ich schließlich, während ich mich auf die

Knie rollte und meine Hände flach auf den Asphalt drückte, um meinen geschundenen Körper in die Senkrechte zu bekommen. Als der Boden unter meinen Füßen zu schwanken aufhörte, wischte ich mir die Hände an meiner Jeans ab.

»Schön. Könntest du dann aus dem Weg gehen? Ich muss die Post abliefern.«

Ich musterte das zierliche Mädchen, das unter ihrer fleckigen Latzhose ein Flanellhemd und ein weißes Feinrippunterhemd trug. Die braunen Haare waren zu zwei Zöpfen geflochten. Sie hatte kluge grüne Augen, ein paar Sommersprossen auf der Nase und einen großen Schmutzfleck im Gesicht. An der Seite des Lieferwagens schimmerte ein altes UPS-Logo unter einer dünnen Schicht schwarzen Sprühlacks hervor. »Du bist aus New 2. Du bist eine von diesen Postläuferinnen.«

»Und?«

Ich schluckte, weil ich wusste, dass ich unter Schock stand und vermutlich nicht in der besten Verfassung für eine spontane Entscheidung war. Aber ich wusste auch, dass ich mir später in den Hintern beißen würde, wenn ich diese Gelegenheit jetzt nicht nutzte. Ein Tag. Ich brauchte nur einen Tag. »Ich suche jemanden, der mich in die Stadt mitnimmt.«

Das Mädchen kniff das linke Auge zusammen und musterte mich nun ihrerseits von Kopf bis Fuß. Sie machte sich nicht einmal die Mühe, es zu verbergen. »Gehörst du zu diesen Geisterjägern?«

»Geisterjäger?«

»Du weißt schon ... Touristen, die das Übersinnliche suchen.«

»Wie alt bist du?«

»Fast dreizehn.«

Ich zog ungläubig eine Augenbraue nach oben. »Die lassen sich von einer Zwölfjährigen die Post bringen?«

Das Mädchen verdrehte die Augen und stützte sich mit den Unterarmen auf dem Lenkrad ab. »Du bist noch nie in New 2 gewesen, stimmt's?« Ich zuckte mit den Schultern. »Dort geht es etwas anders zu als außerhalb des Walls.« Ihr Blick wurde berechnend. »Ich nehme dich mit, aber umsonst ist das nicht.«

»Wie viel?«

»Zwanzig Dollar.«

»In Ordnung. Gib mir eine Sekunde.« Ich hob die Pistole und das Schwert auf und rannte zum Wagen, um den Schuhkarton meiner Mutter zu holen. Dann steckte ich das Schwert in meinen Rucksack – ich musste es schräg legen, damit es einigermaßen hineinpasste, trotzdem ragte es noch ein Stück heraus –, schob die Pistole in meinen Hosenbund und schloss das Auto ab.

»Ich muss nur noch meine Säcke beim Postamt abgeben, dann bin ich fertig«, sagte das Mädchen, als ich einstieg. Ihr Blick streifte den Rucksack, doch sie verlor kein Wort über die Pistole und das Schwert. Stattdessen hielt sie mir ihre ölverschmierte Hand hin. »Ich heiße Crank.«

Ich schüttelte ihre kleine Hand. »Ari.«

Crank schob den langen Schalthebel in den ersten Gang und ließ die Kupplung kommen. Der große Lieferwagen schaukelte ein paarmal vor und zurück – sicherheitshalber griff ich nach dem kalten Türgriff aus Metall –, setzte sich dann aber mit einem heftigen Ruck in Bewegung.

Die Schüsse hatten niemanden aus dem Hotel gelockt. Hatte denn keiner etwas gehört? Als wir das Hotel und den Parkplatz hinter uns ließen, beschlich mich ein ungutes Gefühl. Entweder hatten die Angestellten und Gäste des Hotels die Polizei mit Absicht nicht gerufen oder Schüsse mitten in der Nacht waren in der Nähe des Walls etwas ganz Normales. Vielleicht war das auch der Grund, warum sich Crank von den Waffen, mit denen ich zu ihr in den Lieferwagen gestiegen war, nicht im Mindesten beeindrucken ließ. Doch auch diese Erklärung trug nicht dazu bei, dass ich mich besser fühlte.

Nachdem Crank hinter das Postamt gefahren war und den Lieferwagen rückwärts an eine Rampe manövriert hatte, kletterte sie in den Laderaum, öffnete die Hecktür und warf alle Postsäcke in drei große Container. Anschließend holte sie zwei für New 2 bestimmte Säcke aus der Ladezone und schleuderte sie in den Lieferwagen. Danach machten wir uns auf den Weg zur Route 190.

Die nach Süden führende Ausfahrt war teilweise gesperrt, doch drei der verblichenen orangefarbenen Tonnen waren beiseitegeräumt, sodass ein Fahrzeug passieren konnte.

Wir fuhren etwa fünfzehn Kilometer, bevor wir offiziell den Wall passierten. Außer einem verwitterten Straßenschild deutete nichts auf den Übergang hin.

GRENZE DER VEREINIGTEN STAATEN. KATASTROPHENGEBIET. WEITERFAHRT AUF EIGENE GEFAHR, war darauf zu lesen. Einige Meter weiter stand ein zweites Schild: EIGENTUM DER NOVEM. ACHTUNG: PRIVATBESITZ. WILLKOMMEN IN NEW ORLEANS.

Abgesehen vom Dröhnen des Motors und der Menge an Schlaglöchern, war die lange Fahrt von Stille geprägt – jener Art von Stille, die man nicht hört, sondern sieht. Eine Stille, die sich über der flachen Landschaft ausbreitete und bis zu den schwarzen Silhouetten aus zerstörten Ortschaften, verlassenen

Fastfood-Restaurants, Tankstellen und Fahrzeugen reichte. Je weiter wir fuhren, desto schlechter wurde die Straße. Der Asphalt war voller Risse und Löcher und stellenweise sogar mit Unkraut bewachsen.

»Hier draußen gibt es nicht mehr viel«, meinte Crank meinem Blick folgend. »Die meisten leben in oder um New 2 herum.«

»Warum ist überhaupt jemand hiergeblieben?«, fragte ich leise. Nach dem Unglück hatte die Regierung sich beeilt, die Stadt und die umliegenden Gebiete loszuwerden, sie zum Katastrophengebiet erklärt und alle evakuiert, die gehen wollten. Mit der Wirtschaft war auch die kommunale und staatliche Infrastruktur in New Orleans zusammengebrochen. Wenn jemand geblieben war, dann in dem Wissen, dass es Amerika hier nicht mehr gab.

Neun der ältesten Familien von New Orleans hatten eine Allianz gebildet – die Novem. Sie hatten die zerstörte Stadt sowie die umliegenden Bezirke gekauft, ein Deal, der für beide Seiten scheinbar nur Vorteile mit sich brachte. Die Regierung war New Orleans los. Ein Teil der 8,2 Milliarden Dollar, die die Vereinigten Staaten durch den Verkauf erhielten, ging an die Menschen, die von der Katastrophe betroffen oder umgesiedelt worden waren. Und die Novem bekamen das, was sie wollten – eine eigene Stadt.

Eine Weile hatten sämtliche Medien über die Novem berichtet, angezogen von den wilden Spekulationen über den mysteriösen Kauf von verwüstetem Land und fasziniert von dem Reichtum und der Macht, die mit dem Besitz und Betrieb einer ganzen Stadt einhergingen. Jemand schrieb sogar ein Buch über die Familien und ihre lange Geschichte in New Orleans. Die Novem wurden so etwas wie Berühmtheiten und mit der

Zeit entstanden zahlreiche Legenden über sie. Geheimnisvolle Charaktere in den Ahnentafeln der Familien trugen dazu bei, dass sich die Leute schließlich Geschichten von Hexen, Vampiren und Voodoo-Priesterinnen erzählten.

Die Novem ignorierten die Gerüchte, sie bestätigten sie weder, noch protestierten sie dagegen. Sie gaben keine Interviews, hielten sich stets im Hintergrund und traten nur ein einziges Mal vor die Öffentlichkeit – beim Kauf von New Orleans. Danach zogen sie sich in ihre zerstörte Stadt zurück und überließen es dem Rest der Welt, den Gerüchten neue Nahrung zu geben. Es dauerte nicht lange, bis sie in einem Atemzug genannt wurden mit Area 51, Roswell, dem Monster von Loch Ness und sämtlichen Verschwörungstheorien und Spekulationen über paranormale Ereignisse. Die Undercover-Journalisten und Wahrheitssucher, die später mit unscharfen Fotos und Berichten über Monster und Mörder aus der Stadt zurückkamen, heizten die Gerüchteküche zusätzlich an. Und heute, dreizehn Jahre später, glaubte ein großer Teil der amerikanischen Bevölkerung daran, dass New 2 eine Art Unterschlupf und Treffpunkt für alles Übersinnliche war.

Crank zuckte mit den Schultern. Der Lieferwagen fuhr gerade über ein paar Schlaglöcher und sie wurde heftig durchgeschüttelt. »New 2 ist mein Zuhause«, beantwortete sie meine Frage. Der federnde Fahrersitz ließ sie regelrecht auf- und abhüpfen. Mein Blick ging in Richtung ihrer Füße, die auf Holzklötzen ruhten, damit sie die Pedale erreichen konnte. »Einige wussten nicht, wo sie sonst hingehen sollten, andere waren zu stur, um die Stadt zu verlassen.«

»Und zu welcher Gruppe gehörst du?«

Crank lachte leise. »Ich glaube, zu beiden. Mein Dad ist bei dem Hochwasser gestorben. Und als die Armee einmarschiert ist, um die Stadt zu evakuieren, hat mein Onkel meinen Bruder und meine Mom versteckt, was viele andere auch getan haben. Ich wurde allerdings erst später geboren. Und warum willst du nach New 2?«

Ich drückte den Schuhkarton an mich. »Ich versuche herauszufinden, wer meine Eltern waren. Ich wurde im Charity Hospital geboren, einige Jahre vor den Hurrikans.«

»Ohne Scheiß?«

Ein leises Lachen löste sich aus meiner Kehle. Crank war wie eine kleine Erwachsene, die im Körper eines Kindes gefangen war. »Ohne Scheiß.«

»Vielleicht kann dir ja mein Bruder dabei helfen. Er ist ziemlich gut im Suchen. Weißt du schon, wo du übernachten wirst?«

Als ich in den Lieferwagen gestiegen war, hatte ich mir über so etwas natürlich keine Gedanken gemacht. »Nein, noch nicht.« Ich brauchte nur einen Tag. Einen Tag, um das Krankenhaus zu finden und einen Blick in die Unterlagen zu werfen. Davon würde mich nichts und niemand abhalten können.

»Du kannst bei uns wohnen. Die Touristenhotels im *French Quarter* kosten ein Vermögen.«

Das Angebot war das Letzte, womit ich gerechnet hätte. Aber andererseits hatte ich ja auch nicht erwartet, von einer Zwölfjährigen nach New 2 gefahren zu werden. »Ich weiß nicht so recht …«

»Wir haben haufenweise Zimmer. Und für vierzig Dollar bekommst du eins für heute Nacht.« Als ich nicht gleich antwortete, fragte sie: »Einverstanden?«

»Ja, klar«, erwiderte ich mit einem Seufzer. Ich machte es mir auf meinem Sitz bequem und verdrehte die Augen. »Warum nicht?«

Der Lieferwagen rumpelte durch die zerfallenen Überreste von Mandeville und fuhr dann auf die Mautstation der Lake-Pontchartrain-Brücke zu. In einem der kleinen Häuschen brannte gedämpftes Licht, ich konnte eine dunkle Gestalt zwischen den Schatten erkennen. Crank bremste den Lieferwagen ab. Der Mann – zumindest hielt ich ihn aufgrund seiner Größe für einen – winkte uns durch.

Ich klammerte mich an den Haltegriff über der Tür, als der Lieferwagen auf eine Seite der aus zwei Fahrbahnen bestehenden Brücke fuhr. Die andere Seite war völlig unpassierbar, da riesige Stücke in den Bodenplatten fehlten und nur noch die Betonpfeiler standen, von denen die meisten mit Vogelnestern bedeckt waren.

Mit einem wissenden Lächeln auf den Lippen warf Crank mir einen Seitenblick zu. Sie gab leicht Gas. »Noch achtunddreißig Kilometer«, sang sie leise. Für meinen Geschmack genoss sie meine Angst etwas zu sehr. Das Mädchen beugte sich vor und streckte die Hand nach dem Radio aus. Leider führte das dazu, dass Crank kaum noch über das Armaturenbrett sehen konnte. Der Lieferwagen steuerte auf die Leitplanke zu und kam ihr gefährlich nahe.

Instinktiv griff ich mit meiner rechten Hand nach dem Türgriff, während ich mit der linken den Schuhkarton an mich drückte. »Ähm, Crank?«

Das Radio erwachte plärrend zum Leben und Crank richtete sich wieder auf. Allerdings verriss sie dabei das Lenkrad und steuerte auf die linke Seite der Straße zu, an der ein Stück der Leitplanke fehlte. Als wäre nichts geschehen, setzte sie sich wieder gerade hin und lenkte das Fahrzeug in die Mitte der Fahrbahn.

Vor uns lagen achtunddreißig Kilometer Brücke – abzüglich der bereits gefahrenen furchterregenden Kilometer –, die dicht über dem ruhigen Wasser des Sees gebaut war. Achtunddreißig Kilometer mit Zydeco-Musik, auf denen sich sämtliche Muskeln in meinem Magen verkrampften und meine um den Türgriff gekrallten Finger langsam starr wurden. Als wir endlich wieder festen Boden unter den Rädern hatten, fühlte ich mich, als hätte ich hundert Sit-ups hinter mir. Und Zydeco wollte ich nie wieder in meinem Leben hören.

Crank fuhr durch den Vorort Metairie, wo es um diese Zeit dunkel und still war und nur vereinzelt noch Licht brannte, dann auf die Route 61, die zur Washington Avenue führte. Die Straße änderte ein paarmal ihren Namen, bevor sie auf die St. Charles Avenue im *Garden District* traf. Crank wurde nicht langsamer, um auf den Verkehr zu achten, sie steuerte einfach mit voller Geschwindigkeit auf die Kreuzung und bog dann nach links ab. Nicht, dass das etwas ausgemacht hätte – außer uns war sowieso niemand auf der Straße. Einige der Straßenlaternen funktionierten noch und ließen mich die Schienen der auf der St. Charles Avenue fahrenden Straßenbahn erkennen, die parallel zur Straße verliefen.

Aus dem *Garden District* war eine Art Geisterstadt geworden, ein wunderschöner, verlassener Ort, an dem die einst sorgsam gepflegten Gärten über die schmiedeeisernen Zäune krochen und die Straßen in einem Gewirr aus Kletterpflanzen und Unkraut versinken ließen.

Als Crank in die First Street einbog, kam es mir vor, als hätte jemand die Uhr um hundert Jahre zurückgedreht. Trotz der abblätternden Farbe, morschen Holzlatten, beschädigten Geländer und kaputten oder mit Brettern vernagelten Fenster standen die Häuser wie ehrwürdige Wächter an der Straße, umgeben von uralten Eichen mit ihren Schultertüchern aus den langen grauen Ranken des Spanischen Mooses.

Der Lieferwagen bog in die Coliseum Street und blieb plötzlich mit kreischenden Bremsen stehen. Ich wurde nach vorn geschleudert, bis der Sicherheitsgurt blockierte und verhinderte, dass ich durch die Windschutzscheibe flog. Mein Herz klopfte wie wild, als ich wieder auf dem Sitz landete. Crank schaltete in den Leerlauf, zog die Parkbremse an und stellte den Motor ab.

Selbst jetzt spürte ich noch die Vibrationen des rumpelnden Lieferwagens in meinem Körper und alle Geräusche klangen so gedämpft, als würde ich Ohrenschützer tragen.

»Wir sind da«, rief Crank. »Komm mit.«

Mit dem Schuhkarton in der einen Hand sprang ich aus dem Lieferwagen und warf mir meinen Rucksack über die Schulter. Meine Füße trafen auf festen Boden. Ich widerstand dem Impuls, auf die Knie zu fallen und Gott zu danken, dass ich die Fahrt lebend überstanden hatte. Stattdessen blieb ich so lange ruhig stehen, bis ich mein Gleichgewicht wiedergefunden hatte.

»Hier lang.« Cranks Stimme drang durch die Dunkelheit zu mir.

Ich betrat den bröckelnden Bürgersteig und legte den Kopf in den Nacken, um den vor uns aufragenden Schatten besser sehen zu können. *Wow.*

Das Haus an der Ecke First und Coliseum lag, umgeben von einem schwarzen Eisenzaun, in einem Dschungel aus Bäumen und verwildertem Rasen. Es war rechteckig und unheimlich groß, ragte zwei Stockwerke hoch und war mit einem ausgebleichten mauvefarbenen Anstrich versehen. Die überdachten gusseisernen Balkone mit ihren filigranen Verzierungen zogen sich über beide Stockwerke, schwarz gestrichene Fensterläden rahmten die hohen Fenster. Durch die Fensterscheiben drang von dunklen Vorhängen und Schmutz gedämpftes Licht nach außen.

Das Haus gefiel mir auf Anhieb – eine echte Schönheit, der man ihr Alter und ihren Verfall zwar ansah, die aber trotzdem noch voller Stolz dastand. Genau mein Geschmack.

Ich fühlte mich schlagartig etwas besser bei dem Gedanken, spontan nach New 2 gekommen zu sein, und folgte Crank durch das Haupttor. Über das hatte sich ein dichtes Gewirr von kleinen weißen Blüten gelegt, die einen betörenden Duft verströmten – die gleiche Art von Pflanze rankte seitlich am Haus empor und durch das Geländer im ersten Stock. Vom Dach des Balkons über uns hing eine schwarze Laterne herab.

»Cool, was?«, fragte Crank über die Schulter hinweg, als sie die Haustür öffnete.

»Wohnst du hier?«

»Ja. Genau genommen gehört es uns ja gar nicht, aber bis jetzt hat es noch niemand zurückhaben wollen und daher ist es eben unser Haus. Im *GD* – so nennen wir den *Garden District* – gibt es eine ganze Menge leer stehender Gebäude. Die besser erhaltenen haben sich Hausbesetzer geschnappt, aber dieses hier ist auch nicht so schlecht. Ein paar von den Zimmern sehen ziemlich übel aus, aber sonst ist es noch ganz gut in Schuss.« Sie hielt mir die Hand hin. »Zwanzig für die Fahrt und vierzig für das Zimmer.«

»Oh. Ja, klar.« Ich nahm meinen Rucksack ab und suchte nach meinem Portemonnaie. Dann zog ich drei Zwanziger heraus und drückte sie Crank in die aufgehaltene Hand.

Wir betraten eine große, mit Parkett versehene Eingangshalle, in der sich an einer Wand eine breite Treppe hochzog, deren untere Hälfte mit leichtem Schwung auf die Haustür zulief. Die untersten Stufen breiteten sich fächerförmig aus, wie Honig, der aus einem Glas fließt. An einer langen, an der Decke des ersten Stocks befestigten Kette hing ein großer, schmiedeeiserner Kronleuchter, der so filigran aussah, als hätte ihn eine magische Spinne mit Metall gewoben. In den Wänden auf beiden Seiten der Halle klafften breite Öffnungen, die zu den anderen Räumen führten.

Rechts von uns lag ein riesiges Esszimmer, in dem ein langer, pompöser Tisch und zehn Stühle mit hohen Lehnen standen. An der Decke prangte ein verblasstes Gemälde und die ausgeblichene Tapete, die einst golden und burgunderrot gewesen war, hing an einigen Stellen in Fetzen von der Wand. An allen Wänden waren schwarze Leuchten montiert, die bis auf zwei alle brannten, und die beiden großen Fenster wurden von breiten Schmuckleisten und schweren burgunderroten Vorhängen umrahmt.

»Abgefahren, nicht wahr?« Crank stellte sich neben mich. »Wir sagen ›die Gruft‹ dazu, weil es aussieht wie in einem Vampirfilm.«

»Hübsch«, murmelte ich.

Einige der Fußbodendielen waren völlig verrottet. Ich wich ihnen aus, als wir zur Treppe gingen. Auch in der Eingangshalle hatte sich die Tapete an einigen Stellen von der Wand gelöst oder fehlte ganz. Doch wie Crank bereits gesagt hatte, war das

Haus ansonsten noch ganz gut in Schuss. Und mir gefiel es von innen genauso gut wie von außen.

»Ich zeig dir erst mal dein Zimmer.«

Auf der anderen Seite der Halle lag das Wohnzimmer, das über die gesamte Länge der linken Haushälfte verlief. Hohe Decke. Zwei verstaubte Kronleuchter. Und gleich zwei Kamine an der gegenüberliegenden Wand, über denen goldverzierte Spiegel hingen. Wie im Esszimmer – und vermutlich in jedem anderen Raum dieses Hauses – zogen sich an allen Wänden Schmuckleisten und Stuckverzierungen entlang. Eines der Fenster war mit rauen Holzbrettern vernagelt.

»Du kannst das Zimmer gegenüber von meinem nehmen«, meinte Crank, die schon auf der Treppe war. »Und auf der sechzehnten Stufe solltest du aufpassen.«

Ich zählte die Stufen und achtete sorgfältig darauf, die sechzehnte zu übergehen. Dann folgte ich Crank einen breiten Korridor entlang. Vor der ersten Tür auf der linken Seite blieb sie stehen, dann trat sie einen Schritt zurück, um mich zuerst eintreten zu lassen. »Bitte schön.«

Das Schlafzimmer war dunkel und roch nach feuchtem Holz. Crank schaltete einen kleinen Kronleuchter ein, der von einer Stuckrosette an der Decke herabhing. Der Fußboden bestand aus breiten Holzdielen und es gab zwei große Fenster. Vorsichtig ging ich hinein. Der Boden knarrte, hielt mein Gewicht aber aus.

»Dein Zimmer geht auf den seitlichen Garten hinaus. Die Matratze hat angefangen zu schimmeln, daher haben wir sie schon vor einer ganzen Weile rausgeschafft, aber ich kann dir meinen alten Schlafsack bringen. Es gibt fließendes Wasser, aber trinken würde ich es an deiner Stelle nicht. Nimm es zum

Duschen und für die Toilette, dann dürfte nichts passieren. Zur Toilette geht es durch die Tür da; jedes Zimmer hat eine eigene. Die Novem haben ihr ganzes Geld dafür ausgegeben, das *French Quarter* zu renovieren, aber irgendwann wird auch hier wieder alles funktionieren. Ich sage meinem Bruder, dass du da bist.«

Crank war verschwunden, bevor ich mich umdrehen und mich bedanken konnte, daher blieb ich in der Mitte des Zimmers stehen und musterte das eiserne Bettgestell ohne Matratze, den ausgeblichenen ovalen Teppich auf dem Boden, den Kamin aus Marmor und den Sims, auf dem mehrere Kerzen standen, die alle unterschiedlich stark heruntergebrannt waren.

Über dem Bett hing ein Ölgemälde, das eine Mutter mit zwei Kindern zeigte, und auf beiden Seiten des Bildes waren vergoldete Leuchter an der Wand befestigt, die jedoch nicht zu funktionieren schienen.

In einer Ecke stand eine hohe Kommode und an der Wand mit dem Kamin entdeckte ich den dazu passenden Frisiertisch mit einem Spiegel. Ich ging zu dem Frisiertisch, weil mir dort etwas ins Auge gefallen war: Ein Totenschädel, der auf einem Bett aus bunten, für den Karneval in New Orleans typischen Mardi-Gras-Ketten lag und einen schwarzen Zylinder auf dem Kopf trug. Er sah verdammt *echt* aus. Zwischen den Zähnen steckte eine alte Zigarre. Ich musste schlucken. Auf dem Frisiertisch lagen noch einige andere Dinge – ein Handspiegel und eine Haarbürste aus Silber, eine kleine Schmuckschatulle und eine leere Weinflasche, in deren Hals eine Kerze steckte.

Der Spiegel über der Frisierkommode war fast blind und in der rechten Ecke gesprungen. Das Spiegelbild, das mir entgegenstarrte, wirkte seltsam verloren. Ein Zustand, den ich gar nicht abstreiten konnte. Nicht einmal im Traum hätte ich daran gedacht, hinter den Wall zu gehen. Sicher, es gab Leute, die nach New 2 reisten – Touristen, die sich die Stadt ansehen oder Mardi Gras feiern wollten, Wissenschaftler, die auf der Suche nach dem Übersinnlichen waren –, aber für die meisten kam es überhaupt nicht infrage.

Ich ging zum Fenster und starrte nach unten in den wild überwucherten Garten. In der linken Ecke stand eine riesige Eiche, die völlig unter Kletterpflanzen und den langen grauen Ranken des Spanischen Mooses begraben war. Den Rasen bedeckte ein Teppich aus verwelkten Blättern und kleinen violetten Blumen. Die Statue eines Engels, der Gesicht und Hände Richtung Himmel reckte und nur noch einen Flügel hatte, war teilweise mit grünen Flechten überzogen. Plötzlich lief es mir eiskalt den Rücken hinunter. Unter dem Teppich aus Blättern bewegte sich etwas.

»Ich hab euch was mitgebracht!«, rief jemand von unten. Dann hörte ich Schritte und Stimmen.

Crank steckte den Kopf durch die offene Tür. »Henri ist wieder da.«

Ich stellte meinen Rucksack und den Schuhkarton neben die Frisierkommode auf den Boden und folgte Crank nach unten. Doch auf der Hälfte der Treppe blieb ich wie angewurzelt stehen, klammerte mich an das eiserne Geländer und starrte die Gruppe in der Eingangshalle an.

Ein Junge, von dem ich annahm, dass es Henri war, hielt eine große Tüte mit Orangen in der Hand. Crank und zwei weitere Kinder umringten ihn. Den dünnen roten Bartstoppeln auf seinen Wangen und dem Kinn nach zu urteilen, musste Henri in meinem Alter oder ein wenig älter sein. Seine langen Haare waren dunkelrot und am Hinterkopf zusammengebunden. Doch es waren seine Augen, die meinen Atem stocken ließen. Sie waren nicht normal, genau wie meine. Die Farbe der Iris sah aus wie Haselnussbraun, doch sie waren zu hell, zu gelb, um normal zu sein. Oder bildete ich mir das nur ein?

Jemand stach ein Messer in die Tüte und ein paar Orangen fielen heraus und landeten auf dem Boden. Lautes Gelächter brach aus. Crank und die beiden anderen bückten sich, um die Früchte einzusammeln.

Das kleinste Kind ging in die Knie, griff sich eine Orange und drehte dann den Kopf, um mich anzusehen. Es war ein Mädchen, klein und zierlich gebaut, fast mager, mit großen dunklen Augen, die tief in den Höhlen lagen. Ihr winziges, ovales Gesicht war, mit Ausnahme ihrer zartrosa Lippen, sehr bleich. Die struppigen schwarzen Haare trug sie zu einem Pagenkopf geschnitten, dessen Spitzen sich unter ihrem Kinn ringelten. Auf ihrer Brust lag eine goldene Mardi-Gras-Maske, die an einem Faden um ihren Hals hing.

Das Mädchen lächelte und ich sah eine Reihe winziger weißer Zähne mit zwei sehr kleinen, aber dennoch deutlich ausgeprägten ... Fangzähnen.

Mein Herzschlag setzte für einen Moment aus. Ich riss meinen Blick von dem kleinen Mädchen los.

Reiß dich zusammen, Ari.

Plötzlich wurde es ganz still. Alle starrten. Auf mich. Mein Herz raste. Ganz langsam nahm ich die Hand vom Geländer, drehte mich um und ging steif wie ein Stock wieder nach oben.

Was zum Teufel hatte ich hier zu suchen?

In New 2 gab es eine Menge schräger Typen. Das hatte ich gewusst, als ich hergekommen war, aber das ...

Erst als ich in meinem Zimmer war und zu meinem Rucksack ging, hörte ich die anderen miteinander flüstern. Einen Augenblick später knarrten Schritte auf der Treppe.

»Crank meinte, du suchst nach Informationen«, sagte Henri, während er sich an den Türpfosten lehnte und die Arme vor der Brust verschränkte.

Ich griff nach meinem Rucksack. »Jetzt nicht mehr.«

Er kam ins Zimmer und schüttelte den Kopf. »Was hast du denn erwartet? Ein Fünf-Sterne-Hotel? Ein paar Teenies mit Handys und iPods und den neuesten Klamotten von Abercrombie & Fitch?«

Ich hätte mir eher die Zunge abgebissen, als ihm zu sagen, dass iPods längst Geschichte waren und Abercrombie & Fitch schon vor einer Ewigkeit pleitegegangen war. Ich bückte mich, um den Schuhkarton aufzuheben.

»Weshalb brauchst du eine Pistole?«

Mist. Ich richtete mich auf, weil mir plötzlich klar geworden war, dass die Neun-Millimeter für jeden sichtbar aus meinem Hosenbund ragte. »Die Waffe ist legal.« Allerdings war es nicht legal, dass ich sie benutzte.

»Das habe ich nicht gemeint.«

Ich hatte wirklich keine Lust, ihm haarklein zu erklären, was ich hier machte und warum ich bewaffnet war. Und inzwischen hatte sogar ich begriffen, dass ich einen Riesenfehler gemacht hatte.

Henri stellte sich mir in den Weg. Hinter ihm standen Crank und die anderen im Türrahmen und hörten uns mit großen Augen zu. Ich wich zurück und starrte Henri wütend an. »Kann ich mal durch?«

Nach einem kurzen Moment gespannter Stille hob er beschwichtigend die Hände und ging zur Seite. »Wie du willst. Ich weiß aber nicht, wie du ohne ein Auto zurück auf die andere Seite des Walls kommen willst. Viel Glück bei der Suche nach einem Taxi oder einem Greyhound-Bus.« Die anderen lachten.

Ich bedachte ihn mit einem ironischen Grinsen. »Vielen Dank.« Und dann marschierte ich mit hoch erhobenem Kopf an ihm vorbei, während die anderen drei vor mir zurückwichen. Ich wusste, wie dumm und übertrieben mein Verhalten war, aber die Zähne des kleinen Mädchens … Henris Augen … Es traf einen Nerv bei mir, es ließ mich an meine eigene Andersartigkeit denken und es weckte in mir den Wunsch wegzulaufen. So wie immer.

Meine Stiefel knallten gegen die Stufen, als ich die Treppe hinunterrannte, die kaputte Stelle übersprang und mich fragte, warum zum Teufel ich das Ganze eigentlich jemals für eine gute Idee gehalten hatte. Ich wollte doch nur etwas mehr über meine Mutter erfahren und nach New 2 war ich gekommen, weil ich gehofft hatte, in den Krankenhausunterlagen vielleicht den Namen meines Vaters zu finden. Das war alles, nur ein Name. Eine richtige Familiengeschichte wäre natürlich noch besser, aber ich war klug genug, um zu wissen, dass ich damit nach den Sternen griff.

Und ich hätte klug genug sein *sollen,* nicht nach New 2 zu gehen und wie versprochen zu warten, bis Bruce und Casey mich begleiten konnten. Andererseits hatte ich auch nicht damit gerechnet, diesen seltsamen Brief meiner Mutter zu bekommen oder von so einem verrückten, ausländischen Spinner überfallen zu werden, der sich in Luft auflösen konnte.

Ich war schon halb durch die Halle, als die Haustür aufging und jemand hereinkam.

Der Junge hielt den Kopf gesenkt, eine Strähne seines rabenschwarzen Haars verdeckte sein Gesicht. Mit der einen Hand hielt er einen Rucksack fest, mit der anderen zog er die Tür hinter sich ins Schloss. Er war groß, eins fünfundachtzig vielleicht, trug Jeans, schwarze Stiefel und ein altes, schon ganz verblichenes Iron-Maiden-Shirt. An seinem linken Handgelenk hatte er ein dunkles Lederarmband mit einem silbernen Streifen.

Ich erstarrte zur Salzsäule. Wie eine komplette Idiotin.

Er hob den Kopf und starrte mich an, mit den faszinierendsten grauen Augen, die ich je gesehen hatte. Aus den Augenwinkeln heraus beobachtete ich, wie ihm langsam der Rucksack aus der Hand rutschte und auf den Boden fiel.

Mein Mund war plötzlich staubtrocken, zu trocken, um zu schlucken. Hitze stieg mir in den Kopf und kroch meinen Rücken empor. Der Junge blickte mich finster an, was ihm ein bedrohliches Aussehen verlieh, das so gar nicht zu seinen gefühlvollen, von dichten, tintenschwarzen Wimpern umrahmten Augen passen wollte. Er hatte ein schönes Gesicht, eines, dessen Ausdruck sich mit Sicherheit in Sekundenschnelle ändern konnte, je nachdem, wie er gerade gelaunt war. Seine Lippen, die dunkler waren als die der meisten anderen Menschen, formten sich zu einem schmalen Strich, während der Blick seiner Augen immer intensiver wurde. Ein harter Zug legte sich um seinen Mund. Ich wich zurück, ergriffen von dem merkwürdigen Gefühl, er könnte in mich hineinsehen, als wüsste er, wer ich war.

»Sie suchen schon nach dir.«

Vier

Ein dicker Kloß schnürte mir die Kehle zu. Sofort musste ich an den schwertschwingenden Verrückten denken. Ich biss mir so fest in die Wange, dass ich warmes, nach Eisen schmeckendes Blut auf meiner Zunge spürte. »Wer sucht nach mir?«

»Die Novem.«

»Ja«, sagte ich, während ich zwei und zwei zusammenzählte, »sie haben auch schon versucht, mich umzubringen. Aber ein zweites Mal kommen sie nicht mehr so nah an mich ran.«

Er runzelte die Stirn. »Die Novem wollen dich nicht umbringen.«

Crank ging um mich herum und sprang auf einen langen Tisch, der an der Wand stand. Sie setzte sich hin und baumelte mit den Beinen. »Er hat recht.«

Ich schüttelte den Kopf, weil ich jetzt gar nichts mehr verstand. »Woher willst du das denn wissen?«

»Weil Sebastian mein Bruder ist und weil er alles weiß, was in New 2 vor sich geht. Das ist sein *Job.«* Ich zog eine Augenbraue hoch und wartete darauf, dass der Junge es zumindest bestätigte, doch er sagte kein Wort. »Bas arbeitet für die Novem. Sie bezahlen ihn dafür, dass er Botengänge macht, Informationen beschafft und so.« Crank drehte ihre Schiebermütze herum, sodass das Schild in ihrem Nacken saß. »Wer ist wirklich hinter dir her, Ari? Hat das was mit dem blutigen Schwert in deinem Rucksack zu tun?«

Langsam schloss ich die Augen und zählte bis fünf. Ich hatte einen Mann getötet. Hatte miterlebt, wie er einfach verschwand. Ich hatte ein kleines Mädchen mit *Fangzähnen* gesehen. Und jetzt waren vielleicht auch noch die Novem hinter mir her. Oder auch nicht. Ich tippte eher auf »waren hinter mir her« als auf »oder auch nicht«, egal, was Crank gerade gesagt hatte.

Wie zum Teufel war ich in diesen Schlamassel geraten? Nein, es war nicht *mein* Schlamassel, es war der meiner Mutter. Plötzlich war ich mir nicht mehr so sicher, ob ich die Wahrheit überhaupt noch wissen wollte. Ich zog mein Handy aus der Hosentasche. Bruce würde mich abholen. Er würde zwar vor Wut schäumen, aber er würde kommen.

»Mobiltelefone funktionieren in New 2 nicht«, erklärte Henri, der hinter mir stand.

Ich warf einen Blick auf das Display. Kein Netz. »Also gut. Gibt es hier irgendwo ein Telefon oder einen Münzapperat, den ich benutzen kann?«

»Immer diese Neulinge«, murmelte ein Junge, der ungefähr in Cranks Alter war, und setzte sich auf die Treppe, um seine Orange zu schälen. Er sah so seltsam aus, dass es mich für eine Sekunde ablenkte. Hellbraune Haut. Grüne Augen. Und einen kurz geschnittenen blonden Afro. Sogar seine Augenbrauen waren blond.

»Ohne Geld oder Beziehungen gibt es hier weder Telefon noch Internet. Hier gibt es nichts, nur fließendes Wasser, Strom und Postläufer«, meinte Henri. »Willkommen in New 2.«

»Ari wurde im Charity Hospital geboren. Sie sucht nach den Unterlagen über ihre Geburt. Du kannst ihr doch dabei helfen, nicht wahr, Bas?«, fragte Crank ihren Bruder.

Sebastian nahm seinen Rucksack und vermied es, mir in die Augen zu sehen. »Nein. Sie sollte wieder nach Hause fahren.« Er ging die Treppe nach oben.

Crank schnappte nach Luft, niemand sagte etwas. Das einzige Geräusch waren Sebastians langsame Schritte auf den Stufen.

Mein Blick wanderte von der Haustür zur Treppe. Ich stöhnte laut, weil ich einfach nicht glauben konnte, dass ich diesem Charmebolzen gleich hinterherrennen würde.

Ich lief die Treppe hoch und holte Sebastian oben auf der Galerie ein. »Hey, wart mal eine Sekunde.« Er blieb stehen und drehte sich halb zu mir um. »Wenn du etwas weißt... wenn du weißt, warum diese Leute hinter mir her sind ...«

Ich bin eins dreiundsiebzig groß und damit eigentlich nicht so viel kleiner als Sebastian, aber sein finsterer Blick ließ mich irgendwie schrumpfen. Der Typ verriet mit keinem Muskelzucken, was er dachte. Er blickte kurz zu den anderen, die uns bis zur Hälfte der Treppe gefolgt waren. Sein Mund wurde schmal, dann beugte er sich zu mir und flüsterte: »Jemand hat vor ein paar Stunden die Novem angerufen und ihnen gesagt, wie du heißt und wie du aussiehst ... alle Boten und sämtliche Leute, die für die Novem arbeiten – das ist praktisch jeder in dieser Stadt – sollen nach dir suchen.«

Dr. Giroux. Er musste der Anrufer gewesen sein. Aber warum? »Und du arbeitest auch für sie.«

»Sie wollen nur mit dir reden. Niemand hat gesagt, dass sie dir etwas tun wollen, daher habe ich auch absolut keine Ahnung von dieser Sache mit dem Schwert, über die Crank geredet hat. Und ja, ich arbeite für sie. Was aber nicht heißt, dass ich immer alles mitkriege.«

Er stürmte den Korridor hinunter und verschwand in einem Zimmer am Ende.

Plötzlich überrollte mich eine Welle der Müdigkeit, meine Schultern sanken nach unten. Ich spürte, wie die anderen mich anstarrten, doch mehr als alles andere wollte ich jetzt einfach nur in Ruhe gelassen werden. Ich musste Ordnung in meine Gedanken bringen und das, was bis jetzt geschehen war, erst einmal verarbeiten. Mein vorschneller Entschluss oder Einfall – wie auch immer man es nennen wollte –, einfach wegzurennen, würde mir nichts bringen. Es war dunkel. Ich brauchte einen Platz zum Schlafen. Ich hatte schon bezahlt. Mit einem Seufzer gestand ich mir ein, dass die Entscheidung schon längst gefallen war.

Ich ging wieder ins Schlafzimmer, schnappte mir den Schuhkarton und warf mich auf den Teppich vor dem Kamin. Doch das Geräusch von Schritten in der Halle unten machte mir schnell klar, dass ich so bald keine Ruhe finden würde.

Crank, der merkwürdig aussehende Junge und das kleine Mädchen mit den Fangzähnen – inzwischen hatte es die goldene Mardi-Gras-Maske *aufgesetzt* – kamen herein. Sie setzten sich zu mir auf den Teppich, sodass wir im Halbkreis vor dem Kamin hockten. Der Junge beugte sich vor und schnippte über dem Holz mit den Fingern. Sofort loderten Flammen auf.

Er hielt die Hände über das Feuer und wärmte sie, bevor er sich wieder zu uns drehte. »Das ist nichts Besonderes. Nur ein Trick«, erklärte er, als er bemerkte, dass mir die Kinnlade heruntergefallen war. »Was ist in der Schachtel da?«

Ja, klar, nur irgendein blöder Trick. Aber es war leichter, das zu glauben, als die Alternative. »Sachen von meiner Mutter.«

Vom Ende des Korridors drang das Geräusch einer Trommel

zu uns herein. Dann erklang eine zweite und eine dritte, bis sich ein Rhythmus bildete. Wände und Boden vibrierten. Das Tempo wurde schneller, dynamischer, geradezu wild. Es klang wirklich gut. Die Trommeln drangen mir durch Haut und Knochen, fanden den Weg zu meinem Herzen und schlugen dort im selben Takt.

»Das ist Sebastian«, informierte mich Crank. »Wenn er schlechte Laune hat, trommelt er immer.«

Ich musste nicht nachfragen, was das bedeutete. Mit schlechter Laune kannte ich mich aus. Im Hintergrund konnte ich ganz leise Musik und Gesang hören und mir wurde klar, dass Sebastian zu einem Stück im Radio oder auf einer CD trommelte. Egal, was es war, man konnte dazu tanzen oder sich auf den Boden legen, die Augen schließen und weinen.

Als die Flammen im Kamin höher schlugen, huschten Schatten über die Wände und den Schädel, der mich anzugrinsen schien, als wüsste er etwas, das ich nicht wusste. Der Schein des Feuers flackerte auf den bunten Perlen und dem schwarzen Satin des Zylinders. *Er sollte einen Namen haben,* dachte ich. Dann fragte ich mich, was mir mehr Angst einjagte, der Schädel oder das kleine Mädchen, das mich mit seinen glänzenden schwarzen Augen durch die goldene Maske hindurch anstarrte.

»Das hier ist Dub.« Crank deutete auf den Jungen. »Und das ist Violet. Sie redet nicht viel.«

Violet hielt immer noch ihre Orange in beiden Händen. Gelegentlich hob sie die Frucht an ihre winzige Nase und roch daran, ihre runden Augen blieben jedoch unablässig auf mich gerichtet. Sie sah aus wie eine schwarz angezogene Mardi-Gras-Puppe. Und aus irgendeinem Grund wurde mir die Kleine, die nicht älter als zehn sein konnte, immer sympathischer.

»Ich glaube, dein Tattoo gefällt ihr«, erklärte Dub, während er mit den Fingern auf seiner Khakihose herumtrommelte. »Bist du auch eine *Doué?«*

»Eine was?«

»Doué. So nennen die Novem die Freaks. Die Sonderlinge. Du weißt schon ... *uns.«* Er redete so schnell, als wäre jemand hinter ihm her. Alles an Dub war nervöse Energie und ständig bewegte sich irgendein Teil seines Körpers. »Violet hat komische Zähne. Henri hat eigenartige Augen. Ich kann ein paar Tricks. Crank kann ...«

»... nichts«, unterbrach sie ihn. Ihre Stimme klang enttäuscht. »Ich bin die Einzige hier, die normal ist.«

»Ja, aber niemand ist so praktisch veranlagt wie du«, meinte Dub. »Und seit du den Kühlschrank repariert hast« – er legte eine Hand aufs Herz und streckte die andere aus, als wollte er ihr ein Ständchen bringen –, »bist du die *Herrscherin* dieses Freakhauses.«

Crank ließ den Kopf hängen und rollte mit den Augen, doch ich konnte ihr ansehen, wie sie sich über das Kompliment freute. »Und dein Bruder, Sebastian?«, fragte ich. »Ist er auch normal?« *Mal abgesehen davon, dass er ein Idiot ist und ziemlich gut trommeln kann.*

»Sebastian redet nicht gern darüber, aber er kann Leute lesen, verstehst du? Er fühlt, was sie fühlen. Manchmal zu stark.«

Die Trommeln schlugen immer noch, allerdings nicht mehr so wild wie eben, nicht mehr so schnell. Jetzt war es ein gleichmäßiger, langsamer Rhythmus, in dem Gefühle mitschwangen. Anders ließ es nicht beschreiben. Ich hörte nicht nur die Trommelschläge, ich hörte mehr, viel mehr.

»Was ist denn jetzt mit dir?«, fragte Dub noch einmal, dieses

Mal aber etwas ruhiger. »Du siehst auch irgendwie merkwürdig aus.«

»Oh, vielen Dank.«

»Na ja, du hast ein Tattoo im Gesicht, weiße Haare und deine Augen sind auch ganz schön seltsam.« Er zuckte mit den Schultern. »Ich mein ja nur, dass du eine *Doué* sein *könntest.«*

»Vielleicht redet sie ja auch nicht gern darüber.« Crank lächelte mich an. Ich lächelte zurück und starrte dann auf meine Hände. Sie hatte recht; ich redete wirklich nicht gern darüber. Ich hatte noch nie gern darüber geredet. Und jetzt wollte ich erst recht nicht darüber reden.

»Heilige Scheiße«, stammelte Dub. Ich hob den Kopf und sah, wie er das Kurzschwert aus meinem Rucksack zog. »An der Klinge klebt ja Blut!«

»Finger weg!« Ich warf mich nach vorn auf die Knie und riss ihm das Schwert und den Rucksack aus den Händen.

»Du lieber Himmel. *Entschuldigung.«* Er lehnte sich zurück. Offensichtlich hielt er meine Reaktion für übertrieben. Aber ich hatte schließlich allen Grund dazu. Meine Sachen gingen ihn nichts an. Überhaupt nichts.

Ich schob das Schwert wieder in den Rucksack, innerlich hoffte ich, dass das Blut inzwischen getrocknet war und keine Flecken auf meiner Kleidung hinterlassen hatte. *Was für eine Glanzleistung, Ari.* Daran hätte ich denken sollen, bevor ich das Kurzschwert in meinen Rucksack gesteckt hatte.

»Lass einfach die Finger von meinen Sachen, ja? Morgen bist du mich wieder los.«

»Ich werde noch mal mit Bas reden«, versprach Crank. »Ich bin sicher, dass er dir mit dem Krankenhaus helfen kann, und ...«

»Nichts für ungut, Crank, aber ich will nicht, dass er mir hilft.«

Crank stieß Dub an und die beiden standen auf. Weil Violet keine Anstalten machte aufzustehen, bückte sich Crank und zog sie am Arm. »Komm schon, Vi.«

Das kleine Mädchen fauchte Crank an, doch dann stand es auf und ging mit den anderen hinaus.

Nachdem Crank mir den Schlafsack gebracht hatte, wartete ich, bis es vor der Schlafzimmertür ruhig geworden war. Die Stille wurde nur von dem gelegentlichen Ächzen und Stöhnen des alten Hauses durchbrochen.

Ich nahm zwei hohe Kerzen vom Kaminsims, zündete sie an den glühenden Kohlen des Feuers an und stellte sie vor mich auf den Boden. Endlich war ich allein. Keine Unterbrechung. Keine Kinder. Keine Trommeln. Nichts, das mich ablenkte. Aber wenn ich ehrlich war, hatte ich einfach nur so lange gebraucht, bis ich den Mut fand nachzusehen, was noch in dem Karton war.

Ich holte tief Luft und öffnete zuerst die beiden kleinen Schmuckschatullen. In der einen lag ein schlichter Silberring, auf dem etwas in Griechisch eingraviert war. Ich steckte ihn an den Ringfinger meiner rechten Hand. Er passte perfekt. Die zweite Schatulle enthielt ein altes Medaillon, so abgetragen, dass man das Bild auf der Vorderseite und die Schrift, die sich um den Rand zog, kaum noch erkennen konnte. Es sah aus wie eine Sonne, aber sicher war ich mir nicht. Ich legte das Medaillon zurück in die Schatulle und holte einen Zeitungsausschnitt aus dem Karton. In dem Artikel ging es um eine Frau in Chicago, die geköpft worden war und außer einer kleinen Tochter namens Eleni keine Angehörigen hinterließ. *Scheiße.*

Eleni war der Name meiner Mutter. Diese Frau war vermutlich meine Großmutter gewesen.

Als Nächstes fand ich einen Brief an meine Mutter, dessen Schrift schon ganz verblichen war.

Liebe Eleni,

wenn Du diesen Brief liest, habe ich versagt wie so viele vor mir. Ich habe es nicht geschafft.

In ein paar Jahren, wenn Du erwachsen bist, wirst Du verstehen, dass Du anders bist. Alle von uns sind anders gewesen. Soweit ich weiß, ist keine Frau in unserer Familie älter als einundzwanzig geworden. Und wir haben alle eine Tochter hinterlassen. Es scheint so, als hätte das Schicksal diesen Weg für uns bestimmt, und es gibt nur diesen einen.

Dir wird es nicht anders ergehen. Es sei denn, Du findest eine Möglichkeit, um den Fluch zu brechen. Meine Mutter hat sich umgebracht, als ich noch ein Baby war. Sie hat mir nichts hinterlassen, aber ich habe erfahren, dass ihre Mutter und ihre Großmutter auf die gleiche Art gestorben sind.

Und bald werde auch ich gehen. Ich spüre es in meinen Knochen, unter meiner Haut. Meine Zeit naht. Ich habe alles versucht, ich bin bei so vielen Geisterbeschwörern, Quacksalbern und Priestern gewesen, doch dieser Fluch hängt noch immer über mir. Und auch über Dir. Aber ich weigere mich, dem Wahnsinn nachzugeben. Ich weigere mich. Ich werde diesem Drang, alldem ein Ende zu bereiten, nicht nachgeben. Vielleicht genügt das ja, um den Fluch zu brechen.

Finde ein Mittel gegen den Fluch, Eleni. Mach Schluss mit dem Wahnsinn, der uns überfällt. Ich wünschte, wir hätten mehr Zeit miteinander gehabt ...

Ich werde immer bei Dir sein.
Deine Mutter

Tränen schossen mir in die Augen und ein dicker Kloß schnürte mir die Kehle zu. Ich faltete den Brief vorsichtig zusammen und steckte ihn wieder in den Umschlag. Ich wollte es nicht glauben, doch tief in meinem Innern wusste ich es. Es stimmte alles. Sie waren alle vom Schicksal heimgesucht worden und jetzt war ich an der Reihe. Ein warmer Tropfen fiel auf meine Wange und ich wischte ihn weg.

Scheiß drauf.

In den nächsten dreieinhalb Jahren würde ich mit Sicherheit weder sterben noch schwanger werden. Diese Sache, dieser Fluch oder was immer es auch war, würde mit mir enden. Die Enthauptung meiner Großmutter bedeutete, dass jemand sie aufgespürt und getötet hatte, als sie versuchte, dem Wahnsinn zu trotzen, und sich nicht selbst umgebracht hatte. Und jetzt war ich von jemandem auf dem Parkplatz des Hotels überfallen worden – okay, bis zu meinem einundzwanzigsten Geburtstag war es noch eine ganze Weile hin, aber dieser Jemand hatte mit Sicherheit versucht, mich ins Jenseits zu befördern.

Ich rieb mir mit beiden Händen das Gesicht.

Ich hatte nicht genug Informationen. Ich wusste nur, dass ich anders war – das war mir allerdings schon mein ganzes Leben lang klar – und jemand versucht hatte, mich umzubringen. Und dass sämtliche Frauen in meiner Familie verflucht und mit einundzwanzig Jahren tot gewesen waren.

Einundzwanzig. Nur scheiß einundzwanzig Jahre.

Ich legte die Finger zu einem Dreieck zusammen und stützte mich mit dem Kinn darauf. Dann versuchte ich, Ordnung in das Chaos zu bringen, zu dem mein Leben innerhalb von nur einer Nacht geworden war. Diesen Jemand, der mich umbringen wollte, hatte ich getötet. Vielleicht hatte das den Fluch gebrochen.

Ziemlich unwahrscheinlich.

Aber ... ich war jetzt hier. In New 2. Das einzig Logische schien mir, mehr über meine Mutter und meinen Vater in Erfahrung zu bringen. Und herauszufinden, warum die Novem mich sprechen wollten. Oder umbringen.

Ein Tag. Ich würde noch einen Tag hierbleiben.

* * *

Mit zerschrammten Ellbogen, einer schmerzenden Stirn und einem steifen Rücken wachte ich auf. Und – falls der Rotton hinter meinen geschlossenen Augen tatsächlich war, wofür ich ihn hielt – einem Sonnenstrahl, der durch das Fenster hereinfiel. Ich kniff die Augen zusammen, als sich plötzlich ein Schatten über das Licht legte. Die Holzdielen knarrten. Ich öffnete die Augen.

Jeder Muskel in meinem Körper zog sich schlagartig zusammen. Ich starrte direkt in die blauen Augen eines kleinen weißen Alligators.

»Pascal, das ist Ari«, flüsterte die Stimme eines kleinen Mädchens.

Violet, die vor meinem Schlafsack kniete und eine burgunderrote, mit Schmucksteinen verzierte Maske auf dem Kopf trug, hatte sich vorgebeugt und hielt mir den Alligator direkt vor das Gesicht. Der brauchte nur noch zuzuschnappen und meine Nase wäre Geschichte.

Ich hielt die Luft an und bemühte mich krampfhaft, nur ja nicht auf seine milchweiße Haut zu atmen.

Schließlich lehnte sich Violet zurück, drehte den Alligator um und gab ihm einen Kuss auf die Schnauze. »In Ordnung, Pascal«, flüsterte sie. Dann setzte sie das Tier auf den Boden und zog sich die Halbmaske vor das Gesicht. Die spitz nach oben auslaufenden Ecken der Maske waren mit zwei kleinen Federn verziert.

Pascal watschelte zur Tür hinaus.

Ich atmete erst einmal durch und setzte mich dann auf, weil ich nicht wusste, was ich zu dem sonderbaren Mädchen, das mich schon wieder unverwandt anstarrte, sagen sollte. Ihre kleinen weißen Hände lagen flach auf ihren Knien und das schwarze Kleid, das sie trug, sah aus, als wäre es früher einmal das Cocktailkleid einer Frau gewesen. Darunter trug sie eine Strumpfhose oder vielleicht auch Kniestrümpfe, die für einen Erwachsenen gedacht waren, aber was auch immer es war, ich konnte es nicht genau erkennen, da das obere Ende unter dem Saum des Kleides verschwand. Die Collegeschuhe an ihren Füßen waren für Jungen und eine Nummer zu groß.

»Gehört der Alligator dir?« Ich warf einen Blick zur Tür, um mich zu vergewissern, dass Pascal nicht plötzlich auf die Idee gekommen war, wieder hereinzuwatscheln.

»Er gehört niemandem.« Violet legte den Kopf auf die Seite. »Deine Haare gefallen ihm. Sie sehen aus wie seine Haut.«

Ohne zu überlegen, hob ich die Hand und strich eine lose Strähne hinter mein Ohr. Ich hatte ganz vergessen, dass ich meinen Haarknoten gestern Abend vor dem Schlafengehen gelöst hatte. Am liebsten hätte ich meine Haare zusammengenommen und hinter meinen Schultern versteckt, doch aus irgendeinem Grund wollte ich nicht, dass Violet auf den Gedanken kam, ich würde ihnen viel Bedeutung beimessen. Daher ließ ich sie einfach hängen, sodass sie mein Gesicht umrahmten und bis auf meinen Schoß fielen.

»Meine Zähne gefallen ihm auch. Sie sehen so aus wie seine eigenen«, redete Violet weiter, während mich ihre großen Augen durch die Maskenschlitze beobachteten.

»Warum sind deine Zähne denn so?« Ich blieb ganz ruhig, fast starr sitzen und hoffte inständig, dass sie meine Frage nicht gleich mit einem Biss quittierte.

»Natürlich damit ich essen kann.« Sie legte wieder den Kopf schief. »Du bist anders.« Dann stand sie auf und ging trotz ihrer schweren schwarzen Schuhe fast lautlos aus dem Zimmer.

Ich starrte ihr hinterher, ein bisschen verwirrt darüber, wie sehr sie mich faszinierte. Aber es waren nicht nur die Masken und ihre spitzen Zähne, die mich so aus der Fassung brachten. Violet ließ mich irgendwie sentimental werden, als würde sie eine Art Mutter- oder Große-Schwester-Instinkt in mir wecken. Vermutlich war es das Gleiche, was Casey und Bruce gespürt hatten, als sie mich zum ersten Mal sahen – ein unerklärliches Gefühl der Zusammengehörigkeit oder das Bedürfnis, mich beschützen zu wollen. Ich schüttelte den Kopf. Es spielte keine Rolle. Heute Abend würde ich ja schon wieder weg sein.

Ich wollte gerade den Blick von der Tür abwenden, als Sebastian vorbeikam und seinen Kopf ruckartig zur Seite drehte. Das Stocken seiner Schritte verriet deutlich, dass er nicht damit gerechnet hatte, mich zu sehen.

Plötzlich spürte ich ein Kribbeln im Bauch und Blut schoss mir in die Wangen. Seine grauen Augen zogen mich an wie zwei Seen aus flüssigem Quecksilber. *Ja und Quecksilber ist giftig, du dumme Kuh.*

Doch dann wurde mir klar, dass er gar nicht mich anstarrte. Er starrte meine Haare an. Wie alle anderen.

Mir kam es wie eine Ewigkeit vor, doch in Wirklichkeit dauerte es nur ein oder zwei Sekunden, bevor er den Blick abwandte und weiterging.

Ich blinzelte und erwachte aus meiner Starre. Dann suchte ich schnell meine Haare zusammen und fing an, sie ineinanderzudrehen, während ich aufsprang und hinter ihm herlief. »Sebastian!«

Auf halbem Weg nach unten blieb er stehen, doch seine Körpersprache verriet, wie sehr ihm das widerstrebte. Ich lief auf ihn zu, während ich meine Haare zu einem Knoten schlang und die Tatsache zu ignorieren versuchte, dass der Typ mich ausgesprochen nervös machte.

Zwei Stufen über ihm blieb ich stehen und ließ die Arme sinken. »Sebastian, hör zu, ich weiß, dass du mich nicht hierhaben willst, aber ... die Novem ... glaubst du wirklich, dass sie mir nichts tun werden?«

Einer seiner Mundwinkel verzog sich zu einem Lächeln. Oder einem Grinsen. »Ja«, antwortete er.

Ich biss mir auf die Lippe und traf eine schnelle Entscheidung. »Wenn du mir hilfst, die Informationen zu finden, die ich suche, gehe ich freiwillig mit dir zu den Novem …«

Plötzlich wurde die Tür aufgestoßen, so fest, dass sie gegen die Wand knallte und der Knauf beim Aufprall den Gipskarton beschädigte.

Violet kam ins Wohnzimmer und blieb mit Pascal im Arm stehen, als drei junge Männer das Haus betraten.

Sie waren alle etwa im gleichen Alter, etwas unter oder über zwanzig. Der Kerl in der Mitte warf einen Blick auf Violet und schüttelte den Kopf. »Willkommen im Gruselkabinett.«

Seine Freunde lachten, als sein Blick auf die Treppe fiel. »Oh. Ein Neuzugang?« Er sah von Sebastian zu mir. »Schätzchen, sogar in den Sümpfen wärst du besser dran als bei diesen Versagern.«

»Was willst du, Ray?« Sebastians Hand umklammerte das Treppengeländer so fest, dass seine Fingerknöchel weiß wurden.

Ich machte noch einen Schritt nach unten, als Dub mit einer Orange in der Hand aus dem Esszimmer kam und anfing, sie zu schälen. Ray nahm sie ihm weg.

»Hey.«

Ray warf die Orange auf den Boden. »Na, was geht, Dub? Du dreckiger Bastard.«

»Fick dich, Ray*mond!*«

Ray wollte auf Dub losgehen.

Die nächsten paar Sekunden schienen wie in Zeitlupe abzulaufen.

Violet setzte Pascal auf den Boden, zog sich die Maske vors Gesicht, als ob sie in eine Schlacht ziehen würde, und schoss auf Ray zu. Sie schlang ihren kleinen Körper wie ein Krake um ihn und klammerte sich mit Armen und Beinen an seinen Bauch. Dann schlug sie ihre spitzen Zähne in seinen Bizeps und biss zu. Ray stieß einen gellenden Schrei aus und versuchte, sich von ihr zu befreien. Zwar gelang es ihm, etwas Abstand zwischen sich und Violet zu bringen, doch Hände und Beine des Mädchens hingen an ihm fest. Er fluchte auf Französisch, zerrte noch einmal mit aller Kraft an ihr und warf sie dann weg wie eine Puppe. Sie prallte auf den Boden und rutschte über das glatte Parkett der Halle.

Irgendwo in meinem Gehirn wurde ein Schalter umgelegt.

Ich drängte mich an Sebastian vorbei und rannte die Treppe hinunter, während Dub und Crank zu Violet liefen. Die Kleine stand ohne Hilfe auf, wischte sich das Blut von Mund und Kinn und hechtete durch eine der Fenstertüren in den Garten hinaus. Ich sah gerade noch, wie sie unter den verwelkten Blättern verschwand, bevor ich mich wieder zu Ray drehte.

Adrenalin schoss mir in die Adern und eine unbändige Wut flammte in mir auf. Nichts regte mich mehr auf als Gewalt an Kindern, denn ich wusste aus eigener Erfahrung, wie sich das anfühlte. »Versuch das mal mit mir«, blaffte ich den Jungen an. Und dann schlug ich ihm meine Faust auf das Kinn.

Der stechende Schmerz, der durch meine Fingerknöchel bis in meine Hand zuckte, fühlte sich gut an. Und als ihm seine Freunde zu Hilfe eilten, freute ich mich auf den Kampf.

Na los, ihr Arschlöcher.

Als der erste von den Typen ausholte, machte ich eine Drehung, packte über meine Schulter hinweg seinen Arm und warf ihn zu Boden. Kaum war er unten, spürte ich den Atem des anderen Jungen in meinem Nacken. Mein Blick traf Sebastian. Seine Augen lächelten mich an, forderten mich heraus, wollten wissen, was ich konnte. Ich grinste ihn an, als der zweite Kerl mich von hinten um die Taille packte. Ich warf den Kopf zurück und machte mich auf das Knirschen gefasst, das ich gleich hören würde. Mein Schädel knallte gegen sein Gesicht. Er stöhnte. Es tat ihm erheblich mehr weh als mir. Dann wirbelte ich herum und verpasste ihm noch einen Fußtritt in den Magen, der ihn zu seinem Freund auf den Boden schickte.

Ich trat einen Schritt zurück und sah mir mit wild klopfendem Herzen das Ergebnis meiner Anstrengung an.

Irgendwo hinter mir stieß Dub einen anerkennenden Pfiff aus, doch ich konzentrierte mich auf Ray. Er war der Einzige, der noch stand, und deshalb immer noch eine Gefahr für mich.

»Verdammtes Miststück!«, fauchte er mich an, während er eine Hand auf seine blutende Schulter presste und sich mit der anderen den Kiefer rieb. Seine Gesichtsfarbe war um einiges blasser geworden.

Ich grinste und zeigte ihm den Mittelfinger. Das Blut schoss ihm in die Wangen, er sah aus, als würde er gleich die Zähne fletschen.

Plötzlich stand Sebastian neben mir. »Sie gehört mir«, stellte er völlig ruhig fest. »Ich habe sie zuerst gefunden.«

»Schon, klar, du musst ja immer der Beste sein, nicht wahr, Lamarliere?« Ray spuckte auf den Boden, als die beiden anderen Jungen es geschafft hatten aufzustehen. »Du solltest dich besser beeilen. *Grandmère* wartet nicht gern.«

Als sie weg waren, zog Dub den Knauf der Tür aus der Wand,

damit er sie zumachen konnte. Ich drehte mich zu Sebastian um. »Ich *gehöre* dir? Was zum Teufel soll das heißen?«

»Ray arbeitet auch für die Novem. Er hat versucht, dich als Erster zu finden. Jemand muss gesehen haben, wie du mit Jenna hergekommen bist.«

»Jenna?«

»Crank.« Ganze vier Sekunden lang sagte er nichts mehr. »Ich werde dir helfen, die Unterlagen zu finden.« Dann ging er ins Wohnzimmer.

Na dann.

Ich holte erst einmal tief Luft – die würde ich brauchen, wenn ich mich mit diesem Charmebolzen anlegte – und folgte Sebastian durch zwei riesige Fenstertüren in den Garten. Dub und Crank standen auf den mit Moos bewachsenen Steinplatten der Terrasse und starrten auf einen kleinen Hügel aus Blättern. Es war zwar Winter, doch über den *Garden District* hatte sich Feuchtigkeit gelegt, die den Garten wie einen Dschungel wirken ließ. Es roch nach Erde, verrottenden Blättern und jenen stark duftenden weißen Blüten, die sich am Haus in die Höhe rankten.

»Vi, er ist weg. Und du hast Aris Schlägerei verpasst. Das war klasse.« Dub unterstrich seine Worte mit ein paar Faustschlägen in die Luft und einem angedeuteten Wurf. »Jetzt mach schon, Vivi. Du hast mir geholfen. Komm raus, damit ich mich bei dir bedanken kann.«

Unter den Blättern blinzelten zwei schwarze Augen. Ich schob mich näher an Sebastian heran, während Crank mit Violet redete. »Was ist eigentlich mit ihr los? Warum hat sie diese kleinen Vampirzähne?«

»Sie ist kein Vampir«, erwiderte er leise lachend. »Dub hat sie letztes Jahr draußen in den Sümpfen gefunden. Sie hat ganz allein auf dem Hausboot eines Fallenstellers gelebt. Dub hat sie drei Monate lang gefüttert, bevor sie mit ihm hergekommen ist. Sie kommt und geht, wie sie Lust hat, und hat eine Schwäche für ungewöhnliche Dinge wie Masken. Oder Obst, das sie allerdings nie isst.«

Eine meiner Augenbrauen ging in die Höhe und ich wippte von den Zehen auf die Fersen. »Du kannst ja tatsächlich mehr als nur einen Satz sagen.«

Er sah mich an und runzelte die Stirn. »Wir gehen jetzt besser. Violet kommt schon wieder raus, wenn sie so weit ist.«

Fünf

Es ist schön hier«, sagte ich ganz fasziniert von der beeindruckenden Kulisse des *Garden District*, während ich mit Sebastian die St. Charles Avenue hinunterging. Als Antwort bekam ich lediglich ein Brummen. Eigentlich hatte ich gar nicht vorgehabt, meine Gedanken laut auszusprechen. Es war ziemlich deutlich, dass er sich nicht mit mir unterhalten wollte.

Was mir allerdings nichts ausmachte, schließlich war ich selbst ja auch nicht gerade für meine Sozialkompetenz bekannt.

Also trottete ich brav neben meinem Begleiter her, behielt meine Gedanken für mich und widmete meine Aufmerksamkeit den Rissen im Bürgersteig und den Ästen der Bäume, die bis auf die Zäune hingen, weil sie von Moos oder schweren Ranken nach unten gedrückt wurden.

Wäre jemand in meine Seele gekrochen und hätte eine Stadt entworfen, die genau zu mir passte, sie hätte genauso wie der *GD* ausgesehen. Ich fühlte mich hier so zu Hause wie nirgendwo sonst. Vielleicht lag es daran, dass ich hier geboren wurde und dass ich wusste, dass meine Mutter hier gelebt hatte. Nein, das allein war es nicht. Es lag an der Atmosphäre hier, an dem Gefühl der Verlassenheit, an dem schleichenden Verfall, der in allem lag, an den verwilderten Pflanzen und Bäumen und an dem verwunschenen Aussehen der prächtigen alten Häuser.

An den Schatten, die überall lauerten, in den verlassenen Gärten, auf den unbebauten Grundstücken, hinter den mit Brettern vernagelten Fenstern. Selbst die sonderbaren Menschen, die ich hier kennengelernt hatte, machten diesen Ort zu einem Zuhause. Es lag an Violet, Dub, Henri und Crank. Und an Sebastian mit seinen schwarzen Haaren, den melancholischen Augen und den dunkelroten Lippen. Es lag daran, dass ich mich an einem Ort befand, der sich einen Dreck interessierte, was jemand war, weil er selbst auch anders war.

Doch die Stadt war nicht völlig verwahrlost. Wir kamen an einem Haus vorbei, in dem etwa zwanzig Künstler wohnten. Auf der Veranda spielte ein Mann eine spanisch angehauchte Melodie auf einer zwölfsaitigen Gitarre, während eine Frau mit Turban ein Bild auf eine Leinwand malte. Aus den offenen Fenstern drangen Stimmen und das Geräusch von Hammerschlägen auf Holz. In einer alten Hängematte zwischen den Pfeilern lag ein Mann, in dessen schlaffen Fingern ein Joint klemmte.

Der Mann mit der Gitarre hob den Kopf und nickte Sebastian zu.

Einige Häuser weiter überquerten wir die St. Charles Avenue, um dort auf die Straßenbahn zu warten.

»Charity Hospital, stimmt's?«

»Ja. Glaubst du, wir werden Schwierigkeiten haben, einen Blick in meine Unterlagen zu werfen?«

Sebastian zuckte mit den Schultern. Er fuhr sich mit den Fingern durch die Haare, bis sie völlig zerzaust waren. »Dürfte nicht so schwer werden.«

»Kennst du jemanden in New 2, der Selkirk heißt?«

Die Straßenbahn kam auf uns zu, während Sebastian den

Kopf schüttelte und in seiner Tasche nach Geld suchte. »Es kostet einen Dollar fünfundzwanzig.«

»Oh… Mist.« Ich ließ meinen Rucksack fallen und zog den Reißverschluss der Außentasche auf, um zwei Dollar herauszuholen, als die Straßenbahn vor mir zum Stehen kam. Sebastian war schon halb die Stufen hinauf. Ich beeilte mich, ihm nachzukommen, zahlte und nahm dann auf einer Holzbank ihm gegenüber Platz.

Wir waren die einzigen Fahrgäste. Schweigend saßen wir da, bis Sebastian sich neben mich auf die Bank setzte. Überrascht rutschte ich näher zum Fenster hin.

»Willst du mir was über den Kerl erzählen, der versucht hat, dich zu töten?«, murmelte er, während er den Fahrer im Auge behielt.

Unsere Schultern berührten sich und ich versuchte, nicht allzu tief einzuatmen – Sebastian roch wirklich verdammt gut. »Eigentlich nicht.« Ich starrte aus dem Fenster.

»Glaubst du, er hat in New 2 gelebt?«

Ich runzelte die Stirn. »Ich weiß nicht, was ich glauben soll. Der Kerl hat sich benommen, als wäre er von einem anderen Planeten.« Ich drehte mich weg. »Jedenfalls kommt er aus einem anderen Land. Ich habe ihm zwei Kugeln verpasst, aber er hat kaum mit der Wimper gezuckt.« Die Bilder der letzten Nacht kamen in mir hoch. »Das Merkwürdige daran ist… meine Mutter hat es *gewusst.* Sie ist schon vor langer Zeit gestorben, aber aus irgendeinem Grund hat sie gewusst, dass mich jemand überfallen würde. Sie hat mir einen Brief hinterlassen und wie durch Zauberei tauchte dann plötzlich dieser Typ auf.«

»Und du hast ihn umgebracht«, stellte er fest. Sein ernster Blick verriet, wie wenig er mich darum beneidete.

»Ja, mit seinem Schwert. Ich habe ihn getötet. Jedenfalls glaube ich das.« Ich musste daran denken, wie sich mein Angreifer in Luft aufgelöst hatte. Genau genommen wusste ich gar nicht, was mit dem Typ passiert war. Vielleicht war er ja tatsächlich gestorben, aber vielleicht war er auch nur verschwunden, um seine Wunden zu lecken. Doch diesen Teil der Geschichte wollte ich Sebastian nicht erzählen. Ich war mir ja nicht einmal sicher, warum ich überhaupt mit ihm darüber sprach.

Die Straßenbahn schwankte leicht und ich wurde gegen Sebastian gedrückt. Meine Nase war nur noch ein paar Zentimeter von seinem Gesicht entfernt. Plötzlich wurde mein Mund trocken. In meinem Magen breitete sich eine angenehme Wärme aus. Mit einem Mal fühlte ich mich so sicher, so geborgen. Doch es war kein beruhigendes Gefühl. Ich war nervös und aufgeregt. Sebastians Blick wanderte über mein Gesicht und blieb an meinen Lippen hängen. An seinem Kiefer zuckte ein Muskel. Ich hörte auf zu atmen.

Und dann blieb die Straßenbahn stehen. Ich konnte gerade noch verhindern, dass ich von der glatten Holzbank rutschte und auf meinem Hintern landete.

»Canal Street!«, rief der Fahrer.

Sebastian war schon aufgestanden und ging zum Ausgang.

Schnell richtete ich mich auf und verpasste mir in Gedanken eine kräftige Ohrfeige. Ich war aus einem ganz bestimmten Grund in dieser Stadt, und einen schwer melancholischen Typen anzuhimmeln, nur weil der zufällig zuckersüß war und unglaublich gut trommeln konnte, gehörte ganz bestimmt nicht zu den Dingen, die ich hier zu erledigen hatte. Falls er war wie ich und irgendwelche merkwürdigen Fähigkeiten besaß, steckte ich in ernsten Schwierigkeiten.

»Wir müssen noch eine andere Straßenbahn nehmen, die in der Canal Street. Damit kommen wir in die Nähe des Krankenhauses. Den Rest laufen wir. Es ist nicht weit«, erklärte Sebastian, als ich ausstieg.

Nachdem wir in die Straßenbahn in der Canal Street eingestiegen waren, sprachen wir für den Rest der Fahrt kein Wort mehr, was mir ganz recht war. Ich starrte gebannt auf die Ruinen des Geschäftsviertels und des Stadtzentrums. Sämtliche Hochhäuser und Gebäude bildeten ein Trümmerfeld oder waren ausgebrannt – es sah aus, als sei hier die Welt untergegangen. Hierher hatten es die Novem offensichtlich noch nicht geschafft.

Nachdem wir ausgestiegen waren, gingen wir etwa drei Häuserblocks weiter bis zum Charity Hospital. Sebastian rannte über die Straße, doch ich stand einfach nur da und starrte das große Gebäude an. Hier hatte meine Mutter mich geboren. Mein Puls ging schneller. War mein Vater ins Krankenhaus gekommen? War er mit Blumen in der Hand durch diese Türen gegangen? Luftballons? Einem großen weißen Teddybären?

»Ari!« Sebastian stand auf dem Gehweg und hob die Hände, als wollte er fragen, was los war.

Reiß dich zusammen. Ich äffte seine Geste nach und war dabei wohl herablassender als notwendig. Dann rannte ich über die Straße, ignorierte seinen fragenden Blick und ging zum Haupteingang.

An den Türen holte er mich ein. »Du wartest besser hier.«

Ich lachte leise, als die Türen aufglitten. »Du musst noch eine Menge über mich lernen. Ich warte nicht hinter den Kulissen.« Und damit ging ich an ihm vorbei in das Krankenhaus. Seine Antwort darauf konnte ich mir ohne Probleme vorstellen: *Ich will aber gar nichts über dich lernen. Ich will viel lieber in der Ecke sitzen und alle finster anstarren, die es wagen, an mir vorbeizukommen.*

Wir liefen am Empfang vorbei in die Eingangshalle.

»Die Unterlagen werden auf den Computern gespeichert sein.«

»Ich dachte, ihr habt keine …«

»Wir haben Computer. Papier hält in diesem Klima nicht lange. Nachdem die Novem New 2 gekauft hatten, ließen sie alles, was noch auf Papier vorhanden war, elektronisch speichern.«

Wir blieben vor dem Fahrstuhl stehen. Sofort als Sebastian auf den Abwärtsknopf drückte, öffneten sich die Türen. Wir gingen hinein. »Wie sieht dein Plan aus? Wir marschieren ins Archiv und nehmen uns einfach, was wir brauchen?«

»Ja.«

»Toll. Ich bin schwer beeindruckt.« Genervt verdrehte ich die Augen. Der Fahrstuhl bewegte sich ein Stockwerk nach unten und machte *Ping*. Ich stieg aus, noch bevor sich die Türen vollständig geöffnet hatten.

Eine kalte Stille empfing mich. Unsere Schritte hallten in dem leeren Korridor. Ich bemühte mich, nicht daran zu denken, wofür in den meisten Krankenhäusern die Keller benutzt wurden. Die eisigen Schauer, die mir über den Rücken liefen, konnte das dennoch nicht aufhalten.

Sebastian ging nach links und öffnete eine Tür, auf der ARCHIV stand. Schnurstracks, als ob der Laden ihm gehörte, marschierte er hinein. Mich überkam ein ungutes Gefühl. Das war alles viel zu einfach.

Im Archiv standen vier Schreibtische, von denen zwei leer

waren. An den beiden anderen saßen zwei Frauen, die den Blick von ihrem Monitor hoben.

Es dauerte ganze drei Sekunden, bis den beiden dämmerte, dass wir kein Krankenhauspersonal, sondern Teenager waren. Und noch dazu welche, die irgendwie merkwürdig aussahen, Jeans und schwarze Klamotten trugen und mit Sicherheit nichts Gutes im Schilde führten.

Womit sie auch völlig recht hatten. Bei dem Gedanken daran musste ich grinsen.

Die ältere der beiden erhob sich von ihrem Platz und wollte etwas sagen.

Plötzlich stand Sebastian vor ihr. Es war so schnell gegangen, dass ich gar nicht gesehen hatte, wie er sich bewegte. Er streckte den Arm aus und legte ihr eine Hand an die Wange. Die Frau hob das Kinn und starrte ihn wie verzaubert an. Dann beugte er sich zu ihr hinunter und seine Lippen streiften ihr Ohr, als er ihr etwas zuflüsterte. Ihre Augenlider flatterten.

Die andere Frau, die immer noch an ihrem Schreibtisch saß, konnte sich nicht bewegen. Sie verfolgte gebannt, wie ihre Kollegin und Sebastian in einer zärtlichen Umarmung versanken, die alles andere auszuschließen schien. Seine Hand glitt von der Wange der Frau. Sie sank auf ihren Stuhl zurück, mit weit aufgerissenen Augen und leerem Blick, scheinbar versunken in einen Tagtraum. Sebastian drehte sich zu der anderen Frau hin. Mein Herz raste, als würde ich etwas sehr Privates und Intimes beobachten. Etwas, das nicht für meine Augen bestimmt war. Doch ich war wie erstarrt. Ich konnte mich nicht bewegen, ich konnte nicht gehen oder meinen Blick abwenden, selbst wenn ich gewollt hätte.

Die jüngere der beiden Frauen sprang auf, als Sebastian

auf sie zuging. Er war einen Kopf größer als sie und so ruhig, so konzentriert. Als er die Hand ausstreckte und mit einem Finger über ihre Wange strich, seufzte sie so sehnsuchtsvoll, als hätte sie ihr Leben lang davon geträumt, auf diese Art berührt zu werden. Auch dieser Frau flüsterte er etwas ins Ohr und kurze Zeit später war sie genauso weggetreten wie ihre Kollegin.

Sebastian drehte sich zu mir um. Meine Lippen öffneten sich, Wärme durchströmte meinen Körper, als würde eine riesige Welle in Zeitlupe über mich hereinbrechen. Es fühlte sich an, als würde ich erdrückt werden. Ich räusperte mich. »Klasse Trick. Wie machst du das? Bist du so eine Art Hypnotiseur?«

Sein Blick lag eine Sekunde länger als notwendig auf mir und plötzlich fühlte ich wieder diese Wärme in mir aufsteigen. Doch dann rollte er die jüngere der beiden Frauen mitsamt ihrem Bürostuhl vom Computer weg, stellte sich vor den Monitor und begann zu tippen.

»Name der Mutter?«

Ich ging zu dem Schreibtisch. »Eleni Selkirk.«

»Dein Geburtsdatum?«

»Einundzwanzigster Juni zweitausendneun.«

»Geburtsfehler? Kaiserschnitt oder natürliche Entbindung?«

Ja, ein ganz großer Geburtsfehler, wollte ich antworten. »Nein. Und das andere weiß ich nicht«, erwiderte ich stattdessen.

Er machte noch einige Eingaben und trat dann zur Seite. »Da haben wir's. Selkirk. Weiblich. Vater nicht aufgeführt.«

Ich überflog die Anzeige des Monitors, weil ich es nicht glauben wollte. Das konnte nicht sein. Der Name meines Vaters *musste* dort stehen. Doch der Bericht enthielt nichts, das mir weiterhelfen würde, nichts, das ich nicht schon wusste. »Nichts.«

Sebastian beugte sich vor und klickte auf die Seite mit der Abrechnung. »Lass uns mal sehen, wer die Rechnung bezahlt hat. Damit finden wir heraus, welche Versicherung es war und ob noch jemand auf der Karte stand.«

Darauf hätte ich auch kommen können und mit ein bisschen mehr Zeit wäre es mir bestimmt auch noch eingefallen. Die Rechnungsdaten wurden geladen. Dann folgten die Angaben zur Versicherung. Auf der Karte stand nur Eleni, sonst niemand. Aber die Eigenbeteiligung war nicht von meiner Mutter, sondern von jemand anderem bezahlt worden: »Josephine Arnaud. Wer zum Teufel ist das?«

Sebastian richtete sich auf. Sein Kiefer spannte sich an, was seinen Gesichtsausdruck ziemlich finster wirken ließ. Er fuhr sich mit den Fingern durch die Haare und sah mich dann mit einem Blick an, der verriet, wie angepisst er war. »Josephine Arnaud ist meine Großmutter.«

Die Frauen auf den Bürostühlen wurden unruhig, langsam erwachten sie aus dem Trancezustand, in den Sebastian sie versetzt hatte. Er wechselte wieder auf die Hauptseite des Programms, packte mich am Arm und zerrte mich zur Tür. »Komm mit, wir unterhalten uns unterwegs.«

Ich war noch immer damit beschäftigt, mich von dem Schock zu erholen, dass seine Großmutter meine Mutter gekannt hatte, und er hatte nichts Besseres zu tun, als mich einfach zur Tür zu schleifen! »Warte mal! Was meinst du mit unterwegs? Wohin willst du denn?« Wir waren schon wieder draußen auf dem Korridor. Ich riss mich los. »Verdammt noch mal! Sebastian! Was geht hier eigentlich vor?«

Ich wusste, dass ich zu laut war, doch in dem Moment war es mir so was von egal, wer mich hörte. Sebastian riss eine Tür auf und stieß mich in den Raum dahinter. Es war die Leichenhalle.

Ich machte einen Schritt von der Tür weg. »Also? Was ist jetzt?«

»Die Novem bestehen aus neun Familien…«

»Du, ich brauche jetzt keine Lektion in Geschichte. Ich weiß alles über die neun Familien. Wie jeder andere auch.«

Sebastian schüttelte den Kopf. In seinen grauen Augen blitzte Ärger auf. »Ihr anderen haltet euch immer für so unglaublich schlau! Meine Großmutter Josephine ist das Oberhaupt der Familie Arnaud. Die Arnauds sind eine der neun Familien, die vor dreizehn Jahren New Orleans gekauft haben.«

Ich konnte ein Lachen nicht unterdrücken. Doch Sebastian lachte nicht. Er war todernst. *»Deine* Familie. Deine Familie besitzt ein Stück von New 2.« Ich ging in einem kleinen Kreis hin und her und lachte noch einmal ungläubig. »Und deine *Großmutter* kannte meine Mutter und bezahlte ihre Arztrechnungen. Das ist einfach unglaublich.« Ich drehte ihm den Rücken zu und stemmte die Hände in die Hüften. Wut stieg in mir auf, während mein Blick durch den nur karg eingerichteten Raum wanderte – ein Untersuchungstisch, zwei Bahren mit Leichen, die mit blauen Baumwolltüchern abgedeckt waren, dahinter eine Wand mit kleinen quadratischen Türen, hinter denen vermutlich noch mehr Tote steckten…

Es war total abgefahren. Ich drehte mich wieder um und zwang mich, nicht nach hinten zu sehen. Zwei Leichen den Rücken zuzudrehen, war alles andere als ein beruhigendes Gefühl.

Ich schüttelte den Kopf und fluchte leise, weil ich das alles nicht verstand. Die Warnung meiner Mutter, der Überfall, der Tote, der sich in Luft aufgelöst hatte. Der Fluch, der jetzt offenbar auf mich übergegangen war, und jetzt das – ein Oberhaupt der Novem hatte die Arztrechnungen meiner Mutter bezahlt. Wussten die Novem etwas über mich? Wussten sie, wer ich war? Wollten sie deshalb mit mir reden? Hatten sie schon die ganze Zeit nach mir gesucht?

»Und was jetzt? Gehen wir jetzt zu deiner lieben alten Granny und unterhalten uns mit ihr? Fragen wir sie, warum sie versucht hat, mich *umbringen* zu lassen?« Ich schlug die Hände vor das Gesicht und schüttelte den Kopf, weil ich einfach nicht glauben wollte, dass das alles passierte.

»Genau das hatte ich vor. Ich finde, wir sollten zu ihr gehen und mit ihr sprechen.«

»War ja klar, dass du mit ihr reden willst. Schließlich tust du ja, was man dir sagt.« Ich wich zurück. Verfolgungswahn stieg in mir auf und entfachte meine Angst wie Benzin glühende Kohlen. »Mit mir nicht. Ich glaube, hier trennen sich unsere Wege.«

Ich stellte mich auf die andere Seite des Untersuchungstisches, um etwas Abstand zwischen uns zu bringen. Meine Hände klammerten sich an den kalten Rand des Tisches, bereit, ihn Sebastian gegen die Beine zu stoßen, falls dieser auch nur eine falsche Bewegung machte.

Einer seiner Mundwinkel hob sich leicht nach oben, eine Geste, die man vielleicht als mitleidiges Lächeln interpretieren konnte.

»Wenn ich dir wirklich etwas tun wollte, würde mich der nicht im Mindesten aufhalten.«

Ich warf einen schnellen Blick über die Schulter und suchte nach einem zweiten Ausgang. Es gab keinen. Vor der einzigen Tür des Raums stand Sebastian. Er beobachtete mich geduldig, wie ein Vater, der darauf wartet, dass sich sein bockiges kleines Kind wieder beruhigt. Am liebsten hätte ich ihm eine gescheuert.

»Ari«, meinte er dann schließlich, »Josephine Arnaud ist ein Miststück, das alle manipuliert, aber eine Mörderin ist sie nicht. Die Novem haben keine schwertschwingenden Ausländer in ihren Diensten, darauf gehe ich jede Wette ein. Wenn sie deine Mutter gekannt hat, wird sie mit Sicherheit auf jede deiner Fragen eine Antwort haben. Ich würde nicht zulassen, dass sie oder jemand anderes dir etwas tut.«

»Du weißt doch gar nicht, wer ich bin. Du *willst* es doch gar nicht wissen. Warum zum Teufel beschützt du mich überhaupt?«

Er schwieg eine ganze Weile, sein Gesicht eine unleserliche Maske. Seine Augen wurden dunkelgrau und der Muskel in seinem Kiefer zuckte ein paarmal. »Wir sind uns sehr ähnlich. Ich weiß, wie es ist...«, sagte er schließlich.

»Hör schon auf. Du weißt es *nicht*. Du weißt überhaupt nichts. Du hast keine Ahnung, wie es ist...«

»... wenn man anders ist? Wenn man ein Freak unter lauter Freaks ist? Versuch doch mal, es mir zu erklären. Sag mir, was mit dir los ist. Wir sind in New 2, Ari. Von den Jugendlichen hier geht die Hälfte nicht einmal zur Schule. Sie müssen arbeiten. *Arbeiten.* Die andere Hälfte sind Novem und die sind noch gestörter, als du es dir überhaupt vorstellen kannst.«

Irgendetwas in mir wollte ihn beim Wort nehmen und ihm genau sagen, warum ich anders war, doch ich biss mir auf die

Zunge. Das war es nicht wert. Und er würde mir ja auch nicht seine schrägen hypnotischen Fähigkeiten erklären. Warum sollte ich ihm sagen, was *ich* konnte?

»Mir doch egal«, fuhr ich ihn schließlich an, während ich die Tür aufstieß. »Mach, was du willst.«

Sebastian konnte mich mal. Sollte er doch gehen, wenn er wollte. Ohne ihn war ich sowieso besser dran. Allein war ich bis jetzt *immer* besser dran gewesen. Ich war hier in New 2, *dem* Ort für alles Übernatürliche. Wenn es eine Möglichkeit gab, mehr über diesen bescheuerten Fluch zu erfahren, dann hier. Ich brauchte Sebastian nicht. *Deine Mutter hat hier gelebt, trotzdem hat sie es nicht geschafft, den Fluch zu brechen.* Ich fuhr mit der Zunge über die Innenseite meiner Wange. Die Stelle, an der ich mich gebissen hatte, tat immer noch weh.

Als mir klar wurde, dass ich allein nicht weit kommen würde, seufzte ich frustriert. »Was weißt du über Flüche?«

Sebastian sagte kein Wort. Ich wusste, was er jetzt dachte, dass er einfach gehen sollte, damit er mich und meine schlechte Laune endlich los war. Vielleicht wäre das auch das Beste gewesen.

Er ging zur Tür und zog sie zu. Dann drehte er sich um und starrte mich an. Man brauchte kein Genie zu sein, um zu merken, dass er stinksauer war. Ungefähr so sauer wie ich.

»Eine ganze Menge«, erwiderte er schließlich. »Warum?«

Ich musste an die Briefe denken. Und daran, dass es allen meinen weiblichen Vorfahren bestimmt gewesen war, mit einundzwanzig zu sterben. Ich wollte es zwar nicht, aber ich musste mir eingestehen, dass es tatsächlich so gewesen war. Ich wusste, dass es wahr war; ich *spürte* es. Der Tote, meine Haare, die Briefe. Es war alles wahr. »Weil meine Familie verflucht ist. Weil *ich* verflucht bin. Nicht so ›verflucht‹ im Sinne von das Leben ist scheiße oder ich bin irgendwie anders, sondern richtig verflucht.« Es war alles wahr, doch als ich es aussprach, klang es wie ein Haufen Mist. »Du brauchst mir nur einen Tipp zu geben, das ist alles. Ich will, dass dieser Fluch verschwindet, dass er mich in Ruhe lässt, und dafür würde ich alles tun.«

Die Wut, die eben noch in mir gebrannt hatte, wich einem Gefühl der Niedergeschlagenheit und einer gehörigen Portion Pessimismus. Ich ließ die Schultern hängen und mein Körper wurde plötzlich so kalt wie die Leichen vor mir.

»Ich mache dir einen Vorschlag«, sagte Sebastian. »Ich kenne jemanden, der Flüche aufheben kann. Ich bringe dich zu dem mächtigsten Voodoo-Priester von ganz New 2. Und dann zeige ich dir das *Vieux Carré*. Und wenn wir das gemacht haben, gehen wir zusammen zu Josephine und fragen sie nach deiner Mutter.«

Ich war mir ziemlich sicher, wie ich in diesem Moment aussah: Wie ein Cartoon-Hamster, der mit weit aufgerissenen Augen in zwei Autoscheinwerfer starrt. Damit hatte ich überhaupt nicht gerechnet, vor allem nicht jetzt, nachdem ich ihm gerade an den Kopf geworfen hatte, dass ich ihn für einen der Bösen hielt. »Ähm ...« Was zum Teufel sollte ich denn darauf antworten? »Okay.«

Auf Sebastians Gesicht erschien ein breites Grinsen, das die beiden Grübchen in seinen Wangen zum Vorschein brachte.

Ach du Scheiße. Für eine Sekunde hörte ich tatsächlich auf zu atmen.

»Gut«, meinte er, immer noch lächelnd. »Lass uns von hier verschwinden. Es ist saukalt.«

Sechs

Crank hatte recht gehabt. Die Novem hatten viel, wenn nicht gar ihr ganzes Geld dafür verwendet, das *French Quarter* – oder *Vieux Carré,* wie Sebastian es nannte – wieder aufzubauen. Als wir die Bourbon Street entlanggingen, fiel mir auf, dass jedes Gebäude restauriert worden war. Sämtliche Fensterscheiben, Klappläden und schmiedeeisernen Geländer waren repariert. Selbst die Bürgersteige, die Sebastian zufolge *banquettes* genannt wurden, hatte man instand gesetzt. Das Viertel sah genauso aus, wie ich es von Postkarten her kannte, und überall waren Menschen. Hier verdienten die neun Familien ihr Geld. Hier kamen die Touristen her und Mardi Gras zog immer noch Menschenmassen an.

Mardi Gras war gerade voll im Gang. Die Veranstaltungen hatten am 6. Januar begonnen und würden in ein paar Wochen in der Nacht zum Faschingsdienstag mit den größten Umzügen und Bällen ihren Abschluss finden. Bis dahin gab es jedes Wochenende irgendwo Bälle und kleinere Umzüge und in den Geschäften fanden Masken und Kostüme reißenden Absatz.

Das *French Quarter* sprühte geradezu vor Leben. Die Türen der Bars, Antiquitätengeschäfte, Restaurants, Klubs und Pensionen standen weit offen. Maulesel zogen Kutschen hinter sich her und an jeder Ecke stand ein Straßenmusiker. Bis auf ein paar Lieferwagen gab es keinen Verkehr – im *Quarter* waren keine Privatfahrzeuge erlaubt. »Damit das Ambiente und die Atmosphäre nicht leiden«, erklärte Sebastian.

»Hier geht es mit Voodoo los«, informierte er mich, als wir in die Dumaine Street abbogen.

Die Straße war eine bunte Mischung aus Privathäusern und Geschäften, von denen die meisten etwas mit Voodoo zu tun hatten. »Läden wie dieser hier« – Sebastian wies auf ein Geschäft im Erdgeschoss eines Hauses, in dem man kleine Beutel, Zaubersets, Kunstgegenstände, Statuen, Tücher und von Hand gemachte Puppen kaufen konnte – »sind Touristenfallen.«

Als wir daran vorbeigingen, verließ gerade eine kleine Touristengruppe das Geschäft, vornweg eine Reiseführerin, die wie die berühmte Voodoo-Priesterin Marie Laveau gekleidet war.

»Und wo sind die richtigen Geschäfte?« Ich trat auf die Straße, um der Reisegruppe auszuweichen.

Sebastian steckte die Hände in die Taschen. »Hinterzimmer, Innenhöfe, Privathäuser, die Sümpfe ...«

Wir kehrten auf den Bürgersteig zurück und liefen eine Weile an Wohnhäusern vorbei, die beide Seiten der Straße säumten. Die Gegend wurde ruhiger, aber nicht weniger bunt – die Häuser waren in den leuchtenden Farben der Karibik angestrichen. Hohe Fensterläden aus Holz rahmten offene Fenster ein, in die die leichte Brise vom Fluss hereinströmte.

Doch selbst hier, in einer Wohngegend, war der Voodoo-Zauber überall präsent. Ketten aus Glasperlen, Blüten, Votivkerzen, Gris-Gris-Beutel, von Hand gemachte Puppen, wunderschöne Tücher, billige Schmuckstücke und Heiligenstatuen zierten sämtliche Türen, Geländer und Tore.

Vor einem dieser geschmückten Tore blieb Sebastian jetzt stehen. Es quietschte, als er einen der schmiedeeisernen Flügel aufstieß. Wir betraten eine Art Tunnel, in dem unsere Schritte von der gemauerten Gewölbedecke widerhallten. Es war ein Durchgang, der zwischen zwei Häusern im karibischen Stil lag.

Meine Augen fingen an zu tränen, als wir aus der Dunkelheit des Tunnels in das gleißend helle Licht eines großen, von hohen Mauern umgebenen Innenhofes traten. In einem Brunnen in der Mitte plätscherte Wasser und überall zwitscherten Vögel, die zwischen den Bäumen umherflatterten. Von einem großen Bananenbaum in der linken Ecke hingen Tücher und Ketten aus Glasperlen herab.

»Hier entlang«, sagte Sebastian leise.

Ich folgte ihm auf einem gepflasterten Weg bis zu einer Terrasse aus Steinplatten, die an das Erdgeschoss eines Hauses angrenzte. Über die gesamte Länge des Hauses verteilten sich drei verglaste Doppeltüren. Das mittlere Paar stand offen. Topfpflanzen und eine grob geschnitzte, lebensgroße Holzstatue der Jungfrau Maria, deren Hals mit Ketten aus Glasperlen geschmückt war, hinderten die Türen am Zuschlagen.

Wir betraten ein von Weihrauch vernebeltes Zimmer. Feine Staubpartikel und zarte Rauchfähnchen schwebten durch die wenigen Sonnenstrahlen, die von draußen hereindrangen. Der Raum war vollgepackt mit Dingen. Eigenartigen Dingen. Alten Dingen. Schreiend bunten Dingen. Es war so voll, dass ich Schwierigkeiten hatte, einzelne Gegenstände zu erkennen.

»Sebastian Lamarliere«, säuselte eine tiefe Stimme mit einem starken Cajun-Akzent. Jemand kam auf uns zu, in einem dünnen, fließenden Kaftan mit weiten Ärmeln, dessen Saum bis zu den langen, nackten Füßen reichte. Dunkle Haut, dunkle

Augen. Kurz geschorenes, krauses Haar. Große Creolen in den Ohren. An den Fingern der einen Hand prangten Ringe, die andere hielt einen Strauß Margeriten.

Ich war sprachlos.

Zum ersten Mal in meinem Leben wusste ich nicht, ob ich es mit einem Mann oder einer Frau zu tun hatte. Mein Blick suchte den Adamsapfel, doch dieser war unter einem bunten Schal verborgen, dessen Enden auf der Rückseite des Kaftans herabhingen.

»Jean Solomon«, erwiderte Sebastian mit Respekt in der Stimme.

Er sprach den Namen französisch aus. Auf Französisch war »Jean« männlich. *Also handelte es sich um einen Mann.*

Jean ging hinter eine lange Theke und holte eine Vase für die Blumen. »Die sind für Legba«, erklärte er, während er an einer der Margeriten roch, ehe er sie in die Vase steckte.

Jean winkte uns zu sich. Seine warmen, klugen Augen und die sanfte Stimme sorgten dafür, dass sich meine Nervosität etwas legte. Ich lächelte ihn unsicher an und wusste nicht, was ich sagen sollte. Mehrere Minuten vergingen, bis er die Vase zur Seite schob und sich mit den Armen auf den Tresen stützte. »Bastian, was hast du mir denn da Interessantes gebracht?« Er starrte mich an. Auf den ersten Blick wirkte er höchst belustigt, doch der wissende Blick in seinen Augen war vielsagend und geheimnisvoll.

»Sebastian hat mich hergebracht, weil ich herausfinden will, ob Sie meinen Fluch aufheben können ... einen alten.«

Er zog eine seiner Augenbrauen in die Höhe. Ob es an dem lag, was ich gesagt hatte, oder daran, dass ich an Sebastians Stelle geantwortet hatte, ließ er sich nicht anmerken. »So, so, ein alter Fluch.« Er stützte das Kinn in die Hand. »Das Mond-Tattoo gefällt mir. Wie heißt du, *ma chère?«*

»Ari.«

»Und was, Mademoiselle *Ar-iii,* wirst du den Loa dafür geben, dass sie diesen Fluch von dir nehmen?«

Die Loa waren die Geister, die ein Voodoo-Priester anrief, und Legba war ein Geist, der als Mittler zwischen dem Priester und der Geisterwelt diente, so viel wusste ich. Jedenfalls glaubte ich, dass es so funktionierte. Allerdings hatte ich nicht bedacht, dass man dafür zahlen musste. Dazu kam noch, dass ich fast kein Geld mehr hatte.

»Ich mache dir einen Vorschlag«, meinte Jean. »Wir kümmern uns jetzt um diesen Fluch und die Loa werden dir schon sagen, was sie dafür haben wollen, *c'est bon?«*

Ich seufzte erleichtert. »Danke.« Jean blinzelte mir zu, was ein Lächeln auf mein Gesicht zauberte und meine verkrampften Schultern etwas entspannte. *Jetzt tut sich endlich mal was.*

Er kam hinter dem Tresen hervor und führte Sebastian und mich in einen großen, quadratischen Raum, der an den Wänden mit verschiedenen Gegenständen und Stühlen vollgestellt, in der Mitte aber leer war. An der gegenüberliegenden Wand sah ich einen breiten Altar mit Unmengen von eingetrocknetem Kerzenwachs, kleinen Voodoo- und Heiligen-Statuen, Lebensmitteln, billigen Schmuckstücken und eingetrocknetem Blut. Auch das Foto einer Frau mit Turban und eine große Statue von Jesus Christus am Kreuz konnte ich erkennen. Um den Sockel der Statue ringelte sich ein gelber Python. Ein kleiner Python, aber wenn es um Schlangen ging, hatte Größe für mich noch nie eine Rolle gespielt.

Ich wurde blass, als eine Welle der Angst über mich hereinbrach. Meine Arme und Beine waren plötzlich taub und mein Herz begann, so schnell zu schlagen wie Sebastians Trommeln. Ich erstarrte und war unfähig, noch einen Schritt zu gehen. Abstand halten. *Schön Abstand halten.*

»Schon okay«, sagte Sebastian, der mein Entsetzen spürte. »Schlangen helfen dem Priester dabei, sich zu konzentrieren und mit den Geistern in Verbindung zu treten.«

»Kommt, kommt.« Jean schloss die Terrassentüren und schlurfte dann zum Altar, wo er die Schlange behutsam vom Sockel nahm und sich um die Schultern legte. Der Schwanz der Schlange ringelte sich unter seinem Hals, während er die Altarkerzen anzündete.

Meine Nackenhaare richteten sich auf. Jean drehte sich um und kam zwei Schritte auf uns zu. Noch ein Schritt und ich würde mich umdrehen und hinausrennen. Ich würde mich nicht mehr beherrschen können. Die Schlange starrte mich an.

Doch Jean blieb nach dem zweiten Schritt stehen, holte tief Luft und schloss die Augen. »Legba«, flüsterte er ehrfürchtig. Dann hob er die Hände und streichelte die Schlange. »Papa Legba, öffne das Tor für mich, damit ich hindurchgehen kann. Wenn ich zurückkehre, werde ich die Loa belohnen. *Papa Legba ouvri baye-a pou mwen, pou mwen pase. Le ma tounen, ma salyie lwa yo. Papa Legba ouvri baye-a pou mwen, pou mwen pase. Le ma tounen, ma salyie lwa yo.*«

Jean wiederholte die Beschwörung so oft, bis sie wie ein Lied klang. Schneller und schneller. Er wiegte sich hin und her, während er die Worte aussprach, und versetzte sich in eine Art Trance. Die Schlange bewegte sich mit Jean, vor und zurück, vor und zurück, und starrte mich unverwandt an. Es war merkwürdig, aber Sebastian und ich schwankten ebenfalls hin und her.

Plötzlich hörte Jean zu reden auf. Es war totenstill im Raum.

Ich war von diesem plötzlichen Umbruch so erschrocken, dass ich um ein Haar geschrien hätte.

Sechs Sekunden vergingen. Ich zählte sie, um meinen rasenden Puls zu beruhigen, aber es funktionierte nicht. Langsam öffneten sich Jeans Augen, doch sie sahen ganz anders aus als vorher. Irgendwie milchiger. Er lächelte und sagte etwas, das ich nicht verstand, während er uns oder etwas hinter uns ansah.

»Was ist dein Begehr?«

Ich schluckte schwer und warf Sebastian einen schnellen Blick zu. Er wirkte genauso nervös wie ich und war noch blasser als sonst. Als ich tief Luft holte, um mich etwas zu beruhigen, fiel mir auf, dass Jean den Kopf in den Nacken gelegt hatte und auf den Ventilator an der Decke starrte. »Ähm.« Ich räusperte mich. »Ich suche nach einem Weg, einen Fluch von mir zu nehmen.«

Es ging so schnell, dass ich nicht einmal mitbekam, wie er den Kopf senkte. In einem Moment war sein Blick an die Decke gerichtet, im nächsten sah er mich an. Zu schnell, um menschlich zu sein. Ich erstarrte. Die Schlange richtete sich auf und züngelte in meine Richtung.

Und dann war plötzlich die Hölle los.

Jean oder Papa Legba – oder wer auch immer er gerade war – schrie gellend und hüpfte auf und ab, als hätte er Feuer gefangen. Die Schlange fiel zu Boden und verschwand unter dem Altar, wo sie sich umdrehte und mich anfauchte. Zwischen Papa Legba und Jean Solomon entbrannte ein heftiger Streit. Ein und dieselbe Person. Zwei verschiedene Stimmen.

Langsam wich ich zurück, während ich ein paar Fetzen des Sprachgemisches aus Englisch und Französisch oder was auch immer die beiden da miteinander sprachen, aufschnappte.

Sebastian packte meine Hand, als Jean zu sich sagte: »Sie kann dir nichts tun…«

»Pah! Legba hat *keine* Angst!« Jean rannte direkt auf mich zu und blieb so dicht vor mir stehen, dass unsere Gesichter nur noch wenige Zentimeter voneinander entfernt waren. Ich konnte mich weder bewegen noch atmen. »*MIR* MACHST DU KEINE ANGST!«

Auf Jean Solomons Stirn traten dicke Adern hervor. Sein Gesicht war vor Wut ganz verzerrt. Dann richtete er sich auf und marschierte wild gestikulierend zum Altar zurück. »Schande, Schande, Schande!«

»Schhh. Schhh. Schhh…«, hörte ich Jeans ruhige Stimme, gefolgt von unverständlichem Gemurmel, mit dem er den wütenden Geist zu besänftigen versuchte.

Noch mehr wütende Worte.

Dann krümmte sich Jean Salomon zusammen und alles war ruhig, bis auf das Blut, das in meinen Ohren rauschte, und die Vögel draußen, die wieder zu zwitschern begannen. Auf meinen Armen hatte sich eine Gänsehaut gebildet. Ich hielt immer noch Sebastians Hand, so fest, dass es wehtun musste, doch er ließ nicht los. Genau genommen klammerte er sich genauso an mich wie ich mich an ihn.

Jean Salomon richtete sich auf. Er sah verwirrt, verlegen und sogar ein wenig verängstigt aus, als er auf uns zukam. »Ihr müsst gehen«, sagte er. Seine Stimme klang jetzt weiblicher und irgendwie erschöpft.

»Aber…«

»Es tut mir leid, Ari, aber der Loa will dir nicht helfen.«

Dumpfe Verzweiflung breitete sich in mir aus »Aber ich kann bezahlen. Ich kann mehr Geld beschaffen. Bitte, ich muss etwas darüber wissen, irgendetwas. Was hat er gesagt?«

Jean drängte uns zu den Terrassentüren und stieß sie auf. Er wies mit der Hand nach draußen. »Bitte geht jetzt.«

Ich zögerte, doch Sebastian zerrte mich mit sich. Jean starrte auf den Boden, als wir hinausgingen, doch als wir im Innenhof standen, trat er zu meiner Überraschung zu uns heraus und schloss behutsam die Türen hinter sich.

Jean sprach leise; offensichtlich wollte er nicht, dass ihn jemand hörte. »Ich habe meinen Loa durch deine Anwesenheit entehrt. Es ist meine Schuld, denn ich habe dich nicht so gesehen, wie du wirklich bist, bis ich mich mit Legba verbunden hatte. Du darfst nie wieder herkommen.«

»Warum? Was meinen Sie damit?« Ich ballte die Hände zu Fäusten und hätte vor lauter Frustration am liebsten laut geschrien. »Was zum Teufel ist mit mir los?«

Er sah mich betrübt an. »Ich hoffe, du wirst es nie herausfinden.« Dann schüttelte er den Kopf und drehte sich um.

»Bitte, Jean«, flehte ich ihn an. Er konnte diesen Fluch sehen. Er *wusste,* was es war; er war der *Einzige,* der es wusste. »Ich brauche Ihre Hilfe.«

Großer Gott, wie ich es *hasste,* jemanden anzuflehen. Ich hasste es so sehr, dass es mir fast den Atem nahm.

Jean seufzte und schüttelte wieder den Kopf, als würde er gleich etwas tun, was er besser nicht tun sollte. Er drehte sich wieder zu uns und beugte sich vor. »Willst du die Vergangenheit sehen? Willst du wirklich wissen, was man dir auferlegt hat? Zermahle einen Knochen von Alice Cromley zu Pulver,

Pulver, so fein wie Staub, dann wirst du es erfahren. Diese Knochen werden dir deine Geschichte erzählen. Bastian kennt sich damit aus, nicht wahr?« Sebastian nickte und Jean schien zufrieden. »Viel Glück, *ma chère.«*

Jean ging wieder hinein und zog die Türen hinter sich zu.

Ich sah Sebastian an. »Bitte sag mir, dass er das nicht ernst meint.«

Er nahm mich am Arm und führte mich vom Haus weg und in den Durchgang hinein. »Unglücklicherweise meint er das todernst.«

Das hatte ich befürchtet.

Ich riss mich los und marschierte durch den Tunnel auf die Dumaine Street. Als ich das Tor erreicht hatte, machte ich mir nicht die Mühe, auf Sebastian zu warten. Ich stürmte einfach hindurch, ließ es wieder ins Schloss fallen und lief Richtung Süden.

Ich wollte doch nur ein bisschen Normalität in meinem Leben haben. Mehr nicht! Warum war das denn so verdammt schwer? *Warum?*

Tränen stiegen mir in die Augen, dumme, brennende Tränen, die ich mit dem Handrücken wegwischte. In meiner Brust bildete sich ein Schrei, der gegen mein Herz und meine Rippen drückte und furchtbar wehtat. Ich schluchzte heftig und dann…

Ein greller Blitz blendete mich.

Ein schneidender Schmerz fuhr durch mein Gehirn und ließ mich aufschreien. Ich presste die Hände an den Kopf und sank auf die Knie. Meine Ellbogen prallten auf das Pflaster der Straße, als ich mich zusammenkrümmte und mit den Fingern an meinen Haarwurzeln riss. Der Schmerz in meinem Kopf dehnte sich aus, bis er gegen meine Schädeldecke stieß, wie ein Ball zurückprallte und seine zerstörerische Reise durch meinen Kopf fortsetzte. Ich schrie wieder auf, als die Schmerzen erneut einsetzten.

Es war einfach zu viel.

Hände fassten meine Schultern, zogen mich zurück und hoben mich hoch.

Ich machte die Augen auf, konnte aber vor lauter Schmerzen nichts sehen. Meine tränenfeuchte Wange stieß gegen Stoff. Sebastians T-Shirt. Sein Geruch. Seine Stimme, obwohl ich nicht verstand, was er sagte. Seine Lippen und sein warmer Atem streiften meine Schläfe, während er leise auf mich einredete. Ich schmiegte mich an ihn, suchte nach Trost, nach Erlösung in irgendeiner Form, doch es tat immer noch weh. Bei jedem seiner Schritte schossen neue Schmerzen durch meinen Kopf.

Und dann blieb er Gott sei Dank stehen. Er hatte die Arme um mich geschlungen und hielt mich ganz fest. Ich klammerte mich an ihn, kniff die Augen zusammen und sperrte alles aus. Aber ich war nicht allein. Dieses Mal war ich dankbar, nicht allein zu sein.

Sieben

Die sanfte Jazzmelodie hatte den gleichen Rhythmus wie Sebastians Herzschlag und die Töne des Klaviers wehten wie eine leichte Brise durch mein erwachendes Bewusstsein. Dumpfe Reste von Schmerz klebten an meiner Schädeldecke, eine Erinnerung an meinen Zusammenbruch mitten auf der Dumaine Street und die Arme, die mich festgehalten hatten – die mich *immer noch* festhielten.

Die rechte Seite meines Gesichts lag auf dem weichen Stoff von Sebastians T-Shirt, mein Ohr war auf seine Brust gepresst. In meinem Nacken spürte ich seine Hand, deren Finger in meinen offenen Haaren vergraben waren. Seine andere Hand lag auf der nackten Haut meines Rückens, an der Stelle, an der mein T-Shirt hochgerutscht war. Ich war umgeben von Wärme. Seiner Wärme. Seinem Geruch. Seinen Armen. Ich saß auf seinem Schoß, zwischen seinen Beinen, mit der Hüfte genau am Reißverschluss seiner Hose.

Je wacher ich wurde, desto stärker verdrängte mein schneller werdender Puls das Geräusch von Sebastians Herzschlag. In meinem Magen breitete sich ein merkwürdiges Gefühl aus. Sämtliche Nervenenden meines Körpers kribbelten, weil ich ihm so nah war … und weil es mir so fürchterlich peinlich war, dass ich mich die ganze Zeit an ihn geklammert hatte.

Jetzt mach schon. Bring's hinter dich.

Ich holte Luft und biss mir auf die Lippe. Dann hob ich den Kopf und öffnete die Augen. Ich legte eine Hand auf Sebastians Brustkorb und die andere auf seine Schulter und drückte mich hoch, bis ich aufrecht zwischen seinen Beinen saß. Meine offenen Haare fielen mir ins Gesicht. Noch nie hatte ich einen Jungen so angefasst. Noch nie hatte ich seine Wärme, seine Muskeln und das Gefühl seiner Haut unter meinen Händen gespürt.

Mein Blick fiel auf Sebastian. Ausnahmsweise war ich froh, dass meine Haare nicht zusammengebunden waren und mir ins Gesicht hingen. So konnte ich mich wenigstens dahinter verstecken.

Sebastian saß in der Ecke einer Sitznische, den Kopf an das dunkelgrüne Polster gelehnt. Der Barkeeper wischte gerade die Theke sauber. Am Klavier saß ein Mann und spielte und die Kellnerin stellte zwei Drinks vor das einzige andere Pärchen im Raum. Die Eingangstür der Bar stand weit offen.

Als mein Blick zu Sebastian zurückkehrte, fiel mir auf, dass seine Augen halb offen waren und mich ruhig und undurchdringlich anschauten. Sie erinnerten mich an schwelenden Rauch, eine Farbe zwischen Grau und Silber. Seine Lippen waren dunkelrot geworden und sein Kopf lehnte immer noch ganz entspannt an der Lehne der Sitzbank. Als er schluckte, bewegte sich der Adamsapfel an seinem blassen Hals. Ich rührte mich nicht. Ich konnte nicht.

Zum ersten Mal in meinem Leben schämte ich mich nicht für meine offenen Haare. Ich entspannte mich und wurde auch innerlich völlig ruhig, etwas das ich von meinem Körper allerdings nicht behaupten konnte. Mein Blut schoss mit Lichtgeschwindigkeit durch die Adern und in meinem Magen kribbelte es vor Energie.

Sebastian hob die Hand und fuhr langsam mit den Fingern durch meine Haare. Mein Herz klopfte noch schneller, als er mich sanft an der Wange berührte und dann seine Hand in meinen Nacken legte und meinen Kopf zu sich zog.

Ich hatte das Gefühl, als würde ich schlafen, als wäre ich tief versunken in einem Traum.

Ihm schien es genauso zu gehen wie mir, denn sein Körper war völlig entspannt. Es gab keine Pause, kein Zögern, nur eine langsame, unaufhaltsame Reise zu seinen Lippen.

Mein Herz setzte einen Moment aus, als meine Lippen für einen kurzen, flüchtigen Moment über seinem Mund verharrten, so nah, dass unser Atem sich mischte. Dann berührten sich unsere Lippen.

Adrenalin schoss durch meinen Körper. Unsere Lippen pressten sich fester aufeinander. Sein Mund öffnete sich. Meiner auch. Als sich unsere Zungen berührten, spürte ich Schmetterlinge im Bauch.

Schmetterlinge. Jetzt verstand ich, was das bedeutete.

Er zog mich noch enger an sich. Sein Kuss wurde heftiger, drängender, als würde er verhungern, doch er kostete jede Sekunde davon aus. Ich wusste, wie man küsste, wusste, wie es rein technisch funktioniert, doch es war das erste Mal, dass ich mich dabei verlor, dass ich es mehr wollte als die Luft zum Atmen. Zum ersten Mal wollte ich jemanden küssen, bis die Zeit stillstand und die Welt unterging.

Ich fühlte mich so lebendig. Ich existierte nicht nur, ich war wirklich lebendig.

»Oh, Mist!«, hörte ich eine schockierte Stimme von der anderen Seite des Tisches. Ich wich zurück und bekam gerade noch mit, wie die Kellnerin ihr Grinsen unterdrückte. »Tut mir leid, ich wollte nicht stören. Ich kann später noch mal kommen…«

Sebastian setzte sich aufrecht hin. Dann rieb er mit der Hand über sein Gesicht und fuhr sich durch die Haare. Ich räusperte mich und plötzlich war es da, das Gefühl der Verlegenheit, das mir die ganze Zeit gefehlt hatte. Das änderte allerdings nichts daran, dass mir immer noch ganz heiß von unserem Kuss war. Es fühlte sich toll an, machte mich aber gleichzeitig auch nervös. »Schon in Ordnung«, bekam ich trotz meines keuchenden Atems heraus. »Bitte ein Glas Wasser, falls ihr das habt.«

Natürlich haben sie Wasser. Wieso sagte ich so etwas Idiotisches?

»Und du, Sebastian?«

»Ich nehme auch Wasser, Pam. Danke.«

Pam entfernte sich vom Tisch, als Sebastians Hände nach meinen Hüften griffen. »Wie geht es dir?« Für den Bruchteil einer Sekunde errötete er. »Ich meine, deinem Kopf.« Er lachte über sich selbst. »Tut er noch weh?«

»Nein. Alles in Ordnung. Aber danke… dass du mir geholfen hast. Wo sind wir hier?«

»Gabonna's. Das ist nur einen Häuserblock davon entfernt, wo du zusammengebrochen bist. Ich bin oft hier. Passiert das häufiger?«

»Passiert was häufiger?«

Einer seiner Mundwinkel zuckte nach oben. »Dass du mitten auf der Straße anfängst zu schreien. Dass du hinfällst. Dass du weinst…«

Ich wusste ehrlich gesagt nicht, was ich antworten sollte. In letzter Zeit hatte ich öfter Migräneanfälle, aber *so* schlimm war es noch nie gewesen. Die Kellnerin kam mit unserem Wasser.

Ich trank die Hälfte davon in einem Zug aus. Die kalte Flüssigkeit weckte mich auf und ließ meinen Kopf klar werden. Ich stellte das Glas ab und drehte meine Haare zu einem Knoten zusammen.

»Du solltest sie offen tragen.«

Meine Wangen glühten immer noch, doch ich lächelte, während ich den Knoten feststeckte. »Sollte das ein Kompliment sein?«

»Ja. Deine Haare gefallen mir. Sie sind ...«

»Seltsam? Ungewöhnlich? Anders? Ja, das bekomme ich die ganze Zeit zu hören.« Ich verdrehte die Augen und schob die letzte Strähne in den Knoten.

»Hübsch wollte ich sagen.«

»Oh.« Na toll. *Ich Idiot. Ich musste noch eine Menge lernen.* Was Jungs anging, war ich eine Null. Ich hatte nicht viel Übung im Flirten und so. Die meiste Zeit hatte ich damit verbracht, Jungs zu ignorieren oder mich mit denen zu schlagen, die sich von mir nicht ignorieren lassen wollten.

»Tut mir leid.« Ich beschloss, ehrlich zu sein. »Jungs haben mich bis jetzt nicht so interessiert. Und Küssen auch nicht ...«

»Dann hast du also keinen Freund?«

Ich wusste nicht, ob er das für lustig hielt oder es wirklich wissen wollte. Wahrscheinlich war es eine Mischung aus beidem. »Nein.«

»Und warum nicht?«

»Na ja, vielleicht liegt es daran, dass ich bis jetzt nicht viele Jungs getroffen habe, für die es noch etwas anderes außer Sport, Hormonen und Partys gibt.«

»Und dafür interessierst du dich auch nicht?«

Ich zuckte mit den Schultern. »Vielleicht schon, wenn es anders gelaufen wäre. Das, was anderen in meinem Alter wichtig ist, ist mir schon lange nicht mehr wichtig – oder war es nie.« Ich verbeugte mich leicht. »Darf ich vorstellen: das Produkt eines chronisch unterfinanzierten Fürsorgesystems, dem sowieso alles egal ist.«

Er lachte. »Es ist fast Mittag. Das Essen hier ist gut, aber mir schwebt da etwas anderes vor. Was hältst du davon, wenn wir jetzt gehen?«

»Was genau schwebt dir denn vor?«

»Beignets.«

Mein Magen knurrte, als er das hörte. *»Damit* kenne ich mich aus.« Ich konnte mir ein Grinsen nicht verkneifen und sah dabei Sebastian an, der mein Lächeln erwiderte. Dann wurde mir klar, dass wir dasaßen und uns wie zwei Idioten angrinsten. Ich wich seinem Blick aus, rutschte aus der Nische und griff nach meinem Rucksack, während Sebastian ein paar Dollar aus der Hosentasche zog und auf den Tisch legte.

Am Himmel draußen waren Wolken aufgezogen, aber nichts deutete darauf hin, dass sich ein Sturm zusammenbraute. Den Schatten empfand ich als Geschenk des Himmels; nach diesem grauenhaften Migräneanfall war ich sicher nicht so schnell wieder in der Lage, helles Licht zu ertragen.

Vor dem Gabonna's pfiff Sebastian einer der Pferdekutschen hinterher, die die Saint Ann Street entlangfuhren. Der Kutscher winkte, wendete auf der Straße und hielt dann neben uns an. *»Bonjour, mes amis.* Wo sollen ich und Miss Praline euch an diesem schönen Tag hinbringen?«

Er hatte ein breites, ansteckendes Lächeln, das ich erwiderte, als ich in den hinteren Teil der knarrenden Kutsche kletterte. Nie hätte ich gedacht, dass zu meinem Aufenthalt in New 2 auch eine Kutschfahrt im *French Quarter* gehören würde, doch ich freute mich über alles, was mich ablenkte ... und darüber, dass Sebastian bei mir war. »Jackson Square«, sagte er zu dem Kutscher, während er sich neben mich setzte.

»Hast du das gehört, Miss Praline? Jackson Square.« Der Kutscher ließ die Zügel auf dem breiten Hinterteil des Pferdes schnalzen und Miss Praline trottete schneller.

Wir würden nicht in Rekordzeit an unser Ziel gelangen, aber darum ging es wohl auch nicht – ich sollte die Sehenswürdigkeiten und die Atmosphäre des *French Quarter* genießen. Sebastian lehnte sich mit der Schulter an mich, also folgte ich seinem Beispiel und kuschelte mich an ihn. Es war merkwürdig, aber es gefiel mir.

Ich brauchte eine Pause wie diese, ich musste all diese düsteren Dinge für eine Weile vergessen. Daher hörte ich dem Kutscher aufmerksam zu, während er auf Sehenswürdigkeiten deutete, und folgte Sebastians Finger mit den Augen, wenn er mir etwas zeigte, von dem er meinte, dass es mich interessierte.

»Und hier«, erklärte der Kutscher, als wir an eine Straßenecke kamen und an einem zweistöckigen Haus mit umlaufenden schmiedeeisernen Balkonen auf beiden Stockwerken vorbeifuhren, »hat angeblich Alice Cromley gewohnt.«

Das war der Name, den Jean Solomon erwähnt hatte. Meine Haut begann zu kribbeln. Ich wechselte einen schnellen Blick mit Sebastian und beugte mich dann vor, um den Kutscher zu fragen: »Wer war Alice Cromley?«

Der Mann auf seinem mit rotem Leder bezogenen Sitz drehte sich halb zu mir um, erfreut darüber, dass er eine Geschichte erzählen konnte. »Wer war Alice Cromley? Was für eine Frage! Alice Cromley war eine Quadroon, eine Mulattin, und die schönste Kreolin, die das *Vieux Carré* je gesehen hatte. Sie hatte unzählige Verehrer, über die sie so einiges wusste. Dinge, die eine Mätresse *nicht* wissen sollte, wenn du verstehst, was ich meine.« Er schmunzelte. »Alice Cromley war nämlich eine Hellseherin. Sie machte ein Vermögen damit, den Leuten zu sagen, was die hören wollten. Und sie irrte sich nie, es sei denn, sie *wollte* es so. Eines Tages verschwand sie. Einfach so. Wochen später fand man zwei Leichen im Mississippi. Schwer zu identifizieren, weil sie ja schon eine Weile im Wasser gewesen waren. Aber manche Leute behaupteten, dass eine der armen Verblichenen Alice' schönstes Ballkleid trug.« Er lachte und schnalzte mit der Zunge, um das langsam trottende Tier anzutreiben. »Einer ihrer Liebhaber hat ihr auf dem Friedhof hier ein Mausoleum gebaut. Niemand weiß, welches es ist. Und man sagt sich, dass er beide Leichen dort begraben hat, weil er sich dachte, eine von ihnen müsse seine geliebte Alice sein.« Der Mann zuckte mit den Schultern. »Eine Wahrscheinlichkeit von fünfzig Prozent hat ihm wohl gereicht.«

Und Jean Salomon zufolge würden mir die Knochen von Alice Cromley etwas aus der Vergangenheit erzählen. *Ja, sicher. Das war wohl eher unwahrscheinlich.*

Die Kutsche rollte an der Kathedrale St. Louis vorbei auf den Jackson Square.

Ich vergaß Alice Cromley für einen Moment, um den hohen Turm der Kathedrale zu bewundern, während Miss Praline uns an den Pontalba Apartments vorbeizog. In dem riesigen, aus roten Ziegeln erbauten Gebäude mit umlaufenden Balkonen aus Schmiedeeisen und Geschäften im Erdgeschoss befanden sich die ältesten Mietwohnungen der Vereinigten Staaten. In der Mitte des Platzes stand die Statue von Andrew Jackson hoch zu Ross. Ich spürte eine ungeheure Dynamik, die mich ergriff und mir neue, dringend gebrauchte Energie gab. Es war bunt. Lebendig. Wunderschön. Auf dem Jackson Square tummelten sich Wahrsager, Schmuckhändler, Kunsthandwerker, Musiker… eine farbenfrohe Mischung aus allem Möglichen.

Dann ging es weiter in Richtung Fluss und Decatur Street, wo die Kutschen parkten.

Nachdem Sebastian den Kutscher bezahlt hatte, half er mir auszusteigen und hielt meine Hand einfach fest, als wir über die Straße ins Café Du Monde gingen. Ich zog sie nicht weg; es fühlte sich gut an. Und wenn er nicht losließ, würde ich das auch nicht tun.

Der Duft von frisch gebackenem Brot und Kaffee ließ meinen Magen wieder knurren, als wir am Café einen freien Tisch unter der grün-weiß gestreiften Markise fanden.

Sebastian bestellte einen Teller Beignets und zweimal Kaffee. Ich war viel zu sehr damit beschäftigt, die Passanten zu beobachten und mir den überraschend grünen Platz genauer anzusehen.

»Ich wette, dass deine Mutter oft mit dir hier gewesen ist«, unterbrach Sebastian das Touristenprogramm.

»Warum sagst du das?«

Er zuckte mit den Schultern, während ein leichtes Lächeln seine dunklen Lippen umspielte. »Wenn sie in New Orleans gelebt hat, ist sie oft hergekommen. Das ist einfach so.«

Vermutlich stimmte das sogar. Ich war nicht von hier, aber trotzdem wusste ich, dass alle ins Café Du Monde gingen. »Du hast recht«, antwortete ich leise, während ich mich umdrehte und auf das Café hinter mir starrte. »Es ist sehr wahrscheinlich, dass sie mit mir hier gewesen ist.« Wenn ich mich doch nur daran erinnern könnte. Wie es wohl gewesen war? Hier mit meiner Mutter herzukommen, an einem der Tische vor dem Café zu sitzen ...

»Und? Willst du nach Alice Cromley suchen?«, wechselte Sebastian das Thema. Er versuchte, seine Belustigung zu verbergen, gab es aber recht schnell wieder auf.

»Nein, danke. Ich glaube, ich frage lieber deine Großmutter, bevor ich das Grab irgendeiner Frau plündere und ihre Knochen zu Pulver mahle.« Bei dem Gedanken daran lief es mir kalt den Rücken herunter. Genau in diesem Moment kam der Kellner mit unserer Bestellung.

»Hast du etwa Angst?« Er goss Milch in seinen Kaffee. »Man hat erst gelebt, wenn man einmal ein Grab ausgeräumt hat.«

Ich lachte und hob die Kaffeetasse an den Mund. »Wenn du das sagst.« Das heiße Getränk war genau das Richtige für einen kühlen Januartag im *French Quarter.* Nachdem ich ein paar Schlucke getrunken hatte, setzte ich die Tasse ab und nahm ein Beignet. Es dampfte, als ich es auseinanderzog.

»Die Entscheidung liegt bei dir«, redete Sebastian weiter. »Aber Dub ist einer der besten Grabräuber der Stadt. Du solltest mal sehen, was er schon alles gefunden hat.«

»Dub. Dub plündert Gräber. Willst du mich verarschen?« Das Beignet schmolz in meinem Mund. Ich stöhnte – es war verdammt gut.

»Das machen viele Jugendliche. Wir müssen schließlich irgendwie Geld verdienen. Crank fährt die Post. Ich arbeite für die Novem. Henri befreit Gebäude von Ratten und Schlangen. Und Dub plündert Gräber und verkauft die Sachen an Touristen und Antiquitätengeschäfte.«

»Ich finde das ziemlich krank.«

Vielsagend hob er eine Augenbraue. »Wir verbringen unsere Zeit eben nicht damit, ständig an Sport, Hormone oder Partys zu denken.« Er machte die gleiche leichte Verbeugung wie ich vorhin. »Darf ich vorstellen: das Produkt von New 2.« Er lachte, tief und ansteckend. Und wieder konnte ich seine unglaublich süßen Grübchen sehen …

»Erzähl mir was über die Neun, die Novem.« Ich biss noch einmal in mein Beignet und versuchte, das Thema zu wechseln. Ich wollte nicht mehr von Leichen und Friedhöfen reden und von der wachsenden Schwärmerei für meinen Reiseführer schon gar nicht. »Warum leben sie immer noch so zurückgezogen?«

»Sie leben nicht zurückgezogen. Die Außenwelt ist für sie einfach nicht so wichtig wie für euch.«

»Und was ist ihnen wichtig?«

»Die Erhaltung der Stadt« – zwischendurch nahm er immer mal wieder einen Bissen von seinem Beignet und kaute – »unsere Geschichte und die von unseresgleichen, Gleichgesinnten eine Zuflucht zu bieten, einen Ort, an dem sie nicht verurteilt oder als Laborratten missbraucht werden.«

»Laborratten?«

Sebastian stützte sich mit beiden Ellbogen auf den Tisch. »In New 2 wohnen viele von denen, die die Novem ›Begabte‹ nennen. Was, glaubst du, würde passieren, wenn Violet oder Dub – oder ich – jenseits des Walls leben würden?«

Das war nicht schwer zu erraten. »Wenn sie ihre Fähigkeiten nicht verbergen können, würde man sie wohl nicht gerade nett behandeln«, antwortete ich leise, während ich daran dachte, was für Erfahrungen ich selbst gemacht hatte.

»Genau. In New 2 braucht man sich nicht zu verstecken, aber

wenn man es will, ist das auch in Ordnung. Hier verurteilt einen niemand, nur weil man anders ist. Das wollten die Novem von Anfang an.«

Mein Herz setzte einen Schlag lang aus. »Weil sie auch anders sind.« Die Novem waren nicht nur alte Familien mit altem Geld, sie waren anders. *Doué* hatte Dub das genannt. Sebastian nickte. »Und die anderen aus deiner Familie, die Arnauds, sind die genauso wie du? Können sie Menschen hypnotisieren?«

Er kaute etwas langsamer, während er kurz überlegte. »Ja, können sie.«

Ich wollte ihm glauben. Ich wollte glauben, dass die Novem nichts mit dem Mann, der mich in Covington überfallen hatte, zu tun hatten, dass sie auf meiner Seite standen und im Grunde genommen ganz in Ordnung waren.

Doch im Laufe der Jahre hatte ich gelernt, dass man stets mit dem Schlimmsten rechnen sollte. Das war erheblich besser, als jemandem zu vertrauen, ihm zu glauben und dann bitter enttäuscht zu werden.

Wir tranken unseren Kaffee aus und teilten uns das dritte Beignet. Sebastian beglich die Rechnung. »Bist du jetzt so weit, um mit Josephine zu sprechen?«

Ich stand auf und warf mir meinen Rucksack über die Schulter. »Ob jetzt oder später, dürfte egal sein.«

Acht

Sebastian spielte weiter den Reiseführer, während wir über den Platz gingen. Auf jeder Seite der Kathedrale St. Louis standen zwei riesige historische Gebäude. Die Presbytère, auf der rechten Seite, hatten die Novem zu einer schicken Privatschule umgebaut, die Sebastian eigentlich besuchen sollte, die er aber regelmäßig schwänzte. Und das Gebäude auf der linken Seite war das Cabildo, dessen Erdgeschoss nach wie vor ein Museum beherbergte, das es schon vor New 2 gegeben hatte. Die beiden oberen Etagen waren jedoch von den Novem übernommen worden, die dort nun ihren offiziellen Sitz hatten. Hier fanden auch die Sitzungen des Rates der Neun statt, an denen immer nur das Oberhaupt einer Familie teilnahm.

Außerdem besaß jede Familie Wohnungen und private Büros in den Gebäuden der Pontalba Apartments, die sich an beiden Seiten des Jackson Square entlangzogen.

Offenbar war der Jackson Square so etwas wie die Zentrale der Novem.

Mit jedem Schritt, den ich auf das Gebäude zuging, wuchs meine Anspannung. Ich legte wieder den Kopf in den Nacken, um den hohen Turm der Kathedrale St. Louis anzusehen. »Wie weit kannst du eigentlich deine Familie zurückverfolgen?«

»Der erste Arnaud kam 1777 nach New Orleans. Er war der

dritte Sohn einer Adelsfamilie aus der Nähe von Narbonne in Frankreich.«

Bei den Sitzbänken vor dem Eingang der Kathedrale spielte ein Musikertrio. Plötzlich frischte der Wind auf und tief hängende Wolken schoben sich vor die Sonne. Die Luft wurde feucht und kalt, sie roch nach Regen. In dem Moment, in dem wir die Arkaden des Cabildo erreichten, fielen die ersten Tropfen.

Im Innern des Gebäudes empfing uns eine dunkle, gedämpfte Atmosphäre. Es gab eine ständige Ausstellung. Doch ich hatte keine Zeit, mich umzusehen, Sebastian zog mich bereits zu einer Treppe.

Das Foyer im ersten Stock war so umgebaut worden, dass es aussah wie ein schickes Bürogebäude, sogar einen zentralen Empfang gab es. Sebastian ließ meine Hand los, als der Mann am Empfang kurz den Kopf hob, ihn erkannte und sich nach einem kurzen Nicken wieder seiner Arbeit widmete.

Unsere Schritte hallten auf dem Parkett wider, während wir durch eine Galerie an der Stirnseite des Gebäudes gingen. Durch die hohen Bogenfenster drang Gewitterleuchten von draußen herein, das den Raum in ein gespenstisches Licht tauchte. In der Mitte der Galerie zweigte ein Korridor ab.

Sebastian betrat ihn und ich folgte. Keine Fenster. Keine Lampen. Nur ein Korridor, der immer dunkler wurde, je weiter wir gingen.

Vor der letzten Tür auf der rechten Seite blieben wir stehen. Mein Puls dröhnte mir in den Ohren. Josephine Arnaud hatte die Krankenhausrechnung meiner Mutter übernommen. Die beiden mussten sich gekannt haben. Vielleicht kannte sie sogar meinen Vater. Ich schluckte den Kloß in meinem Hals hinunter und versuchte, mir keine allzu großen Hoffnungen zu machen. Aber ich war so nah dran.

Das Vorzimmer, das wir betraten, war genauso alt und ehrwürdig wie der Rest des Gebäudes. Die Möbel sahen viel zu teuer aus, um sie zu benutzen, und die Gemälde an der Wand waren vermutlich ein paar Millionen wert. Ein bisschen Musikberieselung wäre jetzt nicht schlecht gewesen, irgendetwas, um die unheilvolle Stille zu übertönen.

An einem Schreibtisch saß ein Mann, der den Kopf hob, als wir näher kamen. Er sah gut aus, war vermutlich in den Dreißigern und absolut nicht das, was ich mir unter einem Sekretär vorstellte. Dunkelbraune, zu einem Pferdeschwanz gebundene Haare. Spitzer Haaransatz. Sehr klassische Gesichtszüge.

Der Mann spitzte die Lippen und kniff die Augen zusammen, als er Sebastian erkannte. »Bist du endlich vernünftig geworden, Bastian?«

Sebastian erstarrte. »Ich war nie unvernünftig, Daniel.«

»Die Schule zu schwänzen und im *Garden District* in einem verkommenen alten Haus zu leben, hat meiner Meinung nach nichts mit …«

»Sag Josephine einfach, dass wir da sind.«

Daniel starrte Sebastian noch eine lange, spannungsgeladene Sekunde aus seinen dunklen Augen an, bevor er den Blick auf mich richtete. »Dann hast du sie also gefunden«, stellte er fest, während er mich von oben bis unten musterte und sich vermutlich fragte, warum zum Teufel die alte Dame überhaupt mit mir sprechen wollte. »Madame wird zufrieden sein. Du kannst hineingehen.« Er griff zum Telefon und murmelte etwas in den Hörer, während wir zu einer großen Flügeltür gingen.

Sebastian sah mich an und verdrehte die Augen, was wohl

heißen sollte, dass wir gleich eine Menge Spaß haben würden. Dann stieß er die Tür auf. Ich holte tief Luft und bereitete mich darauf vor, die Person kennenzulernen, die vielleicht alle meine Fragen beantworten konnte.

Eine Frau mit rabenschwarzen Haaren legte den Hörer auf und erhob sich langsam, wobei sie ihre Jacke zurechtrückte. Sie trug ein rosa Kostüm mit einer weißen Bluse, Perlenohrringe und eine Kette, an der ein großer eingefasster Stein hing. Die dunklen Haare hatte sie hochgesteckt. Altes Geld. Alte Welt. Dem Aussehen nach war sie alles andere als eine Großmutter.

»Bonjour, Grandmère.« Sebastian beugte sich zu ihr und küsste sie auf beide Wangen.

Ich machte für einen Moment die Augen zu, dann schüttelte ich den Kopf und hätte um ein Haar losgelacht. Wie verrückt war das denn? Die Frau war Anfang zwanzig und auf gar keinen Fall Sebastians Großmutter. Das konnte jeder sehen, der noch halbwegs bei Verstand war.

Sebastian trat einen Schritt zurück und Josephines Blick richtete sich auf mich.

Er hatte gelogen. Er hatte mir einen Haufen Scheiße erzählt und ich hatte ihm geglaubt. Wie blöd kann man eigentlich sein? Ich kam mir so dumm vor, weil ich diesem Scheißkerl geglaubt hatte. Und warum? Weil er so süß war? Weil er sich für mich interessiert hatte? »Ist ja auch egal«, murmelte ich. Dann drehte ich mich um und marschierte zur Tür, wobei ich krampfhaft versuchte, nicht gekränkt zu sein.

Ich wusste zwar nicht, was hier gespielt wurde, aber ich hatte genug.

»Ari.«

Ich lief einfach weiter. Sebastian packte mich am Arm. Ich

drehte mich um, ballte die Hand zur Faust und hätte ihn am liebsten geschlagen. »Ist das eigentlich ein Spiel für dich? Hattest du gerade frei und nichts zu tun? War das der Grund dafür, dass du mir diese Lügen aufgetischt hast? Weil du dich amüsieren wolltest? Weil du wissen wolltest, was du mir noch alles erzählen kannst? Lass mich los.« Ich entriss ihm meinen Arm und vermied es, in seine verlogenen grauen Augen zu sehen. »Vergiss es einfach.« Ich ging in Richtung Tür.

Plötzlich stand er vor mir und versperrte mir den Weg.

Ich schnappte nach Luft und blieb abrupt stehen. Das Blut wich mir aus dem Gesicht. Er hatte sich *viel* zu schnell bewegt.

Irgendetwas in meinem Gehirn schrie mir zu, ich solle weglaufen, ich solle ihm eine reinhauen und zusehen, dass ich zur Treppe kam, doch ich konnte mich nicht bewegen.

Besorgnis und Bedauern standen in seinen Augen und vielleicht auch eine stumme Bitte. Um seinen Mund erschien ein harter Zug. »Es tut mir leid, Ari«, flüsterte er. »Ich dachte…« – er rieb sich mit der Hand über das Gesicht – »… ich dachte, du würdest es verstehen. Du hast doch schon so viel gesehen. Weißt du noch, was ich dir im Café erzählt habe? Über die *Doués?* Darüber, anders zu sein? Ich habe nicht gelogen. Wir sind tatsächlich anders.« Sein Blick ging zur Decke. Mit beiden Händen hielt er meinen Arm umklammert. »Ich versuche doch nur, dir zu helfen. Und ich schwöre dir, sie ist wirklich meine Großmutter.«

Ich wich einen Schritt zurück und blinzelte heftig, ein Versuch, die Benommenheit abzuschütteln, die sich zunehmend in meinen Kopf schlich. Bis jetzt war ich mit diesem ganzen Mist tatsächlich ziemlich gut zurechtgekommen, was aber nichts änderte. Denn jetzt kam diese ganze Scheiße geballt auf mich zu und ich konnte nichts dagegen tun. Ich konnte sie nicht wegpacken und dann einfach ignorieren. »Was genau bist du?«

Eine schwarze Haarsträhne fiel ihm in die Stirn und Sebastian schob sie mit einem lauten Seufzer aus dem Gesicht. Sein Mund öffnete sich, doch er sagte nichts.

»Er ist ein Arnaud«, hörte ich eine laszive Stimme mit französischem Akzent.

Sebastians Lippen pressten sich zu einem dünnen Strich zusammen, als wollte er alles sein, nur kein Arnaud.

»Kommt her und setzt euch«, befahl sie.

Ich warf Sebastian einen wütenden Blick zu und ging zu einem der beiden Stühle vor Josephines Schreibtisch. Also gut. Was hier vor sich ging… spielte eigentlich keine Rolle. Wichtig war nur, dass ich Informationen über meine Mutter bekam. Und wenn ich die hatte, würde ich sofort von hier verschwinden.

»Bis auf dieses Mal auf deiner Wange siehst du deiner Mutter sehr ähnlich«, urteilte sie, während sie mich von Kopf bis Fuß musterte.

Ich riss die Augen auf. Mit einer Hand klammerte ich mich an die Lehne des Stuhls, die andere drückte ich auf meinen Bauch. Josephines Worte hatten mich getroffen. Natürlich hatte ich ein paar verschwommene Erinnerungen an meine Mutter, doch ich war mir nie sicher gewesen. Ich hatte mich immer gefragt, ob sie echt waren.

Endlich war eine meiner dringlichsten Fragen beantwortet worden und es machte mich traurig und glücklich zugleich.

»Setzt euch bitte.« Josephine nahm hinter ihrem Schreibtisch Platz und warf mir einen abschätzenden Blick zu.

Atmen. Aus dem Augenwinkel heraus beobachtete ich, wie

Sebastian sich setzte. Mein Puls raste viel zu schnell und meine Knie wurden weich. Hinsetzen war vielleicht gar keine schlechte Idee.

»Als Rocquemore House mich anrief, wollte ich es nicht glauben. Aber …« – Josephine hob die Hände und lächelte, was offenbar nur selten vorkam, denn ihre Haut spannte sich, als würde sie jeden Moment platzen – »… jetzt bist du hier.«

»Dann wussten Sie also von Rocquemore. Sie wussten, dass meine Mutter dort war.«

»Deine Mutter ist damals gegen meinen Rat aus New Orleans geflohen. Es dauerte zwar ein paar Monate, aber es war nicht schwer, sie zu finden.«

»Und dann haben Sie sie einfach dort gelassen.«

»Was hätte ich denn tun sollen, mein Kind? Sie war dabei, den Verstand zu verlieren. Es war notwendig, sie unter ständige Beobachtung zu stellen. Als wir sie fanden, hatte man dich leider schon dem Jugendamt übergeben, sonst wärst du natürlich hier bei uns aufgewachsen.«

Sebastian schnaubte empört.

»Woher kennen Sie meine Mutter?«

»Eleni kam zu mir und bat mich um Hilfe, einige Monate bevor die Hurrikans New Orleans verwüsteten. Deine Mutter war eine ganz besondere Frau, Ari. Aber das weißt du sicher schon, *n'est-ce pas?«*

»Wenn Sie mit ›besonders‹ verflucht meinen – ja, das weiß ich.«

Josephine zuckte mit den Schultern, als würde es keinen Unterschied machen.

»Und mein Vater?«

»Dein Vater war ein Geheimnis, das Eleni für sich behielt.«

Das Miststück log. Und sie versuchte erst gar nicht, es zu verbergen. Ich verschränkte die Arme vor der Brust. »Und wer genau sind *Sie?«*

»Ich bin Josephine Isabella Arnaud. Tochter von Jacques Arnaud, dem Gründer dieser Familie, dem Ersten von uns, der nach New Orleans gekommen ist.«

Ich lachte laut. Ein Lachen von der Sorte, als stünde ich kurz vor einem Nervenzusammenbruch. »Dann sind Sie also die Tochter eines Mannes, der 1777 hierhergekommen ist? Dann wären Sie wie alt? Über dreihundert Jahre? Und Sie sind sicher, dass Sie nicht selbst in Rocquemore sein sollten?«

Ein heiseres Lachen drang tief aus Josephines Kehle. »Du hast mehr Temperament als sie. Mehr … *Selbstbewusstsein.«*

Meine Frustration wuchs mit jeder Sekunde, die verstrich. »Warum haben Sie meiner Mutter geholfen?«

»Sie hatte Angst. Sie war allein. Sie sagte, sie sei die Einzige ihrer Art. Ich spürte, dass sie anders war, doch erst später verstand ich, welch ungeheure Macht sie hatte.«

»Und was für eine Macht war das?«

»Ich will dir helfen, Ari. Es gibt Leute, die dich wegen dieser Macht tot sehen wollen. Deine Mutter hätte meinem Ratschlag folgen und in New Orleans bleiben sollen, doch sie geriet in Panik, als die Stürme kamen. Sie glaubte nicht, dass ich sie beschützen könnte oder dass wir, die neun Familien, diese Stadt beschützen könnten. Doch wir haben es geschafft. Und jetzt gehört sie uns. Wenn deine Mutter geblieben wäre, wäre sie vielleicht noch am Leben.« Sie spielte kurz mit dem Stift, der auf ihrem Schreibtisch lag. »Ich wollte mit dir reden, um dir meinen Schutz anzubieten, solange du in unserer Stadt bist. Zusammen werden wir uns mit deiner Vergangenheit befassen und herausfinden, was für eine Gabe dir da geschenkt wurde. Doch dafür musst du mir Treue schwören und einen Bluteid gegenüber der Familie Arnaud leisten und keiner anderen.«

»Haben Sie das auch von meiner Mutter verlangt? Sie wollten ihr also nicht einfach so aus der Güte Ihres Herzens heraus helfen?«

Josephine lachte. »Ich habe kein Herz, meine Liebe. Frag meinen Enkel.« Sebastians Reaktion war ein süffisantes Grinsen. »Dann sind wir uns also einig?«

»Geben Sie mir Ihr Wort, dass Sie den Fluch von mir nehmen?«

»Die Macht der neun Familien kann alles vollbringen. Und *oui,* ich gebe dir mein Wort.«

Ich hatte nicht vor, noch lange in New 2 zu bleiben, nachdem dieses *Ding,* dieser Fluch, an dem meine Mutter gestorben war, für immer aus meinem Leben verbannt war. Und ich hatte nicht die Absicht, mit Josephine zusammen in meiner Vergangenheit herumzuwühlen, aber das brauchte sie ja nicht zu wissen. Ich glaubte kein Wort, das über ihre makellosen Lippen kam. Aber ich konnte auch nicht die Tatsache ignorieren, dass ihr Name in den Unterlagen des Krankenhauses stand. Sie *hatte* meine Mutter gekannt. Jemand *hatte* versucht, mich umzubringen, und sich danach in Luft aufgelöst. Glaubte ich wirklich, dass Josephine den Fluch von mir nehmen konnte? Ich hatte meine Zweifel. Aber jetzt war ich hier. Es gab sonst niemanden, der mir helfen wollte, und ich hatte kein Problem damit, ihr ins Gesicht zu lügen, wenn sie das dazu bewegen würde, mit mir zusammenzuarbeiten. »In Ordnung. Sie nehmen den Fluch von mir und ich schwöre Ihnen Treue.«

»Lass mir zwei Tage Zeit, um das Ritual zu arrangieren. Die

Familie Arnaud wird solange ein wachsames Auge auf dich haben. Etienne wird dein Beschützer sein. Und du kannst hier –«

Sebastian sprang auf. »Sie wird auf keinen Fall bei dir bleiben.«

»Was du denkst oder möchtest, Sebastian, hat herzlich wenig Einfluss auf meine Entscheidungen.«

»Etienne ist ein Arsch.«

Josephine ignorierte seinen Wutausbruch, stützte sich mit den Ellbogen auf den Schreibtisch und sah Sebastian nachdenklich an. »Und was, bitte schön, soll ich deiner Meinung nach tun?«

»Ihr Etienne nicht aufhalsen, zum Beispiel.«

Ich stand auf. Meinetwegen konnten die beiden hierbleiben und für den Rest des Tages miteinander streiten. »Danke für das Angebot, aber ich kann selbst auf mich aufpassen. Ich muss meine Pflegeeltern anrufen und ihnen sagen, dass ich noch eine Weile bleibe.«

Das einzige Geräusch im Raum war das dumpfe Gewittergrollen in der Ferne. »Gut«, meinte Josephine schließlich. »Geht jetzt. Ich habe zu tun. Sebastian wird auf dich aufpassen. Und Daniel wird dir wegen des Anrufs behilflich sein.« Sie wandte ihre Aufmerksamkeit wieder den Akten auf ihrem Schreibtisch zu, hielt dann aber inne. »In zwei Tagen bist du wieder hier.«

Als Daniel die Telefonverbindung nach Memphis herstellte, zitterte ich vor Aufregung. Die Novem hatten Telefone, die funktionierten. Und vermutlich auch Internet.

Daniel gab mir das Telefon. Nach dem vierten Klingeln nahm Casey ab. »Kautionsagentur Sanderson, Sie sprechen mit Casey.«

Ich entfernte mich so weit wie möglich von Daniels Schreibtisch. Sebastian wartete an der Tür. Er hatte sich mit dem Rücken dagegengelehnt und die Arme vor der Brust verschränkt. Ich sah ihm an, dass er am liebsten sofort hinausgerannt wäre.

»Hallo, Casey. Ich bin's.«

»Großer Gott, Ari. Wo bist du? Bruce ruft ständig auf deinem Handy an und erreicht immer nur die Mobilbox. Wir dachten, du bist inzwischen schon auf dem Rückweg.« Sie brach ab und ich konnte mir vorstellen, wie die beiden Falten zwischen ihren Augenbrauen vor lauter Sorge noch tiefer wurden und wie sie ihre schulterlangen roten Haare hinter das Ohr strich. »Ist alles in Ordnung?«

»Alles okay. Ich habe jemanden getroffen, der meine Mutter gekannt hat. Sie möchte, dass ich noch ein paar Tage bleibe. *Ich* möchte noch ein paar Tage bleiben.«

»Oh. Na dann …« Die lange Pause verriet mir, dass ich sie überrumpelt hatte. »Du weißt, wie sehr ich mir das für dich gewünscht habe, Ari. Und ich stehe dir auch nicht im Weg, wenn es wirklich das ist, was du willst. Aber ich bin für dich verantwortlich. Ist sie da? Kann ich mit ihr reden?«

Ich zuckte zusammen. »Ja, klar. Aber bevor du jetzt ausflippst …« *Tief einatmen.* »Ich bin in New 2. Und es tut mir leid. Ich weiß, ihr wolltet nicht, dass ich allein gehe, aber ich hatte eine Spur und es war ja nicht weit und dann habe ich Josephine kennengelernt und …« Ich brach ab, um Luft zu holen, und plötzlich wusste ich nicht mehr, was ich als Nächstes sagen sollte. Ich wusste nur, dass ich es vermasselt und gelogen hatte. Ich hatte Casey und Bruce angelogen, die ersten Pflegeeltern, denen ich nicht egal war.

Am anderen Ende der Leitung herrschte Schweigen.

Schließlich hörte ich, wie Casey seufzte. »Ich hatte mir schon gedacht, dass du nach New 2 gehen würdest, nachdem du das mit der psychiatrischen Klinik herausgefunden hattest. Ich versteh dich, ich versteh dich wirklich. Aber du kannst nicht einfach weglaufen, ohne uns zu sagen, wo du bist. Du bist noch nicht achtzehn. Bruce und mir ist es nicht egal, was mit dir passiert. Ich weiß, manchmal ist das schwer zu glauben, aber wir …«

»Nein«, unterbrach ich sie. »Ich weiß, dass ihr euch Sorgen um mich macht. Ich habe Mist gebaut. Es tut mir leid.«

»Abgesehen davon, dass Bruce dir auftragen wird, das Bad im Büro zu putzen, und ein paar Runden mit dir boxen wird, haben wir das jetzt, glaube ich, geklärt. Du weißt ja, dass er der Meinung ist, harte Arbeit bringt einen zum Nachdenken. Nur … sag uns, was du vorhast. Es heimlich zu tun, ist keine Lösung. Das bringt uns nicht weiter.«

»Okay.« *Es tut mir leid. Es tut mir so wahnsinnig leid.* Egal, wie oft ich es ihr – oder mir – noch sagte, ich wusste, ich würde ihr nie begreiflich machen können, was für ein schlechtes Gewissen ich hatte.

»In fünf Minuten habe ich einen Termin. Lass mich mit dieser Josephine sprechen.«

* * *

Sebastian war direkt hinter mir und brüllte, dass ich auf ihn warten solle, doch ich rannte einfach weiter die Treppe hinunter. Zum Teufel mit ihm.

Ich fühlte mich so gedemütigt. Und ich war wütend. Wütend auf Sebastian, wütend auf Josephine und wütend auf mich, weil ich gelogen hatte. Ich war ein Stück Scheiße. Einfach nur stinkende Scheiße, denn so und nicht anders war Scheiße nun mal. Bruce würde ausflippen, wenn er es erfuhr. Und Casey... Sie war so enttäuscht gewesen, dass es mir richtig wehgetan hatte. Es wäre mir lieber gewesen, sie hätte mich angebrüllt, anstatt einfach zu akzeptieren, was ich getan hatte, und so voller Verständnis zu sein. Ich hatte das nicht verdient. Und das Schlimmste daran war, dass ich das Vertrauen meiner Pflegeeltern missbraucht hatte.

Als ich durch die Tür im Erdgeschoss rannte und auf die nasse Straße stürmte, war ich so wütend, dass ich am liebsten laut geschrien hätte.

Ein leichter Nieselregen fiel auf New 2. Die Musiker waren nicht mehr da und die Straße war menschenleer. Das Licht, das aus den Geschäften im Erdgeschoss der Pontalba Apartments nach draußen fiel, glühte warm in dem grauen Nebel und ließ die Gegend trostlos und verlassen wirken.

Ich lief in der Mitte der Straße auf und ab und war dankbar für die Kälte, während ich mich fragte, ob der Dampf auf meiner Haut von der Hitze meines Körpers oder von der blanken, heiß glühenden Wut in meinem Inneren kam, die sich jetzt gegen Sebastian richtete. »Was zum Teufel bist du? Und versuch bloß nicht wieder, das Thema zu wechseln oder mich mit einer von diesen vagen Erklärungen abzuspeisen. Es ist mein Ernst, Sebastian; ich weiß nicht, wie viel von dieser Scheiße ich noch verkraften kann«, schleuderte ich ihm entgegen.

Ich wartete, die Hände in die Hüften gestemmt, und sah zu, wie er seine starre Haltung aufgab und wieder lockerer wurde. »Meine Mutter war eine Arnaud«, antwortete er schließlich. »Aber egal, was man sagt, ich komme eher nach meinem Vater.« An seinem Kinn verkrampfte sich ein Muskel. »Die neun

Familien werden in drei Gruppen eingeteilt. Die Cromleys, Hawthornes und Lamarlieres sind Hexen mit großer Macht.« Bei dem Wort »Hexen« zuckte er zusammen, als würde er sich lieber ohne Betäubung ein paar Zähne ziehen lassen, als es noch einmal auszusprechen. Er streckte sein Gesicht in den Regen und holte noch einmal tief Luft. »Die Ramseys, Deschanels und Sinclairs sind alle so etwas wie Halbgötter oder Gestaltwandler. Und die Arnauds, Mandevilles und Baptistes sind… Vampire.«

Ein langsames Blinzeln war meine einzige Reaktion.

Der Rest passierte in mir drin, das flaue Gefühl in meinem Magen, das Eiswasser in meinen Adern und die plötzliche Erkenntnis, dass alles, was er mir gerade erzählt hatte, stimmte.

Es passte alles zusammen. Die Leute jenseits des Walls lachten nur und schüttelten den Kopf, wenn wieder einmal über paranormale Aktivitäten in New 2 berichtet wurde oder wenn jemand behauptete, dort gäbe es Vampire und Geister. Ich mit meinem Fluch. Die Jugendlichen in der First Street. Sebastian, der aus den beiden Frauen im Krankenhaus willenlose Roboter gemacht hatte…

»Du bist ein Vampir.« Ich lachte.

Und du, Ari, hast gesehen, wie ein Mann sich in Rauch aufgelöst hat.

»Zur Hälfte«, wandte er ein, als wäre das ein Riesenunterschied. »Mein Vater war kein Vampir. Er war ein Lamarliere. Ich bin kein dreihundert Jahre alter Perverser, der Teenies knutscht, okay? Ich bin genauso alt wie du. Ich wurde geboren, genau wie du.«

Er hob die Hände und warf mir einen Blick zu, der so viel sagte wie *Ich hab doch gewusst, dass du mich für verrückt hältst.* Dann drehte er sich um und marschierte die Straße hinunter. Regentropfen liefen über mein Gesicht. Das *French Quarter* vor ihm schien sich in Wolken und Nebel aufzulösen. Plötzlich drehte er sich um, ging ein paar Schritte rückwärts und breitete die Arme aus. »Willkommen in New 2!«, brüllte er frustriert.

Sebastian war verzweifelt und ich wusste nicht, weshalb. Er drehte sich wieder um und zog den Kopf ein, um sich vor dem Regen zu schützen. Mein Herz arbeitete auf Hochtouren. Ich zitterte heftig, der Kälte und seiner Worte wegen.

Eigentlich hätte es mich nicht überraschen sollen. Vor allem weil ich selbst nicht normal war und alle Theorien und Geschichten über die Novem kannte. Wegen des Fluchs. Und wegen der Jugendlichen im *Garden District.*

Was wirst du jetzt tun, Ari? Weglaufen? So tun, als wärst du normal und könntest mit so etwas nicht umgehen? Oder wirst du bleiben und herausfinden, was du bist?

Ich lief wie ein eingesperrter Löwe auf der Straße hin und her, den Blick auf Sebastian gerichtet, der langsam im Nebel verschwand. Ich biss mir in die Wange, bis meine Zunge Blut schmeckte und der Schmerz mir bewies, dass ich menschlich war, dass es mich tatsächlich gab. Die Leute in New 2 bluteten auch. Sie starben. Sie liebten, litten und wollten leben. Genau wie die *Doués,* die Begabten. Und die Novem.

»Sebastian!«

Ich rannte die Straße hinunter.

Er ging noch ein paar Schritte, drehte sich dann aber um. Der Regen war stärker geworden. Ich hatte keine Ahnung, was ich tat. Oder warum ich es tat. Aber ich warf mich gegen ihn, schlang meine Arme um ihn und hielt ihn fest.

Zuerst war er stocksteif. Ich wusste nicht, ob er erschrocken oder wütend war, doch dann spürte ich seine Arme um mich, die mich so eng an ihn zogen, bis sein Gesicht an meinem Hals vergraben war.

Und als wir beide nass bis auf die Haut waren, hob er den Kopf, sah auf mich herunter und legte seine Hände an meine Wangen. »Ich dachte, du würdest zu mir sagen, ich solle abhauen, und dann von hier verschwinden. Ich dachte, ich würde dich nie wiedersehen.«

»Sebastian, ich kann damit umgehen. Du hast keine Ahnung, was mit *mir* nicht stimmt.«

Sein schiefes Lächeln ließ sein Gesicht strahlen. »Oh doch, ich habe da so eine Ahnung.«

Ich hatte wieder dieses warme Gefühl in meinem Magen. Als Sebastian mich küsste, spürte ich den Regen auf seinen Lippen.

Neun

Wir waren von Anfang an hier zu Hause. Als die Hurrikans kamen, taten sich die Familien trotz ihrer Differenzen zusammen und beschützten so viel von der Stadt, wie sie konnten. Das *Vieux Carré*. Den *Garden District*. Das Geschäftsviertel wurde ziemlich schwer getroffen, deshalb liegt der größte Teil davon heute noch in Trümmern. Als alles vorbei war, gründeten die Oberhäupter der Familien den Rat, legten alte Streitereien bei und redeten wieder miteinander. Und als klar war, dass die Regierung die Stadt nicht wieder aufbauen konnte, legten die Familien ihr Vermögen zusammen und kauften das Land. Seitdem gehört die Stadt den Novem. Sie kontrollieren alles – Bankgeschäfte, Immobilien, Tourismus, Wirtschaft... alles.«

Ich hörte Sebastian zu, während ich heißen Tee aus einem Pappbecher trank. Als der Regen zu stark geworden war, waren wir auf den Bürgersteig gerannt und hatten einen kleinen Buchladen gefunden, an den ein Café angeschlossen war.

Sebastian sprach leise. Sein Gesicht war blass und die grauen, silbern schimmernden Augen bildeten einen starken Kontrast zu seinen nassen schwarzen Haaren und seinen dunkelroten Lippen. Ich hätte ihn für immer und ewig ansehen können, doch das durfte er nie, wirklich nie erfahren.

»In der Stadt und den Vororten leben noch andere Wesen«, redete er weiter. »Die Novem bieten allem und jedem Zuflucht, solange man ihren Gesetzen folgt und sich unauffällig verhält. Aber nicht alle, die hier leben, sind anders. Es gibt auch ganz normale Leute hier.«

Ich hielt mich an dem heißen Becher fest. Mein Magen verkrampfte sich. »Deine Mutter war also …«

»Ein Vampir!«, antwortete er mit einem Lachen, das sich anhörte, als würde er es selbst nicht glauben. »Ja. Und Josephines einzige Tochter.«

»Ich dachte immer, Vampire werden *gemacht,* nicht *geboren.* Und dass sie keine Kinder bekommen können.«

»Das glauben die meisten.« Er lächelte und zuckte leicht mit den Schultern. »Wir sehen nicht unbedingt eine Notwendigkeit, die Außenwelt aufzuklären. Eigentlich ist es ganz einfach. Wir sind keine eigene Spezies oder so; wir haben uns nur vor langer Zeit von der Evolutionslinie der Menschen abgespalten und uns anders entwickelt. Du wärst überrascht, wie viele Abspaltungen es noch gibt. Vampire können gemacht oder geboren werden. Die *Gemachten* werden die Verwandelten genannt – im Grunde genommen sind das Menschen, die sich in Vampire verwandelt haben.«

»Und die Kinder?«

»Kinder sind ziemlich selten. Für Vampire ist es nicht einfach, Kinder zu bekommen, aber manchmal passiert es eben doch. Die Kinder werden ganz normal groß, doch wenn sie erwachsen sind, hören ihre Körper auf zu altern. Daher sehen die meisten geborenen Vampire wie Anfang zwanzig aus.« Er wollte noch etwas sagen, zögerte dann aber und schüttelte den Kopf. »Bist du sicher, dass du das alles wissen willst?«

»Ja. Ich finde das sehr interessant.« Ich lachte leise. »Auch wenn es mich umhaut.«

»Sei froh, dass du nicht in Mr Frys Klasse für Molekularbiologie bist, in der sämtliche Menschen und *Doués* erklärt werden, in allen Einzelheiten, bis hin zu ihrem Chromosomensatz.«

»Zum Einschlafen?«

»Ja.« Er verstummte.

Ich biss mir auf die Lippe und dachte kurz über das nach, was Sebastian gerade gesagt hatte. »Aber du bist nur zur Hälfte Vampir?«

Er stützte sich mit den Ellbogen auf den Tisch und beugte sich vor. »Ich erzähle dir die Kurzversion. Es gibt reinblütige Kinder, die Blutgeborene genannt werden. Sie sind so etwas wie der Vampiradel, sie sind am mächtigsten und nerven ohne Ende. Wir reden hier über Egos von der Größe des Mount Everests. Die Kinder eines Menschen und eines Vampirs werden Taggeborene genannt. Sie haben sehr unterschiedliche Fähigkeiten, unterschiedliche Stärken und Schwächen. Im Gegensatz zu den Blutgeborenen brauchen Taggeborene kein Blut, um zu überleben. Aber an der Schwelle zum Erwachsensein gibt es eine Zeit, in der das Verlangen nach Blut übermächtig wird. Wenn sie dann Blut trinken«, fügte er mit einem Schulterzucken hinzu, »brauchen sie es von da an, wie ein Blutgeborener.«

»Und was passiert normalerweise? Ich meine, trinken sie Blut?«

Sebastian nickte. Sein Gesichtsausdruck verdüsterte sich, als er leise weitersprach. »Ein Vampir kann Blut nur sehr schwer widerstehen, egal, wie er geboren wurde.«

Sein Geständnis hing wie ein Betonklotz zwischen uns. Ich räusperte mich. »Und du bist also ein Taggeborener?«

Er wich meinem Blick aus. Sein Adamsapfel bewegte sich,

als er schluckte. »Nein. Meine andere Hälfte ist Lamarliere. Also auch nicht ganz menschlich. Die DNA von Hexen ist leicht anders, so wie bei Vampiren und Gestaltwandlern, aber in der Regel vererben sie ihre Fähigkeiten über die Mutter, also über die weibliche Linie der Familie.«

»Und was macht das dann aus dir?«

»Missgeburt beschreibt es, glaube ich, ganz gut.«

»Das geht nicht«, gab ich lächelnd zurück. »Das bin *ich* schon.«

Er senkte den Kopf, als würde er sämtliche Ansprüche auf diese Beschreibung freiwillig aufgeben. »Jetzt mal im Ernst. Als ich klein war, hat mich mein Vater einmal in eine geheime Bibliothek in der Presbytère geschmuggelt, die für die Schüler verboten ist. Dort gibt es ein paar *richtig* alte Sachen. Er nahm eine Steintafel aus einem Regal und sagte, dort stehe die Geschichte eines kleinen Mädchens, das so gewesen sei wie ich. Mein Vater nannte sie Nebelgeborene.«

»Nebelgeborene«, wiederholte ich.

»Ja. Weil der Nebel alles verdeckt, was sich darin befindet. Und so bin ich. Ein großes Fragezeichen, verstehst du? Niemand weiß, welche Fähigkeiten oder Bedürfnisse ich haben werde oder welche Flüche auf mir lasten, bis sie sich zeigen. Einige der Nebelgeborenen haben Blut gebraucht, um zu überleben. Einige brauchen es nie. Einige können das Verlangen kontrollieren.«

»Oh.« Ich spürte, wie mir warm wurde, und rutschte unruhig auf meinem Stuhl herum. »Und, ähm, welcher Typ bist du?«

Er schüttelte den Kopf und starrte mit unbewegter Miene an mir vorbei ins Leere. »Ich weiß es nicht. Ich habe keine Ahnung, ob und wann ich Blut brauche.«

Das beruhigte mich ja enorm. Um ein Haar hätten meine Finger den Pappbecher zerdrückt. »Wie viele von euch gibt es?«

Er hob beide Hände und lehnte sich zurück. »Er sitzt vor dir.«

»Einen? Du bist der Einzige?«

»In Nordamerika. Ich glaube, in anderen Teilen der Welt gibt es noch ein paar. Wie ich schon sagte – es kommt nicht oft vor, dass *wir* geboren werden.«

»Und was ist mit Crank? Sie ist doch deine Schwester.«

»Jenna ist nicht meine Schwester, Ari. Jedenfalls nicht meine biologische.«

»Aber…« Ich runzelte die Stirn.

Er schien nach den richtigen Worten zu suchen. »Diese Stadt bringt einen dazu, sich mit anderen zusammenzutun. Du findest andere, die so sind wie du, von denen du weißt, dass du ihnen dein Leben anvertrauen kannst, und dann wird man eine Familie. Das lernt Violet gerade. Und deshalb bleibt sie inzwischen auch immer öfter bei uns.« Er zuckte mit den Schultern, als wäre es ihm peinlich, so viel von sich zu erzählen und zu zeigen, dass er ein Herz hatte. »Jenna hat ihre Eltern verloren und dann auch noch ihren Bruder. Seitdem ist sie ein bisschen gestört. Ich habe sie gefunden, als sie neben seiner Leiche saß. Sie hat mich für ihren Bruder gehalten und ist mit mir mitgegangen. Ich habe nie versucht, es ihr zu erklären, weil ich ihr nicht noch mehr wehtun wollte. Das ist ihre Art, damit fertigzuwerden. Sie denkt sich etwas aus.«

Es zerriss mir das Herz, als ich das hörte. »Wie ist er gestorben?«

»Ich weiß es nicht genau. Ich habe die beiden in Midtown gefunden, das ist das Geschäftsviertel. Die Ruinen. Nachts solltest du dort nie hingehen und tagsüber auf keinen Fall allein. Die

Gegend ist ein Zufluchtsort für alle möglichen zwielichtigen Gestalten. Ich glaube, das ist auch der Grund dafür, warum die Novem nicht einschreiten. Sie lassen lieber zu, dass die Bösen unter uns die Ruinen übernehmen, als das Risiko einzugehen, dass sie auch im *Quarter* oder im *French District* auftauchen.«

Er starrte aus dem nassen Fenster. »Ich glaube, es hat aufgehört zu regnen.« Ich drängte ihn nicht weiterzuerzählen und insgeheim wusste ich auch, warum: Ich wollte *seine* Fragen nicht beantworten, wenn ich an der Reihe war. Und ich hoffte, dass er dann genauso rücksichtsvoll sein würde wie ich jetzt. »Willst du mit auf den Markt? Ich habe den anderen gesagt, dass ich fürs Abendessen einkaufen gehe.«

»Ja, klar.«

Von dem Café aus war es nur ein kurzer Spaziergang über den Jackson Square bis zum French Market am Fluss. Als wir die überdachte Fläche betraten, kam die Sonne hinter den Wolken hervor. Touristen und Einheimische hatten dort Schutz vor dem Regen gesucht und im Innern wimmelte es nur so von Kunden. Sebastian schien genau zu wissen, was er kaufen wollte, doch ich ließ mich einfach treiben, sah mir alles an und fragte mich, wer von den Passanten menschlich war und wer nicht und ob ich – weil ich eine *Doué* war – irgendwie einen Unterschied bemerken würde.

Aber mir fiel nichts auf. New 2 war auch ein Zufluchtsort für Anhänger heidnischer Religionen, Wiccaner und alternative Lebensentwürfe, daher hatte der Stil der Kleidung oder der Schmuck, den sich jemand durch die Haut stechen ließ, nichts zu bedeuten.

Nachdem ich den Versuch, etwas Ungewöhnliches zu entdecken, aufgegeben hatte, lief ich zwischen den Ständen hindurch, von denen mir der Duft nach Kaffee, Brot und frischen Blumen in die Nase stieg und hin und wieder sogar der Geruch des Flusses, der von einer leichten Brise in den Markt getragen wurde.

An Mardi-Gras-Ständen wurden Ketten aus Glasperlen, Masken und Kostüme verkauft. Bald verlor ich mich in einem bunten Regenbogen aus Farben und engen Gängen und konnte Sebastian, der über den Preis eines Sacks Kartoffeln verhandelte, nicht mehr sehen. Die Mardi-Gras-Perlen fühlten sich kühl an und flossen wie Wasser durch meine Finger. Die Masken waren wunderschön, aber auch eindringlich und verführerisch.

Als mir eine goldverzierte Maske aus schwarzem Samt mit kleinen, fluffigen Federn ins Auge fiel, musste ich sofort an Violet denken. Ich wusste, dass sie ihr gefallen würde, und ich konnte mir gut vorstellen, wie sie damit aussah. Ich ließ meinen Rucksack auf den Boden fallen und holte Geld heraus.

An einem anderen Stand kaufte ich Beignets für Dub und Henri und ein Geduldsspiel aus Metall für Crank. Als ich fertig war, fragte ich mich, was Sebastian wohl gefiel und ob die anderen es merkwürdig finden würden, dass ich etwas für sie gekauft hatte.

Am Ende des langen, überdachten Gebäudes sah ich mir Schals an, die in einer Reihe aufgehängt waren und sich in der leichten Brise hin und her bewegten. In dem Moment, in dem ich mich umdrehte, um Sebastian zu suchen, wirbelte ein plötzlicher Windstoß ein paar der Schals durcheinander, sodass sie sich auf mein Gesicht und meinen Hals legten. Ich drehte mich aus ihrer seidigen Umarmung heraus und prallte gegen einen muskulösen Körper.

»Oh, Entschuldigung.«

Keine Antwort. Keine Bewegung, nicht einmal ein Muskelzucken. Plötzlich hatte ich ein sehr ungutes Gefühl. Ich hob den Kopf.

Wieder so ein schwarzes T-Shirt. Wieder so ein blonder Riese. Und natürlich wieder das verdammte Kurzschwert samt Schild.

Meine Hand wollte nach der Pistole in meinem Hosenbund greifen, doch es waren zu viele Leute in der Nähe. Ich zögerte, ich war völlig überrumpelt.

Ich hätte nicht zögern sollen.

Er packte mich am Arm, drehte sich um und schleifte mich durch den hinteren Ausgang des Marktes.

»Hey!« Adrenalin schoss mir in die Adern. »Sebastian!« Ich versuchte, meinen Arm aus dem festen Griff seiner Finger zu befreien. »Lass mich los!« Er tat es nicht, und als er mich mit aller Gewalt weiterzerrte, wäre ich um ein Haar gestolpert. Inzwischen hatte er mich an beiden Handgelenken gepackt und schleifte mich in Richtung Fluss.

Mein Blick ging zu dem Verkäufer an dem Stand mit den Schals. Mit niedergeschlagenen Augen verschwand er zwischen seinen Schals, als ob das hier eine ganz alltägliche Sache wäre. Das konnte doch nicht wahr sein! Ich schrie wieder, weil ich hoffte, die Touristen auf mich aufmerksam zu machen, doch wir waren schon mehrere Meter von ihnen weg und die Boote auf dem Wasser und der Lärm auf dem Markt übertönten meine Schreie.

Als ich das Wasser sah, schoss mir ein entsetzlicher Gedanke durch den Kopf – der Typ wollte mich ertränken. Ich zog meine Handgelenke zu mir, beugte mich nach unten und biss ihm in die Hand. Sein Griff lockerte sich so weit, dass ich eine meiner Hände befreien konnte. Ich versetzte ihm einen kräftigen Faustschlag auf die linke Wange.

Endlich gelang es mir, die Pistole aus dem Hosenbund zu ziehen, doch als ich sie auf den Mann richten wollte, griff er mit der freien Hand wieder nach meinem Handgelenk und stieß meinen Arm mit der Pistole zur Seite. Ich wehrte mich, doch er war viel zu groß und zu stark, als dass ich etwas gegen ihn hätte ausrichten können. Höchste Zeit, meine Strategie zu überdenken. Unsere Blicke trafen sich. Mein Mund verzog sich zu einem Lächeln, was ihn für den Bruchteil einer Sekunde aus dem Konzept brachte. Gleichzeitig riss ich das Knie hoch und rammte es ihm in den Schritt. Der Griff um meine Handgelenke verstärkte sich, doch der Typ stöhnte und beugte sich vornüber. Es war die perfekte Position, um ihm das Knie ins Gesicht zu stoßen. Und genau das tat ich auch.

Er schrie auf und fluchte in derselben merkwürdigen Sprache, die schon sein Vorgänger benutzt hatte. Dann richtete er sich mit hochrotem Kopf auf. Aus seiner Nase tropfte Blut, die Adern an seinen Schläfen traten hervor. Ich sah den Kopfstoß kommen, hatte aber nicht den Hauch einer Chance, ihn abzuwehren.

Vor meinen Augen verschwamm alles, dann versank ich in Dunkelheit.

* * *

Das leise Brummen eines Motors. Das rhythmische Schaukeln und Plätschern des Wassers gegen den Fiberglasrumpf des Boots brachten mich langsam wieder in die Wirklichkeit zurück.

Die rauen Borsten des Kunststoffteppichs, mit dem der Boden des Decks ausgelegt war, hatten meine Wange aufgeschürft. Und die kalte, nasse Gischt, die mir ins Gesicht spritzte, war der letzte Anstoß, den ich brauchte, um wieder einen klaren Kopf zu bekommen. Ich bewegte mich nicht, konnte aber trotzdem ein Paar Beine am Steuer erkennen, während das Boot über Wasser raste, das zum Mississippi gehören musste.

Meine Pistole war weg. Auch ohne mich zu bewegen, merkte ich, dass ich den Metallgriff der Waffe nicht mehr auf meiner Haut spüren konnte, aber wenigstens war mein Rucksack noch da. Er lag auf einer Bank neben dem Steuer. Im Rucksack war das Schwert. Wenn ich meine Pistole nicht hatte, war das Schwert das Nächstbeste.

Als ich mich aufrichtete und die Hände auf das Deck stützte, explodierte ein heftiger Schmerz in meinem Kopf. *Atmen. Versuch, den Schmerz wegzuatmen.* Die Schaukelbewegung des Boots war nicht gerade eine Hilfe bei dem Versuch aufzustehen. *Mist.* Ich musterte den Rucksack und beschloss, dass es wohl das Beste war, die Sache mit dem Schwert sein zu lassen und stattdessen den Überraschungseffekt und mein Körpergewicht zu nutzen, um den Entführer von Bord zu stoßen.

Aber auf einem fahrenden Boot wieder auf die Beine zu kommen, nachdem man von einem hundert Kilo schweren Dreckskerl mit einem Schädel aus Eisen durch einen Kopfstoß bewusstlos geschlagen wurde, war in etwa so schwierig, wie mit verbundenen Augen ein Fahrrad durch fünfzehn Zentimeter tiefen Schlamm zu lenken.

Das Boot erreichte ruhigere Gewässer, wurde langsamer und begann zu treiben. Ich wusste, dass ich nur eine Sekunde hatte, bevor er zu mir hinsehen würde. In dem Moment, in dem er sich umdrehte, sprang ich hoch und hechtete auf ihn zu.

Das Boot kippte nach vorn, als es zum Stehen kam, und der Schwung katapultierte mich direkt in seine offenen Arme, die sich um meinen Oberkörper schlangen, während wir auf einen kleinen Steg zuglitten. Für einen Moment blendete mich die untergehende Sonne, die zu beiden Seiten in dem schwarzen Horizont aus schimmerndem Fluss und Sümpfen versank.

Ich werde das Abendessen mit Sebastian und den anderen verpassen. Schon merkwürdig, was für skurrile Gedanken einem in Krisensituationen durch den Kopf schießen. Abgesehen von dem missglückten Voodoo-Ritual, der Migräne und dem Treffen mit Josephine war das heute einer der schönsten Tage meines Lebens gewesen, wegen Sebastian. Bis irgend so ein Idiot auf Steroiden aufgetaucht war und alles verdorben hatte.

Der Kerl stieß mich entsetzt von sich, als wäre ihm die enge Berührung zu viel. Ich landete unsanft auf dem blauen Kunststoffteppich und schürfte mir die Ellbogen auf. Und zu allem Überfluss knallte ich auch noch mit dem Kopf gegen den Rand des Boots.

»Arschloch«, stieß ich zwischen zusammengebissenen Zähnen hervor, während ich mir den Hinterkopf rieb.

Er runzelte die Stirn und sagte etwas, das vermutlich genauso freundlich wie mein Kommentar eben war. Dann warf er meinen Rucksack auf den Steg, band das Boot fest und packte mich.

Als wir an Land waren, schickte ich ein Dankgebet gen Himmel und wünschte mir nichts sehnlicher, als einfach nur ruhig stehen bleiben zu können, bis sich mein Körper daran gewöhnt hatte, dass der Boden unter meinen Füßen *nicht* schwankte.

Doch der grobe Kerl zerrte mich einfach weiter den Steg entlang und ich konnte den ersten flüchtigen Blick auf unser Ziel erhaschen.

Ich stolperte.

Etwas zurückgesetzt vom Fluss, inmitten eines kleinen Wäldchens aus alten Eichen, an denen Spanisches Moos herabhing wie die zerschlissenen Gewänder von toten Geistern, stand ein riesiges Herrenhaus. Einsam und allein. Mitten im Sumpf, umgeben von einem gepflegten Rasen, wie eine Insel, die sich hartnäckig weigert, im Schlamm zu versinken. Ein durchdringender Geruch nach Fluss und Morast lag in der Luft, nur die leichte Brise vom Wasser und die Kühle, die die untergehende Sonne mit sich brachte, milderten den Gestank ein wenig. Frösche und Laubheuschrecken hatten schon ihr Konzert begonnen.

Das Haus besaß einen umlaufenden Balkon im ersten Stock und gewaltige Säulen, die so massiv wirkten wie die Eichen in der Umgebung.

Hinter den hohen, von hölzernen Läden eingerahmten Fenstern brannte gedämpftes Licht.

Als wir über den Rasen gingen, versanken meine Füße in dem weichen Gras, als würde ich auf Sand laufen. In meinem Kopf überschlugen sich Fluchtpläne und Fragen, doch es hatte keinen Zweck, meinen Entführer aushorchen zu wollen, da er offenbar kein Wort Englisch sprach. Und als wir uns dem Haus näherten, war ich mir gar nicht mehr so sicher, ob *ich* noch ein Wort herausbringen konnte. Das Haus verschlug mir den Atem. Es war riesengroß und sehr elegant, gleichzeitig schien es irgendwie Gefühle auszustrahlen. Es war traurig. Und einsam. Wie eine schöne Frau, die man in einem Meer aus Grau,

Grün und Schwarz allein gelassen hat, beschützt nur von massiven Eichen mit knöchernen Schals um die Schultern.

Wir gingen über die Veranda im Erdgeschoss zur Haustür. Das Innere erhellte ein großer Kronleuchter, der in der Eingangshalle hing. Leer und schummrig. Der Traum jedes Innenarchitekten. Unsere nassen, schmutzigen Schuhe hallten auf den Holzbohlen, als wir an einer prächtigen, geschwungenen Treppe vorbei in den hinteren Teil des Hauses gingen. Der Mann stieß mich nach rechts, zu einer Tür, die unter die Treppe führte.

Er flüsterte ein paar Worte, während er mich in ein übel riechendes Treppenhaus hinunterstieß, das durch alte Laternen aus Eisen beleuchtet wurde. Irgendetwas stimmte hier nicht. Wir gingen nach *unten*. Und das war in einem Sumpfgebiet wie diesem eigentlich unmöglich. Es konnte zwar gut sein, dass das Haus auf festem Boden gebaut worden war, doch selbst dieser war am Versinken, wie alles in und um New 2.

Mein Puls schoss in die Höhe, als ich die Wände aus schwarzen Steinblöcken betrachtete. An einigen Stellen drang Schlamm durch die Spalten, es sah aus, als würden die Steine schwarze Tränen weinen. Ich hatte das Gefühl, dass die Wände jeden Moment nachgeben konnten, dass schwarze Wassermassen und Kreaturen aus den Sümpfen zu uns hereindringen und sich holen würden, was ihnen gehörte.

Ich schluckte, als wir zu einem langen Gang kamen. Wir mussten jetzt zwei Stockwerke unter der Erde sein und die Vorstellung, dass über unseren Köpfen ein ungeheures Gewicht lastete und alles um uns herum aus weichem Schlamm und Sumpf bestand, beschleunigte meinen Puls noch weiter und ließ meine Handflächen feucht werden. Ich musste hier raus.

Sofort. Bevor das Gefühl der Enge übermächtig wurde und mich dazu brachte, etwas Dummes zu tun.

Der Entführer stieß mich weiter den Gang entlang. Wie durch Zauberhand entzündeten sich Laternen an den Wänden, als wir an ihnen vorbeikamen. Und dann stellte ich zu meinem Entsetzen fest, dass wir an Zellen vorbeigingen. *Zellen.* Zellen, deren Vorderseite aus dicken, mit Spinnweben und verkrustetem Schmutz überzogenen Eisenstäben bestand. Das Innere war völlig schwarz. Und der Gestank war unerträglich geworden. Er war weitaus schlimmer als der Geruch nach Fäkalien und ließ mich nach Luft ringen.

Mein Magen fing an zu rebellieren, und als der Mann mir einen kräftigen Stoß gab, um mich weiterzutreiben, stolperte ich. Ich landete auf den Knien und begann zu würgen, doch er riss mich wieder hoch. Kalter Schweiß stand mir auf der Stirn und ich spürte, wie Säure mir im Hals brannte.

Vier Zellen weiter blieb er stehen und öffnete die Tür zu einem Verlies.

»Nein«, flüsterte ich, während ich mich gegen ihn stemmte. Dann drehte ich mich um und klammerte mich wie ein Kind an ihn. »Nein, bitte nicht.« Er zerrte an meinen Fingern. Tränen liefen mir über die Wangen, als wir miteinander rangen. Verzweifelt hielt ich mich an ihm fest, während er alles tat, um mich von sich wegzuschieben. Ich war wie von Sinnen und murmelte unverständliches Zeug.

Ich konnte nicht in diese Zelle. Es war völlig unmöglich. *Nein, bitte nicht!*

Doch als meine Kräfte nachließen, gelang es ihm, mich in die Zelle zu stoßen. Ich landete auf meinem Hintern. Die Tür fiel ins Schloss. Ich spürte etwas Schleimiges unter meinen Händen und meine Knie rutschten auf irgendetwas Undefinierbarem aus, als ich zur Tür kroch, mich an den Gitterstäben hochzog und zu schreien begann.

»Lass mich nicht allein! Bitte!«

Als er ging, erloschen die Laternen, eine nach der anderen.

Ich konnte nicht mehr durch die Nase atmen. Heiße Tränen liefen über mein Gesicht, das ich verzweifelt zwischen die Gitterstäbe drückte, um wenigstens noch einen Rest des Lichts zu sehen. »Bitte.«

Und dann war da nichts mehr außer Schwärze und Stille.

Ich weinte so lange, bis keine Tränen mehr aus meinen Augen kamen. Meine Finger lockerten ihren Griff um die Gitterstäbe und ich sank auf die Knie, doch ich hielt mich immer noch an der Tür fest. Ich versuchte, so nah wie möglich am Ausgang zu sein, weil ich Angst hatte vor dem, was sich in der Zelle befand oder *befunden hatte.*

Schließlich wurde ich so still wie meine Umgebung. Meine Gedanken beruhigten sich und ich konnte mich wieder konzentrieren. Es war klar, dass der Kerl, der mich hergebracht hatte, etwas mit dem Typ zu tun hatte, von dem ich in Covington überfallen worden war. Ich hatte ihn getötet, aber den Fluch hatte ich dadurch nicht aufhalten können. Wieder überkam mich heftige Übelkeit. War ich deshalb hier? Weil sie mich köpfen wollten wie meine Großmutter? Nein. Nein, das würde *nicht* passieren. Ich kniff die Augen zusammen und konzentrierte mich auf das leise *Tropf, Tropf, Tropf* von Wasser und auf den Rhythmus der Atemzüge, die aus der Zelle neben mir oder aus der auf der anderen Seite des Gangs zu mir drangen.

Ich hörte ein scharrendes Geräusch. Und ein Grunzen. Ich richtete mich auf. Ein Schauer lief mir über den Rücken, die

Haare auf meinen Armen und Beinen stellten sich auf. Es waren noch andere in diesen Zellen. Ich war nicht allein. Was einerseits tröstlich war, andererseits aber auch ein Grund, sich Sorgen zu machen. Waren es Freunde oder Feinde? Entführt wie ich oder gefährlich? Gefühlte zwei Stunden lang lehnte ich an den Gitterstäben und dachte an Sebastian und die anderen Jugendlichen in dem Haus in der First Street. Suchten sie nach mir? Würden sie irgendwann aufgeben? Nach Hause gehen und sich schlafen legen?

In der Zelle, die meiner schräg gegenüberlag, tauchte ein kleiner Lichtfleck auf. Ich rieb mir mit dem Handrücken meine trockenen Augen. Das Licht wurde stärker, bis es ein schwacher Schimmer war, kaum heller als eine Kerze kurz vor dem Erlöschen.

Im Innern der Zelle erschien ein Schatten. Es hatte den Anschein, als würde die Person, zu der er gehörte, an der Wand sitzen, die ich nicht sehen konnte. »Hallo?« Meine Stimme war heiser vom vielen Schreien und fast zu leise, um gehört zu werden. Ich versuchte es noch einmal. »Hallo?«

»Hallo, sagt sie«, krächzte eine hohe Stimme vom anderen Ende des Gangs, die mich lachend nachäffte. »Armes Kind. Armes, *armes* Kind.« Ich hörte ein gehässiges Lachen, das mir in den Ohren wehtat, als würde jemand mit den Fingernägeln über eine Kreidetafel fahren. Es klang, als hätte man einem Vogel eine Stimme gegeben. Einem fiesen Vogel. »Gewöhn dich dran, kleines Mädchen. Gewöhn dich dran. ›Hallo‹, sagt sie. Hallo, hallo, hallo…« Noch mehr Gelächter, bis eine andere Stimme, die ebenfalls vom anderen Ende des Gangs kam, sie unterbrach: »Halt verdammt noch mal deinen Schnabel«, rief jemand.

Auch in einigen der anderen Zellen tauchte ein schwacher Lichtschein auf. Die Insassen dort besaßen offenbar eine Lichtquelle, die ich nicht hatte.

Der Schatten in der Zelle schräg gegenüber bewegte sich und an den Gitterstäben erschien eine schwarze Gestalt, die durch das schwache Glimmen von hinten beleuchtet wurde. »Was hast du getan?«, fragte eine raue Männerstimme. Sie war sehr tief, aber auch sehr ruhig.

»Nichts. Ich habe gar nichts getan.«

Lautes Gelächter. Wieder stiegen mir Tränen in die Augen, doch ich blinzelte sie weg.

»Das glaubst *du*, aber *Sie* ist da anderer Meinung.«

»Sie?«

Er lachte leise, was sich wie fernes Donnergrollen anhörte. »Dann musst du eine Schönheit sein.«

»Eine was?«

»Die Schönheiten haben nie eine Ahnung, warum sie hier sind. Das sind die, die die falsche Art von Aufmerksamkeit auf sich gezogen haben, die, die ihr Aufmerksamkeit geraubt haben.« Er seufzte. »Die Schönheiten sterben immer so schnell ...«

»Ich bin keine Schönheit.« Und ich würde mich auch nie für eine halten. Wenn ich mein Gesicht im Spiegel sah, dachte ich manchmal, dass ich vielleicht eine gewesen wäre, wenn meine abartigen Haare nicht wären und meine türkisfarbenen Augen, die zu hell waren. Zu seltsam, um schön zu sein. »Und ich habe nicht vor, hier zu sterben.«

Der Mann bewegte sich und setzte sich neben die Gitterstäbe auf den Boden. »Warum bist du dann hier?«

»Das wüsste ich auch gern. Ich war auf dem *French Market* und plötzlich werde ich von irgend so einem durchgeknallten

Ausländer überfallen, der gern Schwerter und Schilde mit sich rumschleppt.«

Ich hörte ein scharfes Zischen. »Der *French Market?* In der Stadt? In New 2?«

»Ja«, antwortete ich langsam. »Was hat New 2 damit zu tun?«

»Die Söhne des Perseus«, erwiderte die dunkle Gestalt. »τέρας-Jäger. Sie dürfen nicht in die Stadt. Verdammt.« Er fluchte leise. »*Sie* hat die Übereinkunft gebrochen.«

»Entschuldigung, wenn ich nicht so ganz mitkomme, aber was zum Teufel ist ein τέρας-Jäger? Und was meinen Sie mit ›Übereinkunft‹?«

»Die Übereinkunft ist – war – eine Vereinbarung zwischen den Novem und ihr, die aus der Zeit nach den Hurrikans stammt. Wir übergaben ihr einen τέρας-Jäger, der *Sie* hintergangen hatte, und als Gegenleistung versprach *Sie*, nie wieder in der Stadt aufzutauchen. τέρας bedeutet auf Griechisch ›Monster‹. Alle Kreaturen, die nicht menschlich sind. Die Söhne des Perseus jagen sie. Sie jagen die armen, bedauernswerten Seelen, die das Miststück selbst geschaffen hat.«

Die Vogelstimme lachte und ich konnte mir gut vorstellen, wie das Wesen auf- und abhüpfte. »Das Miststück! Das Miststück, das Miststück, das Miststück!«

»Hältst du jetzt endlich mal deinen Schnabel?«, rief die gleiche verärgerte Stimme wie vorhin.

»Wenn *Sie* das getan hat, musst du sehr wichtig sein. Wer bist du?«, fragte der Mann in der Zelle gegenüber, als hätte er den Tumult am anderen Ende des Gangs gar nicht gehört.

»Sie zuerst. Wer ist das ›Miststück‹?«

Ich hörte Stimmen, die flüsterten. Traurige, matte Stimmen,

die über den Gang zu mir drangen. Sie flüsterten nur ein Wort, ein einziges Wort.

Athene.

Mir sträubten sich die Nackenhaare. Jetzt gesellte sich auch die Vogelstimme dazu, in einem Flüstern, das wie Ehrfurcht klang. »Athene.«

Zehn

Ich lachte ungläubig. Das scharfe Geräusch hallte durch den Gang, bis sein Echo durch das monotone Tropfen von Wasser auf Stein ersetzt wurde. Zuerst Vampire, Hexen und Gestaltwandler. Und jetzt das.

So muss sich Alice gefühlt haben, als sie in das Kaninchenloch fiel.

Niemand bewegte sich oder sprach und ich hatte das Gefühl, dass meine Reaktion als Neuling eine große Traurigkeit in dieses unterirdische Gefängnis gebracht hatte, als ob sich jeder hier für einen Moment an die erste Nacht, an den eigenen Schrecken und Unglauben erinnern würde.

»Wie lange sind Sie schon hier drin?«, fragte ich die Gestalt mir gegenüber.

»Nichts bringt den Wahnsinn schneller zurück als der Gedanke an die Zeit«, sagte der Mann leise. »Man fragt am besten nicht danach. Niemand hier spricht gern darüber.«

Oh. Okay. »Und diese Athene … wir reden hier schon über *die* Athene, griechische Göttin, Wohnort Olymp?«

»Bedauerlicherweise gibt es *Sie* wirklich.«

Ich war wie vor den Kopf geschlagen und blinzelte heftig, als schrilles Gelächter in meinem Hals aufstieg und dort stecken blieb. Was in aller Welt war hier eigentlich los? Warum zum Teufel schaffte ich es einfach nicht, aus diesem verdammten Albtraum herauszukommen? *Götter gab es wirklich.* Ich wusste nicht, wie ich reagieren sollte, also saß ich einfach nur da und umklammerte die Gitterstäbe, so fest ich konnte. Und was noch absurder war, irgendwie hatte ich es doch tatsächlich geschafft, eine *Göttin* richtig sauer zu machen.

Das war mal wieder typisch.

Ich schlang die Arme um die Knie und legte den Kopf darauf. »Das glaube ich einfach nicht«, seufzte ich. Der Mann in der Zelle gegenüber lachte leise; er musste ein ausgesprochen gutes Gehör haben. Ich hob den Kopf. »Dann gibt es sie also wirklich ... ich meine, Götter?«

»Einige von ihnen, ja. Die Sagen, die wir alle kennen, die Götter, von denen du in der Schule gehört hast, einige von ihnen sind reine Erfindung, aber viele von ihnen gibt oder gab es tatsächlich. Und einige, die in den Chroniken der Menschheit gar nicht erwähnt werden, sind heute noch auf der Erde. Die Pantheons sind nicht mehr das, was sie einmal waren. Das Zeitalter der Götter ist schon lange vorbei und jetzt kämpfen sie ums Überleben, wie wir alle. Ganze Familien wurden ausgelöscht, Götter wurden gestürzt, gefangen genommen ... Es sind nur noch zwei Pantheons übrig, die aus den Göttern bestehen, die alle Kriege und Rivalitäten überlebt haben. Athene wäre nichts lieber, als ihre Feinde vom Angesicht der Erde hinwegzufegen. Und bis dahin vertreibt *Sie* sich die Zeit mit Verschwörungen und Rachegelüsten.«

»Und warum ist Athene auf Sie sauer?«

Er lachte. »Ich wurde zur Macht *geboren.«*

Vom Ende des Gangs drang ein Flüstern zu mir. »Ich wurde auch *geboren.«*

»Ich auch.«

»Und ich auch.«

»Ich auch.«

Mein Herz klopfte wie wild. Das einzige Verbrechen dieser Leute bestand darin, geboren worden zu sein. War das auch mein Verbrechen?

Dann kam die Vogelstimme. *»Geboren* oder *gemacht. Geboren* oder *gemacht.* Wir sind alle *geboren* oder *gemacht.«*

»Was bist du?«, fragte ich laut, während ich mein Gesicht an die Gitterstäbe drückte, damit meine Stimme auch am Ende des Ganges zu hören war.

»Gemacht. Gemacht. Sie hat mich *gemacht.«* Das Wesen kreischte, ein unterdrücktes, sehr vogelähnliches Quaken. Ich bekam eine Gänsehaut.

Aus der Dunkelheit drang eine weibliche Stimme zu mir. *»Gemacht.«*

Ich zählte sieben. Hier unten waren sieben Gefangene. Und ich war die Nummer acht. Zur Macht *geboren* zu werden, konnte ich ja noch verstehen, aber *›gemacht‹?* »Was genau bedeutet das, *gemacht* zu werden?«

»Aus einem Menschen zu etwas … anderem *gemacht* zu werden. Zu einem τέρας *gemacht* zu werden. Als Strafe. Um für *Sie* zu kämpfen. Manchmal aus einer Laune heraus. Athene ist streng und impulsiv. Und *Sie* lässt sich nicht gern in den Schatten stellen. Manchmal genügt es schon, wenn man schön ist«, erklärte mir der Mann gegenüber.

Die Vogelstimme meldete sich wieder, begleitet von einem Geräusch, das wie Flügelschlagen klang. »Nicht alle von uns sind hier, weil sie *geboren* oder *gemacht* wurden. Einer ist aus einem anderen Grund hier …«

»Leck mich doch«, sagte die tiefe, wütende Stimme von vorhin. Ein Mann. Der gleiche Akzent wie die beiden Jäger, die mich überfallen hatten. Und jetzt dämmerte mir, dass es ein griechischer Akzent war. Der Vogel kreischte verärgert, und als sein Schrei von den steinernen Wänden widerhallte, musste ich mir die Ohren zuhalten.

Danach sagte niemand mehr ein Wort.

Ich ließ meinen Kopf wieder auf die Arme sinken und schloss die Augen, damit mein Körper sich ausruhen konnte. Doch meine Gedanken überschlugen sich wieder, innerlich ging ich die Ereignisse der letzten beiden Tage durch, die mich hierhergebracht hatten. Ich konnte nicht weit von New 2 entfernt sein. Das Haus musste zu einer der vielen Plantagen an der River Road gehören. Ich musste nur irgendwie hier rauskommen und es bis zum Steg schaffen. Oder zu einem Weg. Ich konnte nicht hierbleiben, nicht in dieser Finsternis, umgeben von Morast und Schlamm, die vielleicht die Wände eindrückten und mich unter sich begruben und erstickten.

Bei dem Gedanken daran begann mein Puls zu rasen. Meine Finger öffneten und schlossen sich, getrieben von dem Drang, etwas zu zerstören. Mich selbst. Die Zelle. Egal was. Meine Beine zitterten wie Espenlaub. Es war eine Möglichkeit, das Adrenalin loszuwerden, das sich in meinem Körper ansammelte. Entweder ich bewegte meine Beine oder ich schlug mit der Faust auf die Gitterstäbe ein und brach mir die Hand. Die Entscheidung schien einfach zu sein, doch aus irgendeinem Grund war ich der Meinung, dass sich Schmerz jetzt ziemlich gut anfühlen würden.

Atme, Ari. Du hast schon Schlimmeres erlebt als das hier. Ich war sieben Jahre alt. Man hatte mich drei Tage lang in eine schmutzige Hundebox eingesperrt und Trockenfutter durch die

Gittertür hineingeworfen. Meine Strafe. Pflegemutter Nummer zwei hatte Hühnerbrust zum Abendessen gekocht, die in der Mitte noch völlig roh war. Mit Absicht. Ich weigerte mich, das Fleisch zu essen, wurde zu Boden geworfen, das rohe Hühnchen wurde mir in den Hals gestopft. Ich musste mich sofort übergeben und mein Mageninhalt landete auf der Hand von Pflegemutter Nummer zwei, als sie versuchte, mir den Mund mit Klebeband zuzukleben. Das, was dann kam, war nur ein weiteres Kapitel in meiner Karriere als Pflegekind. Egal. Ich hatte die Enge damals überlebt. Und ich würde sie mit Sicherheit auch dieses Mal überleben.

Ich schniefte und putzte mir die Nase, während ich das schwache Glimmen am anderen Ende des Gangs betrachtete und mich an andere Ereignisse aus meiner Vergangenheit erinnerte …

Denk nicht daran.

Stattdessen dachte ich an Bruce und Casey, an ihr unkompliziertes Wesen und ihr Lachen. Beide waren nüchterne Menschen und hart im Nehmen, aber auf ihre Art auch herzlich und liebevoll. Ich dachte an Crank und Violet und an die Geschenke, die sich immer noch in meinem Rucksack befanden. Und an Sebastian. Daran, dass ich Schmetterlinge im Bauch hatte, wenn ich an ihn dachte. Wie sehr es mir gefallen hatte, auf dem Weg zum Café Du Monde seine Hand zu halten. Wie sein Kuss sämtliche Gedanken aus meinem Kopf verbannt hatte und es mir zum ersten Mal in meinem Leben möglich gewesen war, mich einfach fallen zu lassen, eins zu sein mit dem Augenblick.

Jemand hustete in der Dunkelheit.

Ich hob den Kopf. Meine Knie hatten endlich aufgehört, unkontrolliert zu zittern. Ich wusste, dass ich gerade das durchmachte, was alle anderen hier schon hinter sich hatten. Panik. Fassungslosigkeit. Angst.

Ich biss mir sachte auf die Lippen. Und vermutlich hatten sie auch alle an Flucht gedacht.

Meine Finger tasteten über die Gitterstäbe und suchten nach dem Schloss. Es war viereckig, mit einem Schlüsselloch, das so groß war, dass mein kleiner Finger bis zum ersten Knöchel hineinpasste. Ich bewegte ihn hin und her und tastete die gezackten Ränder ab.

»Es wird sich nicht öffnen«, sagte der Mann von gegenüber. »Unsere Kräfte funktionieren hier unten nicht.«

Meine Hand erstarrte. »Was für Kräfte?«

Er wollte gerade etwas sagen, als die Tür oben geöffnet wurde und ein Lichtstrahl in den Gang fiel. Er war zwar nicht sehr hell, doch nachdem ich mehrere Stunden in der Dunkelheit verbracht hatte, kam es mir so vor, als wäre die Sonne aufgegangen. Als sich Schritte näherten, legte ich schützend die Hand vor die Augen.

»Viel Glück, kleines Mädchen«, sagte die Vogelstimme.

Ich stand auf und packte entsetzt die Gitterstäbe, während ich den Mann aus der anderen Zelle anstarrte und ihn stumm anflehte, um Trost, Hilfe, irgendetwas.

»Er wird dich zu Athene bringen«, beeilte er sich zu sagen. »*Sie* kommt nicht hierher. Es wird schnell gehen.«

Als die Schritte näher kamen, entzündeten sich die Laternen an den Wänden, eine nach der anderen. Eine große schwarze Gestalt blieb vor meiner Zelle stehen. Es war der Mann, der mich hergebracht hatte. Ein τέρας-Jäger. Ein Monsterjäger. Und er trug meinen Rucksack über der Schulter. Er steckte einen Schlüssel in das Schloss, öffnete die Tür und griff mit dem Arm in die Zelle.

Ich reagierte, ohne nachzudenken, wobei ich mich auf meinen Instinkt verließ und auf das ausgesprochen starke Bedürfnis, aus diesem verdammten Loch herauszukommen. Ich packte das Handgelenk des Mannes und zog ihn mit aller Kraft zu mir herein, wissend, dass er nicht damit rechnete. Wenn überhaupt, würde er davon ausgehen, dass ich versuchte wegzulaufen, aus der Zelle herauszukommen, und nicht, ihn *hineinzubekommen.*

Er war völlig überrascht und stolperte mit einem wütenden Schrei in die Zelle, wobei er auf dem schmutzigen Boden ausrutschte und in der Dunkelheit verschwand, während ich ihm den Rucksack von der Schulter riss.

Die Vogelstimme kreischte. Schlurfende Geräusche. Der Jäger fluchte laut.

Schnell zog ich den Reißverschluss des Rucksacks auf und tastete nach dem Schwert. Ich zog es mit der Klinge nach oben heraus und drehte es um, sodass der Griff fest in meiner Hand lag. Dann wartete ich, mit klopfendem Herzen und einer Überdosis Adrenalin im Blut.

Meine Augen waren etwas besser an die Dunkelheit gewöhnt als die des Mannes, daher war ich im Vorteil. Meine Finger zuckten. Vor mir bewegte sich etwas. Ich konnte ihn nur eine knappe Sekunde lang sehen, als er aus der Dunkelheit auf mich zukam. Blitzschnell ließ ich mich auf die Knie fallen. Er streckte die Arme aus und griff nach mir, an der Stelle, an der mein Oberkörper gerade eben noch gewesen war. Seine Füße trafen meine Knie und er fiel nach vorn, während ich mich zurücklehnte, so weit zurück, dass ich mit dem Kopf den schmutzigen Boden berührte. Im selben Moment riss ich das Schwert hoch und stieß zu. Seine Hände prallten gegen die Gitterstäbe. Er stöhnte.

Ich spürte etwas Warmes im Gesicht. Der durchdringende Geruch nach Eisen drehte mir den Magen um.

Sein Blut floss über den Griff des Schwertes auf meine Hände und dann weiter auf meine Unterarme. Ich blieb ganz ruhig liegen und atmete schwer. Er bewegte sich nicht mehr. In den Zellen wurde es still. Die Muskeln in meinem Rücken und meinem Bauch verkrampften sich, als sein gesamtes Gewicht auf dem Schwert lastete. Meine Arme brannten, doch ich rührte mich immer noch nicht. Und plötzlich fuhr ein heftiges Zucken durch den Körper des Mannes. Drei Sekunden später verwandelte er sich in Rauch, der von dem unsichtbaren Aufwind davongetragen wurde. Als ich sein Gewicht nicht mehr auf mir spürte, ließ ich mich auf den Boden fallen.

Ich rollte mich zur Seite und konnte es einfach nicht fassen. Schnell wischte ich mir die blutigen Hände an meiner Jeans ab. Dann schüttelte ich sie heftig und versuchte wieder, das Zittern loszuwerden. Es nützte nichts. Ich steckte das Schwert zurück in den Rucksack, zog den Schlüssel aus dem Schloss und schlich aus der Zelle.

Der Weg in die Freiheit war von meiner Zelle bis zur Treppe beleuchtet, doch ich drehte mich vom Licht weg und starrte in den dunklen Gang. Jede Faser meines Körpers drängte mich dazu wegzulaufen, doch ich blieb mit klopfendem Herzen stehen und sagte so laut, dass die anderen es hören konnten: »Ich bin draußen.«

In den Zellen erschien wieder das schwache Leuchten. Es war gerade so hell, dass ich den Gang erkennen konnte. Ich ging zu der Zelle direkt gegenüber, doch sie war leer.

In der Zelle daneben fand ich den Mann, der mit mir geredet

hatte. Er stand dicht an den Gitterstäben und wartete. Seine grauen Augen glänzten vor Erwartung.

Als ich sein Gesicht sah, verschlug es mir den Atem. »Oh mein Gott.«

Er runzelte die Stirn. »Was ist?«

»Nichts«, erwiderte ich, während ich mich mit zitternden Händen daranmachte, das Schloss zu öffnen. »Sie erinnern mich nur an jemanden.«

Die Tür öffnete sich und der Mann trat heraus. Er war groß, so wie Sebastian, und starrte mich mit seinen grauen Augen durchdringend an. Ein struppiger schwarzer Bart verdeckte sein Gesicht fast vollständig und seine langen Haare waren völlig verfilzt, doch ich hatte keinen Zweifel. Es war, als sähe ich Sebastian an, nur um dreißig Jahre gealtert. Der Mann drängte mich den Gang hinunter.

Ich öffnete eine Zelle nach der anderen, wobei ich die Insassen nicht so genau musterte. Irgendwie sahen sie alle gleich aus. Schmutzig, mit wirren, verfilzten Haaren und zerrissener Kleidung. Doch ihre Augen brannten. Vor Angst. Angst, in die sich ein Funken Hoffnung mischte, doch noch waren sie viel zu verängstigt, um an die Freiheit glauben zu können.

Als ich die nächste Zelle erreichte, wich ich entsetzt zurück.

»Beeil dich!«, zischte die Vogelstimme.

Ich schluckte und stellte mich vor das Schloss. Meine Hände zitterten noch stärker als bisher. Das Wesen hatte seine Klauen um die Gitterstäbe gekrallt und der spitze, geschwungene Schnabel war nur wenige Zentimeter von meinem Gesicht entfernt, während ich mit dem Schlüssel hantierte. Das Schloss öffnete sich. Ich hob den Kopf und blickte in runde schwarze Augen mit einem gelben Ring, in denen ich noch etwas anderes erkennen konnte. Menschlichkeit. Und Traurigkeit. Die Kreatur blinzelte. *»Gemacht«,* flüsterte sie fast beschämt.

Ich zog die Tür auf und trat zur Seite, als die fast zwei Meter große Harpyie herauskam. Ich kannte kein anderes Wort, mit dem ich dieses Geschöpf beschreiben konnte. Menschenähnlich, aber auch ein Vogel und zum Fürchten.

Zwei Zellen waren noch übrig.

Ich öffnete eine davon, die vollkommen im Dunkeln lag. Eine Frau, die von der Taille abwärts den Körper einer schwarzen Spinne hatte, huschte heraus. Ich wurde blass. »Danke«, sagte die Kreatur und nickte mir zu. Ihr Blick sprach für sich.

Ach du Scheiße.

Noch eine Zelle. Ich machte weiter. Ich musste einfach. Es war das Einzige, was mich davor bewahrte, hysterisch zu werden. *Mach weiter. Denk später darüber nach.* Meine Hände zitterten jetzt so heftig, dass ich um ein Haar den Schlüssel fallen gelassen hätte. Plötzlich legte der Doppelgänger von Sebastian seine große Hand auf meine. »Nein. Er bleibt hier.«

Ich starrte ihn ungläubig an. »Was?« Der Insasse der Zelle war nicht zur Tür gekommen. An seiner Silhouette konnte ich erkennen, dass er an die Wand gelehnt dasaß, ein Bein an sich gezogen. »Wir können ihn doch nicht einfach hierlassen.«

»Er ist ein τέρας-Jäger. Genau wie der, den du gerade getötet hast. Er hat einige von uns hier reingebracht. Er geht nicht.«

In meinem Bauch breitete sich ein mulmiges Gefühl aus. Als mein Blick von der Gestalt in der Zelle zu dem bärtigen Mann ging, überfiel mich eine unerklärliche Angst, in die sich etwas mischte, das wohl Trauer war. Er war ein τέρας-Jäger. Einer von Athenes Schergen. Ich wusste nicht, was er getan hatte, um sich ihren Unmut zuzuziehen, doch ich hielt es für falsch, ihn hierzulassen. Falsch, falsch, falsch. Ich schüttelte den Kopf.

»Beeilt euch!«, drang die Stimme der Harpyie von der Treppe zu uns herunter.

Die ältere Version von Sebastian entriss mir den Schlüssel und lief davon. Meine Füße schienen Wurzeln zu schlagen. Ich konnte mich nicht bewegen. Ich starrte die schattenhafte Gestalt in der Zelle an und hatte das Gefühl, mein Herz würde schrumpfen. »Ich …«

»Geh einfach«, drang seine barsche Stimme aus der Zelle. Es war die Stimme, die der Harpyie vorhin befohlen hatte, »den Schnabel zu halten«. »Ich gehöre hierher.«

»Komm schon!«, hörte ich die Stimme des bärtigen Mannes.

Ich schluckte, als heiße Tränen über mein schmutziges Gesicht liefen. »Hier gehört niemand her«, erwiderte ich.

»Mörder schon. Geh einfach. Nimm den Pfad, der hinter den alten Sklavenquartieren beginnt. Er bringt dich zu der Straße, die nach New 2 führt. Du hast vielleicht noch Zeit, um dich zu verstecken. Aber es wird *Sie* nicht aufhalten. *Sie* hat bereits die Übereinkunft mit den Novem gebrochen, da *Sie* die Jäger in die Stadt geschickt hat. Und *Sie* wird noch mehr Jäger schicken. Verlier das Schwert nicht. Nur deshalb bist du jetzt in Freiheit. Das Schwert ist das Einzige, was einen Jäger töten kann. Pass gut darauf auf. Und erzähl niemandem davon.«

Ich schlug gegen die Gitterstäbe und wollte dem Sebastian-Doppelgänger nachrufen, dass er mir den Schlüssel zurückgeben solle.

»Beeil dich. Du hast nicht mehr viel Zeit.«

»Danke.« Es klang völlig unzureichend, doch ich sagte es trotzdem. Der Jäger antwortete nicht.

Ich rannte los, obwohl ich das Gefühl hatte, gerade etwas Falsches getan zu haben, etwas, das ich für den Rest meines Lebens bereuen würde. Nachdem ich den älteren Sebastian auf der Treppe überholt hatte, nahm ich immer zwei Stufen auf einmal.

Als wir aus dem Haus liefen, war niemand zu sehen.

Ich übernahm die Führung und rannte über den weiten Hof und unter dem Blätterdach der Eichen hindurch zu den Gebäuden, die hinter dem Haupthaus standen. Der Dreiviertelmond leuchtete uns den Weg.

Als wir um die Ecke bogen und die restaurierten Sklavenquartiere vor uns sahen, blieb ich heftig keuchend stehen. Meine Augen suchten nach dem Pfad und fanden einen schmalen Fußweg, der durch ein Gewirr von Schlingpflanzen, Palmen und Zypressen in die Sümpfe führte.

Ein leiser, angsterfüllter Schrei ließ mich meine Aufmerksamkeit wieder auf die Gruppe richten.

Die Spinnenfrau lag auf den Knien und war jetzt wieder eine ganz normale Frau, splitternackt, das Gesicht dem Licht des Mondes zugewandt, die Arme schlaff herabhängend. Freudentränen liefen ihr über das Gesicht, während ihr einige der anderen beim Aufstehen halfen.

»Ich habe mich seit zweihundert Jahren nicht mehr verwandeln können. Danke.«

Ich sah in die dunklen Augen der Frau. Sie war eine ausgesprochene Schönheit, auf eine düstere, geheimnisvolle Art, mit langen schwarzen Haaren und scharf geschnittenen, verführerischen Gesichtszügen. »Gern geschehen«, erwiderte ich. Ich bemühte mich, ganz normal zu reden, doch meine Stimme klang unnatürlich hoch und erstickt.

Sie kniff die Augen zusammen, als sie meine weißen Haare und türkisfarbenen Augen sah. »Du bist τέρας?«, fragte sie.

Zuerst wollte ich Nein sagen, doch dann zögerte ich. Ich war mir nicht sicher, was ich antworten sollte oder was zum Teufel ich hier mitten im Nirgendwo verloren hatte. »Ich weiß nicht, was ich bin«, erwiderte ich schließlich.

Der Sebastian-Doppelgänger legte mir eine Hand auf die Schulter. »Du würdest es wissen, wenn du *gemacht* wärst. Einige, die *gemacht* sind, wie Arachne hier, können sich wieder in ihre menschliche Gestalt zurückverwandeln.«

»Hier werde ich euch verlassen.« Arachne wandte sich wieder an mich. »Wenn du mich jemals brauchen solltest, ruf einfach meinen Namen. Ich werde es hören.«

Sie nickte den anderen zu und verschwand dann in der Dunkelheit der Sümpfe.

»Hier werde ich euch auch verlassen«, sagte die Harpyie.

Ihr großer Kopf beugte sich zu mir. Die Knopfaugen sahen mich aufmerksam an, der Schnabel berührte mich fast. Sie streckte eine Klaue aus und berührte damit zuerst das kleine Halbmond-Tattoo auf meinem Wangenknochen und danach meine Haare. Sie lachte. »Befreit von einer Schönheit. Das hätte ich mir denken können. Ich war auch einmal wie du. Pass auf, dass *Sie* dich nicht erwischt, kleines Mädchen. Ich versuche mein Glück in den Sümpfen.«

Der Schnabel kam näher und strich sanft über meine Wange, was mir einen Schauder über den Rücken jagte. Dann flüsterte sie so leise, dass nur ich es hören konnte: »Sprich meinen Namen aus und ich werde es hören, egal, wie weit ich weg bin.«

Nach einer kleinen Pause raunte sie einen Namen.

Der Zauber, der in diesem Wort lag, löste Gänsehaut bei mir aus.

Die Harpyie breitete ihre riesigen ledernen Flügel aus und schwang sich in die Luft. Die Bewegung wirbelte die Blätter zu meinen Füßen durcheinander und ließ meine Haare wehen.

Plötzlich war sie weg.

»Gehen wir«, sagte der ältere Sebastian, während er mit schnellen Schritten auf den Weg zusteuerte.

Wir blieben zusammen und bewegten uns so schnell wie möglich durch die Sümpfe. Niemand sprach, doch unser heftiges Keuchen und das mühsame Vorankommen durch das Gestrüpp kamen mir unnatürlich laut vor.

Es schien Stunden zu dauern, bis wir eine unbefestigte Straße erreichten. Endlich – keine Blätter mehr, die mir ins Gesicht peitschten, keine Wurzeln mehr, die mich zum Stolpern brachten, kein schlammiges Wasser mehr, in dem ich fast bis zu den Knien versank. Wir rannten in der Mitte der Straße weiter und achteten darauf, nicht in die Reifenspuren auf beiden Seiten zu fallen.

Anstatt wie ich müde zu werden, schienen die anderen jetzt immer schneller zu laufen, als hätten sie irgendwelche Reserven mobilisiert. Ich erinnerte mich an das, was der ältere Sebastian gesagt hatte: *Unsere Kräfte funktionieren hier unten nicht.* Und ich fragte mich, ob ihre Kräfte – wie auch immer diese aussehen mochten – zurückkamen, ob sie deshalb wieder neue Energie hatten, während ich mich am liebsten auf den Boden geworfen, aufgegeben und auf der Stelle ohnmächtig geworden wäre.

Doch ich ging weiter und konzentrierte mich darauf, einen

Fuß vor den anderen zu setzen, bis mein Körper gleichzeitig taub war und glühte und meine Nasenlöcher so trocken waren, dass es schmerzte.

Die Dämmerung hatte noch nicht eingesetzt, als wir von Uptown aus die ersten Lichter der Stadt sahen und dann über die Leake Avenue und St. Charles am Audubon Zoo vorbeigingen.

Plötzlich blieben einige der anderen stehen. *Gott sei Dank!* Ich fragte mich nicht, warum, sondern beugte mich vor, stützte beide Hände auf die Knie und versuchte, wieder zu Atem zu kommen. Der stechende Schmerz in meinen Lungen, das trockene Brennen in meiner Kehle waren das Schlimmste, was ich bis jetzt erlebt hatte. Ich stemmte die Hände auf die Hüften und ging in einem kleinen Kreis hin und her, um mein überanstrengtes Herz zu beruhigen.

Einer der Befreiten holte tief Luft und schüttelte sich dann wie ein Hund, der gerade aus dem Wasser gekommen war. Ein Teil des Schmutzes, der an seiner Kleidung haftete, flog davon, doch es blieb noch eine Menge übrig. Er griff nach meiner Hand und küsste sie. »Ich bin Hunter Deschanel. Ich verdanke dir mein Leben. Und ich verspreche, dass ich mich revanchieren werde, wenn es nötig ist.«

Hunter trat zurück. Die beiden Frauen in der Gruppe und ein weiterer Mann kamen zu mir und bedankten sich ebenfalls. Ich konnte nur nicken. Ich hatte nicht das Gefühl, dass sie mir irgendetwas schuldig waren. Es war reines Glück gewesen, dass ich aus der Zelle hatte fliehen können, und das wusste ich auch. Wenn das Schwert nicht in meinem Rucksack gewesen wäre, säßen wir jetzt alle noch in dem unterirdischen Gefängnis fest.

Bis auf den älteren Sebastian rannten jetzt alle aus der Gruppe in verschiedene Richtungen davon und verschwanden im fahlen Licht der anbrechenden Dämmerung.

Ich drehte mich zu dem Sebastian-Doppelgänger um, der gerade einem der verblassenden Schatten hinterhersah. Jetzt waren nur noch wir beide übrig. Auf einer dunklen, völlig verlassen daliegenden Straße.

Er legte den Kopf in den Nacken und schloss langsam die Augen. Seine Brust hob sich, als er einen tiefen, reinigenden Atemzug tat. Plötzlich bewegte sich um ihn herum die Luft und zerrte an seiner Kleidung und seinen Haaren, während sie ihn einhüllte – ein kleiner Wirbelsturm, der ihn für einen Moment vor meinen Blicken verbarg. Sie fegte den Schmutz davon und ersetzte die Lumpen durch eine Jeans, ein weißes Hemd und eine dünne schwarze Jacke, die ihm bis zu den Hüften reichte. Die schwarzen Haare waren zu einem Pferdeschwanz gebunden, das Gesicht war frisch rasiert und nur am Kiefer konnte ich noch einen leichten Bartschatten erkennen. Ein schwarzes Tattoo, das irgendwo unter seinem linken Kragen begann, zog sich seitlich an Hals und Kiefer entlang und schlang sich um Ohr und Schläfe.

Mein Herz klopfte wie wild. Ich schluckte und zwang mich, nicht zurückzuweichen. Als er den Kopf in meine Richtung drehte, erstarrte ich. Der Schock hatte mir die Stimme geraubt. Ich begann zu zittern. Dann nickte ich ihm zu und versuchte, das, was gerade geschehen war, in die Reihe der übernatürlichen Phänomene, die ich in den letzten beiden Tagen gesehen hatte, einzuordnen. Eigentlich hätte es mich ja nicht überraschen sollen, nicht nach dem, was ich in Athenes Gefängnis erfahren und auf der Flucht mit den anderen erlebt hatte.

»Meinen Sohn kennst du wohl schon.«

Elf

Sebastian ist Ihr Sohn.« Es war eigentlich keine Frage, sondern eine Feststellung. Dass die beiden Vater und Sohn waren, ließ sich nicht leugnen. Sie sahen fast aus wie Zwillinge. Die gleichen schwarzen Haare, die gleichen grauen Augen, die gleichen Gesichtszüge, obwohl Sebastians Lippen ein wenig voller und dunkler waren. Vielleicht hatte ich es nur einmal aussprechen müssen, um es endlich zu begreifen.

»Michel Lamarliere.« Er hielt mir die Hand hin und in seinen Augen erkannte ich nur Wärme und Zielstrebigkeit. Und eine unendliche Weisheit. Ich schüttelte sie nur kurz, weil sein Blick mich verwirrte und ich gerade damit beschäftigt war, mir über einiges klar zu werden. Seine große Hand ließ meine ganz klein und unbedeutend wirken. Schwächer. Jünger. Was alles stimmte, aber das hieß noch lange nicht, dass mir dieses Gefühl auch gefallen musste.

»Würden Sie mir bitte erklären, wie ich in den *Garden District* komme?«, fragte ich, wobei mir nicht entging, wie unbeholfen das klang.

Michel ließ meine Hand los und kniff die Augen zusammen, während er mir über die Schulter sah, um sich zu orientieren.

»Da lang.«

Ich atmete langsam aus und folgte ihm. Wir gingen eine

Straße hinunter, die auf beiden Seiten von kleinen, schmalen Häusern gesäumt wurde.

»Wie geht es meinem Sohn?«

Ich kannte Sebastian doch kaum. *Du kennst ihn gut genug, um mit ihm zu knutschen.* Was für ein dämlicher Gedanke. Ich räusperte mich, schob die Gurte meines Rucksacks ein Stück von Schultern und Achselhöhlen weg und konzentrierte mich auf den rissigen Asphalt. »Gut, glaube ich. Eigentlich kenne ich ihn ja gar nicht so gut. Er hilft mir bei etwas. Seine Großmutter auch. Sie wird uns helfen – ich meine, mir.«

»Josephine?«

»Ja. Ist Josephine Ihre Mutter?« Kaum hatte ich das gefragt, fiel mir wieder ein, dass Sebastian gesagt hatte, Josephine sei seine Großmutter mütterlicherseits.

»Bei den Göttern, *dieser* Fluch ist mir zum Glück erspart geblieben. Nein. Josephine ist die Mutter meiner Frau. Wobei hilft sie dir denn?«

»Bei einem Fluch«, sagte ich. Ich beschloss, ihm zu vertrauen. »Meinem Fluch.«

Er nickte nachdenklich und verschränkte die Hände hinter dem Rücken, während wir über die menschenleere Straße gingen. Alte Häuser, Bäume, Autos, alles war in Schatten gehüllt. Und der schwache orangefarbene Lichtschein, der durch die schmutzigen Fensterscheiben drang, ließ die Finsternis nur noch dunkler wirken.

Mein Körper hatte sich inzwischen von unserem Marathonlauf erholt und meine Haut fühlte sich feucht und kalt an. In meinem Nacken spürte ich einen leichten Schauer, der aber nicht von der Kälte kam. »Warum waren Sie …« Ich zögerte, weil ich nicht wusste, wie ich ihn danach fragen sollte.

»Mein einziges Verbrechen gegen Athene waren meine Ahnen und die Tatsache, dass ich gegen ihren Irrsinn aufbegehrte. Wie heißt du, mein Kind?«

»Ari.« Ich erinnerte mich an das, was Sebastian gesagt hatte. Die Aufteilung der neun Familien. Die Lamarlieres waren Hexen. Die Zauberkräfte wurden über die weibliche Linie weitervererbt. »Ich dachte, nur die Frauen könnten ...«

»Zaubern?«

Ich zuckte mit den Schultern. Gab es ein anderes Wort für das, was er da gerade getan hatte?

»Manchmal werden die Zauberkräfte auch vom Vater an den Sohn weitergegeben«, erklärte er.

»Und daher ist Sebastian ...«

»Zur Hälfte Hexenmeister, zur Hälfte Vampir. Und etwas ganz Besonderes.«

Das hatte Sebastian mir so nicht gesagt. »Ich habe meinen Sohn seit fast zehn Jahren nicht mehr gesehen«, sagte Michel bedauernd. »Er glaubt sicher, dass ich ihn einfach im Stich gelassen habe. Und ich bin mir sicher, dass Josephine in meiner Abwesenheit ganze Arbeit geleistet hat. Ich fürchte, ihr Einfluss hat ihn verändert.«

»Ich glaube nicht, dass Sie sich deshalb Sorgen machen müssen. Sebastian macht sich seine eigenen Regeln.«

Michel grinste, während ihm Tränen in die Augen schossen. »Das ist gut.«

Ich nickte und beschloss, fürs Erste nicht mehr über Sebastian zu reden. Zehn Jahre waren eine lange Zeit, um von seinem Sohn getrennt zu sein, und ich konnte mir vorstellen, dass Michel gerade eine Menge durch den Kopf ging. »Warum hat sich die Harpyie nicht wieder in ihre menschliche Form zurückverwandelt, so wie Arachne das getan hat? Das war doch eine Harpyie, oder nicht?«

Michel lachte leise. »Ja. Und du, Ari, bist die Einzige, der sie in der ganzen Zeit, in der ich in diesem Dreckloch saß, ihren richtigen Namen verraten hat. Das ist ein großes Geschenk und du solltest gut darauf aufpassen. Athene hat sie *gemacht,* ohne ihr die Fähigkeit zum Gestaltwandeln zu geben. Arachne dagegen wurde mit dieser Fähigkeit *gemacht,* damit sie Athenes Feinde in der Gestalt einer schönen Frau anlocken, sich verwandeln und dann zuschlagen konnte.«

Michel blieb stehen und sah mich an. »Du hast uns befreit und einen Sohn des Perseus getötet. Dafür wird *Sie* dich erbarmungslos verfolgen.«

»Genau genommen waren es zwei.« Ich verzog das Gesicht. »Ich habe zwei von ihnen getötet.«

Er blinzelte überrascht. »Dann hast du etwas getan, was vor dir noch niemandem gelungen ist.« Während er weiter die Straße hinunterging, sagte er: »Du musst in der Stadt bleiben, unter dem Schutz der Lamarlieres. Wir sind eine der neun Familien und mit der Macht der Novem können wir für deine Sicherheit sorgen.«

»Danke, aber eigentlich will ich nur diesen Fluch aufheben und Josephine weiß, wie es geht. Dann verschwinde ich aus diesem Albtraum. Nehmen Sie's mir nicht übel.«

Er kratzte sich am Kinn. »Hüte dich vor Josephine.«

»Ich weiß. Ich wurde schon gewarnt. Aber sie kannte meine Mutter und sie kann mir helfen.«

Michel verstummte und musterte mich angestrengt. Sein Gehirn schien auf Hochtouren zu arbeiten, was mich wahnsinnig machte, denn egal, zu welchem Schluss er jetzt kam, es würde mir mit Sicherheit nicht gefallen. Er fluchte leise. »Elenis Tochter.«

Plötzlich breitete sich Kälte in meinem Magen aus.

»Kein Wunder, dass du gesucht wirst.«

Ich fragte nicht, von wem. Josephine. Athene. Plötzlich wollte ich es gar nicht mehr wissen. Ich wollte nur noch, dass dieser verdammte Fluch von mir genommen wurde. Wenn es den Fluch nicht mehr gab, würden die beiden vielleicht das Interesse an mir verlieren.

Er legte mir die Hand auf die Schulter. »Hab keine Angst«, sagte er. »Das ist zu deinem Besten.«

Ich erstarrte. In dem Moment, in dem mir jemand den Boden unter den Füßen wegriss, wurde mir schwarz vor Augen.

Bilder – verzerrt, wahllos durcheinander – schossen mir durch den Kopf. Das Gefängnis. Violet mit ihrer Maske. Pascals milchweißes Maul, die Kiefer weit aufgerissen, direkt vor meinem Gesicht. Meine Mutter vor einem Spiegel, weinend, während sie mit zitternden Händen versucht, imaginäre Schlangen aus ihrem Kopf zu ziehen. Die Harpyie mit ihren großen Flügeln, die aufgeregt flattert, gegen eine Fensterscheibe prallt und mit anderen Vögeln zusammen zwitschert. Sonnenlicht. Bettwäsche, die frisch und sauber riecht.

Saubere Bettwäsche?

Ich riss die Augen auf. Vögel flatterten und zwitscherten in den Kletterpflanzen, die neben einem der Fenster nach oben wuchsen. Ich rieb mir die Augen und wischte die Tränen weg, die mir beim Gähnen kamen. Mein Gesicht fühlte sich alt und schwer an, mein Körper steif und erschöpft, doch als ich mich streckte und in die weiche Decke kuschelte, kehrte mein altes

Ich allmählich zurück. Die Flügel des Deckenventilators über mir drehten sich langsam und schickten einen leichten Windhauch auf mich herab.

Schnell wurde mir klar, dass ich mich in einem Schlafzimmer im Erdgeschoss befand, mit Blick auf einen Innenhof mit viel Grün, der so ähnlich aussah wie der in Solomons Haus in der Dumaine Street. Jemand hatte mir ein weißes Trägerhemd und eine weiße Pyjamahose angezogen. Meine Füße waren nackt. Ich stand auf, ging über den Parkettboden zu einer Terrassentür und öffnete sie. Über dem *French Quarter* ging gerade die Wintersonne unter. Die Luft war kühl, doch das Ziegelpflaster hatte die Wärme der Sonne gespeichert und gab sie jetzt wieder ab.

Ich hatte den ganzen Tag geschlafen, von Sonnenaufgang bis Sonnenuntergang, was schon mal passieren konnte, wenn man die ganze Nacht damit verbracht hatte, aus einem »Göttergefängnis« auszubrechen und sich dann durch die Sümpfe in die Zivilisation zurückschleppen musste.

Die Tür war nicht abgeschlossen. Kein Gefängnis. Michel hatte mich einfach nur in ein weiches Bett gelegt. Michel, der über meine Mutter Bescheid wusste. Und der vermutlich auch alles über meinen Fluch wusste.

Hinter den hohen Ziegelmauern hörte ich das Klappern von Hufen und das Knarren von Kutschenrädern. Durch den Hof-Tunnel drangen gedämpfte Stimmen zu mir herein. Meine Hand umklammerte den Türrahmen. Wie sehr wünschte ich mir, dass meine Mutter noch hier wäre, dass wir mehr Zeit miteinander gehabt hätten. Dass sie mich jetzt sehen könnte, dass sie wüsste, was aus mir geworden war.

Langsam begann ich zu begreifen, warum meine Mutter ausgerechnet in dieser Stadt gelebt hatte. Sie war voller Schönheit. Schönheit, die man nicht nur sah, sondern auch fühlte und hörte. Ich holte noch einmal tief Luft und versuchte, das beklemmende Gefühl in meiner Brust zu unterdrücken. Dann ging ich wieder ins Schlafzimmer.

Auf einer Kommode lag ein Stapel ordentlich gefalteter Kleidung. Meine war es nicht. Vermutlich waren meine Sachen nicht mehr zu retten gewesen. Eine Jeans. Ein enges schwarzes T-Shirt. Meine schwarzen Stiefel waren geputzt und ich fand auch neue Socken und Unterwäsche. Auf dem Boden neben der Kommode lag mein Rucksack. Ich öffnete ihn und stellte erleichtert fest, dass nichts fehlte. Meine Pistole war natürlich nicht mehr da, die hatte mir der τέρας-Jäger weggenommen. Doch ich hatte noch das Schwert und das war alles, was zählte. Das Schwert war tödlicher als die Pistole.

Im Bad nebenan stellte ich mich kurz unter die Dusche, wusch zweimal meine schmutzigen Haare und dachte darüber nach, wie ich hierhergekommen war, was ich jetzt tun sollte und wie zum Teufel ich Michel dazu bringen konnte, mir alles zu erzählen, was er wusste. Als ich das Wasser aus meinen Haaren strich, fragte ich mich, warum Athene mich haben wollte und ob *Sie* es gewesen war, die meine Familie verflucht hatte. Aber warum verdammte uns eine Göttin dazu, mit einundzwanzig zu sterben? Warum hatte *Sie* uns diese bizarren Haare und diese leuchtenden türkisfarbenen Augen gegeben? Das erregte doch nur Aufmerksamkeit und Michel zufolge hasste es Athene, wenn jemand mehr Aufmerksamkeit bekam als *Sie*. Warum also?

Ich trocknete mich ab, bediente mich bei den Toilettenartikeln, die auf dem Waschtisch standen, und zog meine neuen Sachen an. Unter dem Waschbecken fand ich einen Föhn.

Meine Haare waren immer noch feucht, als ich aufgab und anfing, aus der widerspenstigen Masse einen Zopf zu flechten, der etwas praktischer und nicht so auffällig war. Nach der Dusche fühlte ich mich schon viel besser, ich warf meinen Rucksack über die Schulter und verließ das Schlafzimmer, um nach etwas Essbarem zu suchen. Ich konnte mich gar nicht mehr daran erinnern, wann ich das letzte Mal gegessen hatte.

Jetzt fiel es mir wieder ein. Beignets mit Sebastian.

Das Haus war riesig und vollgestopft mit alten Kunstgegenständen und Antiquitäten. Es war ganz sicher das Domizil eines Hexenmeisters. Im ersten Stock ging ich durch zwei nebeneinanderliegende Salons. Hinter einer großen Flügeltür hörte ich Stimmen. Als eine Angestellte mit einem Tablett in der Hand herauskam, konnte ich durch die offene Tür meinen Namen hören. Ich versteckte mich hinter einer großen Urne. Nachdem die Frau mit dem Tablett an mir vorbei war, lugte ich hinter der Urne hervor und konnte einen flüchtigen Blick auf eine riesige Bibliothek werfen. Ich vergewisserte mich, dass mich niemand sah, und schlich zur Tür. Dann schob ich meinen Fuß vor, sodass sie nicht zufallen konnte und einen Spaltbreit offen blieb.

»Es ist zu gefährlich, sie hierzubehalten, Michel. Und das weißt du auch. Athene wird mit all ihrer Macht gegen uns vorgehen.«

»Rowen hat recht. Du hast gesehen, was Eleni uns und die Stadt gekostet hat. Die Hurrikans haben fast alles zerstört.«

»Aber zusammen hatten wir die Macht, uns zu schützen. Zusammen sind wir stark«, sagte Michel. »Und zusammen werden wir auch stark genug sein, um dieses Kind zu beschützen.«

»Aber nicht, solange der Fluch auf ihr liegt«, wandte eine

andere Stimme ein. »Dieses Kind ist selbst ohne Athene eine Gefahr für uns und alle anderen in dieser Stadt. Keine Macht der Welt kann aufhalten, was sie imstande ist zu tun, wenn sie erst einmal erwachsen ist.«

»Der Fluch hat sich noch nicht erfüllt. Jetzt ist sie noch keine Bedrohung für uns. Wenn wir ihr dabei helfen, den Fluch zu brechen«, schlug Michel vor, »wird sie Athene nichts mehr nutzen und uns nicht mehr schaden.«

»Wir sollen ihr helfen, den Fluch zu brechen?« Das war jetzt Josephine. »Bist du dir eigentlich darüber im Klaren, was für einen Vorteil uns dieses Mädchen verschaffen könnte? Denk doch nur an die Macht, die wir haben werden. Macht über die Götter. Dann könnten wir sie ein für alle Mal loswerden.«

Ein lauter Knall ertönte, als etwas gegen Holz geworfen wurde. Michels Stimme klang barsch. »Weißt du eigentlich, was du da sagst, Josephine? Das hat uns doch schon beim ersten Mal in Schwierigkeiten gebracht. Wenn du damals nicht versucht hättest, Eleni zu benutzen, wären wir heute vielleicht gar nicht in dieser Situation. Und jetzt willst du ihre Tochter benutzen? Um der Macht willen?«

»Zu unserem Schutz«, fuhr sie ihn an. »Athene ist seit der Inquisition unsere Feindin, als *Sie* versucht hat, uns alle zu vernichten. *Sie* hat Angst, Angst, dass wir zu mächtig werden, Angst, dass ihre eigenen Kreaturen zurückkommen und *Sie* besiegen. Wir behalten das Kind und lassen es zu dem werden, was ihm bestimmt ist. Und dann wird es weder Athene noch ein anderer Gott mehr wagen, uns herauszufordern.«

»Und was hast du mit ihr vor? Willst du sie einsperren? Auf keinen Fall. Das verbiete ich dir.«

Josephine lachte. »Du kannst mir gar nichts verbieten, Michel. Das hier ist eine Sitzung des Rates. Hier zählt die Mehrheit.«

»Mir ist nicht wohl bei dem Gedanken daran, ein Kind auf diese Weise zu benutzen, aber noch so einen Schlag gegen die Stadt wie den vor dreizehn Jahren werden wir nicht überstehen«, warf eine Stimme ein, die ich noch nicht kannte. »Bis jetzt hatten wir Frieden in New 2, einen Frieden, den wir seit einer Ewigkeit anstreben. Wenn wir diesem Kind Schutz gewähren oder ihm helfen, wird das einen Krieg zwischen uns und Athene auslösen. Ich bin dafür, dass das Mädchen geht und außerhalb des Walls sein Glück versucht.«

»Nein, sie kann nicht gehen«, protestierte Michel. »Denk doch einmal darüber nach, Nikolai. Sie kann sich nicht vor Athene verstecken. Das Mädchen weiß doch nicht einmal, wozu es fähig ist. Wenn die Göttin sie erst einmal in ihrer Gewalt hat, kann und wird *Sie* das Kind gegen uns verwenden. Das Mädchen muss bleiben, aber nicht als Waffe. Sondern als Kind, das Schutz braucht.«

Mein Mund wurde staubtrocken. Mein Herz raste. Ich lehnte mich an die Wand. Das Blut rauschte mir so schnell in den Ohren, dass es unmöglich war, noch etwas von dem Gespräch zu verstehen, selbst wenn ich es versucht hätte.

Ich wusste nicht, was ich tun sollte, also rannte ich weg.

Auf die Straße hinaus, direkt vor eine Pferdekutsche mit Touristen. Ich war dem Pferd so nah, dass sein warmer Atem über meine Wange strich, bevor ich auf die andere Seite der Straße taumelte.

An der Ecke blieb ich stehen, klammerte mich an eine Straßenlampe und rang nach Luft. Tränen schossen mir in die Augen, doch ich hielt sie zurück. Ich wollte zurückgehen, in die

Bibliothek stürmen und ihnen sagen, dass sie sich alle irrten. Ich war keine Waffe. Ich hatte keine besonderen Kräfte wie die Novem oder die *Doués*.

Ich würde ihnen die Entscheidung abnehmen. Ich würde New 2 verlassen. Wenn Athene die Hurrikas damals geschickt hatte, weil die Novem meiner Mutter Schutz gewährt hatten, war nicht auszumalen, was *Sie* jetzt, nachdem ich zwei ihrer Jäger getötet und ihren Gefangenen zur Flucht verholfen hatte, tun würde.

Ich fühlte mich leer und erschöpft, als ich durch die Straßen des *French Quarter* ging. Während die Sonne vollends unterging und die Straßenlaternen eingeschaltet wurden, machte ich mir Gedanken darüber, was ich als Nächstes tun sollte. Ich könnte eine Festnetzleitung suchen und Bruce und Casey anrufen, doch die beiden in diese übernatürliche Freakshow hineinzuziehen, in der ich die Hauptrolle spielte, war das Letzte, was ich wollte.

An einem kleinen Imbissstand auf dem Jackson Square gab ich meine letzten fünf Dollar für ein belegtes Baguette mit Shrimps aus und setzte mich dann auf eine Parkbank. Eine Drei-Mann-Band spielte Jazz vor der Kathedrale. Ein Feuerschlucker trat auf. Paillettenkostüme, Masken und Ketten aus Glasperlen glitzerten. Der Platz war erfüllt von Stimmen, Musik und Gelächter. Es war eine gute Gelegenheit, um unterzutauchen, vor allem jetzt, wo der Mond aufging und die Stadt zum Leben erwachte.

Cranks umlackierter UPS-Lieferwagen parkte auf dem Gehweg vor der 1331 First Street, an derselben Stelle wie in der Nacht, in der sie mich in den *Garden District* gebracht hatte. In der

Einfahrt stand ein alter Toyota Camry, der keine Nummernschilder, dafür aber jede Menge Aufkleber hatte. Ich blieb unter einer Eiche stehen und versteckte mich im Schatten des Mooses, das von ihren Ästen herabhing. Mein Blick suchte die dunkle Straße ab und wanderte dann über das schmiedeeiserne Tor bis zu den Fenstern im ersten Stock.

Inzwischen wussten die Novem sicher schon, dass ich geflohen war. Doch ohne den Schuhkarton meiner Mutter wollte ich die Stadt nicht verlassen.

Bis jetzt hatte ich mich in den schwarzen Schatten verstecken können, die über den Straßen des *Garden District* hingen. Während entlang der St. Charles Avenue noch einige Straßenlaternen funktioniert hatten, kam hier das einzige Licht von den wenigen bewohnten Häusern. Von meinem Standort aus beobachtete ich das hohe Haus und die Umgebung, während ich vorsichtig auf der Innenseite meiner Wange herumkaute.

Kalte Feuchtigkeit ließ mich frösteln. Die Luft stand still. Ich konnte keine Bewegung ausmachen. Es war Zeit zu gehen. Ich rannte über die Straße, wobei ich versuchte, möglichst leise zu sein, und steuerte auf die Ecke des schmiedeeisernen Zauns zu. Dieser Teil des Zauns war von Schlingpflanzen überwuchert, die es einfach machten darüberzuklettern.

Mit meinen Füßen landete ich auf einer dicken Schicht verrottender Blätter. In geduckter Haltung schlich ich in Richtung der Hausrückseite und achtete darauf, immer im Schatten zu bleiben. Nachdem ich hinter der Magnolie eine kurze Pause eingelegt hatte, rannte ich über den Hof und öffnete eine der Terrassentüren, die ich leise wieder hinter mir zuzog, als ich hineingeschlüpft war.

Im Haus brannte Licht, doch es war alles ruhig. Das Wohnzimmer war leer, genauso das Esszimmer – »die Gruft« – und die Küche. Ich konnte mein Glück kaum fassen. An der Treppe blieb ich stehen und lauschte. Nichts. Ich hastete nach oben und ging zu dem Schlafzimmer, in dem ich übernachtet hatte. Wenn ich es schaffte, ungesehen hinein- und wieder herauszukommen, wenn ich nichts erklären und mich auch nicht verabschieden musste ... Es war vielleicht nicht unbedingt die beste Art, um meinen Aufenthalt hier zu beenden, aber für alle Beteiligten am einfachsten.

Die Tür zum Schlafzimmer stand einen Spalt offen, ich musste sie nur noch aufstoßen und hineingehen. Als ich drin war, blieb ich abrupt stehen.

Violet lag auf meinem/Cranks Schlafsack, das Gesicht von mir abgewandt, Pascal neben sich, der sich an ihren Rücken kuschelte.

Als ich mein Gewicht verlagerte, knarrten die Dielen. Pascal hob den Kopf und drehte sich langsam in meine Richtung. Er blinzelte, als Violet aufwachte und über die Schulter zu mir sah. Sie richtete sich auf, nahm Pascal hoch, damit sie ihn nicht zerdrückte, und setzte ihn neben sich auf den Boden. Um ihren Hals hing eine königsblaue Maske. Sie schob die Maske nach oben auf den Kopf und starrte mich eindringlich aus ihren großen, fast schwarzen Augen an. Eine Sekunde lang durchströmte mich eine wohlige Wärme und es hätte nicht viel gefehlt und ich hätte mich neben sie gesetzt, mit ihr geredet, mit ihr ...

Nein, ich musste gehen.

»Hallo, Violet.« Als ich zu dem Schuhkarton ging, folgte mir ihr Blick. Meine Hände legten sich um die Schachtel. *Nimm einfach den Karton und geh. Violet kommt auch ohne dich zu-*

recht. Was sowieso ein dämlicher Gedanke war. Violet war all die Jahre ohne mich zurechtgekommen und es würde sie sicher nicht aus der Fassung bringen, wenn jemand, den sie erst seit ein paar Tagen kannte, plötzlich nicht mehr da war.

Ich drückte den Schuhkarton an mich, als es mir plötzlich die Kehle zuschnürte. Mir wurde klar, dass Violet und ich uns sehr ähnlich waren. Wir waren anders. Und allein. Doch Violet hatte etwas, um das ich sie beneidete und für das ich sie bewunderte. Sie war mit sich und ihrem Leben glücklich. Sie versuchte nicht, sich zu verstecken oder etwas zu sein, das sie nicht war. Ich dagegen wünschte mir nichts mehr, als normal zu sein. Ich wollte *irgendetwas* sein, nur nicht das, was ich war.

»Sebastian sucht nach dir. Alle suchen nach dir«, sagte Violet leise. Ich drehte mich um und sah, dass sie Pascal über den ledernen Nacken strich. »Was war denn los, Ari?«

»Nichts.« Ich drückte den Schuhkarton an mich. »Pass gut auf dich auf, Violet. Und bleib, wie du bist.«

Ich war schon fast aus der Tür, als sie sagte: »Das solltest du auch.«

Ich ging weiter.

Zwölf

Ich war schon in der Halle unten, als mir die Geschenke einfielen, die ich am Tag zuvor gekauft hatte, dem Tag, an dem der τέρας-Jäger auf den Markt gekommen war. Schnell stellte ich den Schuhkarten auf den Beistelltisch und holte das Spiel für Crank heraus, dann die Beignets für die Jungs, die inzwischen wohl schon steinhart geworden waren. Als ich die für Violet gekaufte Maske herauszog, fuhr ich kurz mit dem Daumen über die samtige Oberfläche und dachte, dass ich nichts lieber getan hätte, als eine Maske wie diese zu tragen, als mich zu verstecken, so, wie ich es bisher immer getan hatte. Sofort meldete sich mein schlechtes Gewissen. Ich ging nicht gerade mit gutem Beispiel voran, oder?

Aber schließlich war Violet keine griechische Göttin auf den Fersen und auch keine machthungrige Vampirdame, die sie als Waffe benutzen wollte.

Plötzlich richteten sich meine Nackenhaare auf und ein kalter Schauer lief über meinen Rücken.

Hinter mir stand jemand.

Meine Augen schlossen sich, als ich langsam und konzentriert einatmete und eine Hand zur Faust ballte. Ja. Hinter mir stand ganz sicher jemand. Und dieser Jemand war größer und breiter als ich und so stumm wie eine Statue. Ich spannte meine Muskeln an und machte mich bereit.

Eins. Zwei. Drei.

Jetzt!

Ich ließ mich in die Hocke fallen, drehte mich um und streckte dabei ein Bein aus, mit dem ich die Wade des Angreifers traf. Als ich die Bewegung fortsetzte, wurde er von den Füßen gerissen und kippte nach hinten.

Komisch war nur, dass er nie auf dem Boden aufkam.

Ich fing mich mit den Fingerspitzen auf dem Boden ab und zog mein Bein an, bereit, mich auf meinen Angreifer zu stürzen, doch sein Körper drehte sich in der Luft, sodass er mit dem Gesicht nach unten sah. Dann berührte er mit den Fingerspitzen und den Spitzen seiner Schuhe kurz den Boden, hüpfte wie ein Ball nach oben und stand wieder aufrecht da.

Das war nicht normal. Ich hatte es nicht mit einem Menschen zu tun.

Ich richtete mich auf und wollte zuschlagen, doch er hatte schon die Hand ausgestreckt und hielt meinen Unterarm fest. Als ich mit der anderen Hand ausholte, packte er auch diese. Auf seinem harten, kantigen Gesicht erschien ein arroganter Zug. Er war sicher, dass er gewonnen hatte. *Idiot.* Auf diese Bewegung fielen sie alle rein. Jetzt hatte er nichts mehr, um Unterleib, Kniescheiben oder Schienbeine vor meinem Tritt zu schützen.

Und dann machte es plötzlich klick. »Daniel?« Ich hatte mein Knie schon angezogen, erstarrte aber mitten in der Bewegung, als ich mich gleichzeitig an das Gesicht und den dazugehörigen Namen erinnerte. Josephines Sekretär. »Was zum Teufel machen Sie hier?«

Es war ihm anzumerken, dass er am liebsten ganz woanders gewesen wäre. Mit einem verärgerten Stirnrunzeln ließ er meine Handgelenke los und zog einen weißen Umschlag aus seinem schwarzen Smokingjackett. Kein Wunder, dass er so schlecht gelaunt war; er war hier und nicht auf der Mardi-Gras-Party, für die er sich offensichtlich aufgebretzelt hatte.

Er wedelte mit dem Umschlag vor meinem Gesicht herum. Ich griff danach, zog eine Karte heraus und stellte mit immer noch heftig klopfendem Herzen fest, dass es die Einladung zu einem Ball war. Verwirrt runzelte ich die Stirn, bis ich die kleine, handgeschriebene Notiz am unteren Rand bemerkte.

Die Familie Arnaud bittet um dein Erscheinen, heute Abend, 24.00 Uhr, 716 Dauphine Street, um deine Freunde Sebastian, Jenna, Dub und Henri zu treffen.

»Sie hat sie«, flüsterte ich. Meine Hand zerknüllte die Einladung, als Daniel sein Jackett zurechtrückte, einmal kurz nickte und dann zur Haustür hinausmarschierte. *Arschloch.*

Josephine Arnaud hatte die anderen in ihrer Gewalt. Die Novem brauchten gar nicht die Stadt nach mir abzusuchen. Es hatte genügt, meine Freunde zu entführen. Ich fragte mich, wer aus dem Rat wusste, dass Josephine sie gefangen hielt, um mich zu finden, und ob die Entscheidung dazu einstimmig gefallen war.

»Was steht drin?«, fragte Violet, die mit Pascal im Arm auf der untersten Treppenstufe stand. Ich war zu wütend, um etwas sagen zu können, also gab ich ihr das zerdrückte Papierknäuel. Violet starrte es an, als hätte ich ihr gerade einen Tennisball in die Hand gedrückt. Sie gab es mir zurück. »Ich kann nicht lesen.«

Ich erschrak für einen Moment. Violet konnte nicht lesen?

Mitleid regte sich in mir. Die Kleine hatte nie die Chance gehabt, etwas zu lernen. Dub hatte sie mutterseelenallein auf dem Hausboot eines Fallenstellers gefunden und in den Sümpfen waren Schulen und Lehrer alles andere als normal.

Ich erklärte Violet, was in der Einladung stand, wobei ich darauf achtete, nicht zu verraten, was ich dachte.

»Und was sollen wir jetzt tun?«

»Ich glaube«, erwiderte ich, »jetzt gehen wir auf einen Maskenball.«

Auf Violets Gesicht breitete sich ein katzenhaftes Lächeln aus, das ihre spitzen Eckzähne enthüllte und mir einen Schauer über den Rücken jagte. »Toll.« Sie rannte die Treppe hinauf, blieb dann aber auf halbem Weg stehen und drehte sich zu mir um. »Komm mit. Such dir ein Kostüm und eine Maske aus. Ich habe ganz viele.«

Ich lief nach oben und folgte Violet in ein Zimmer am Ende des Korridors, das dem von Sebastian genau gegenüberlag. Mit einem Schlüssel, der an einem schwarzen Schnürsenkel um ihren Hals hing, sperrte sie auf. Neben dem riesigen Himmelbett, dessen vier Pfosten mit Ketten aus Glasperlen, Schals und Masken geschmückt waren, brannte eine kleine Lampe, darüber hing ein zarter roter Schal. Es war, als würde man eine Welt betreten, die nur aus Mardi Gras bestand. Jeder freie Zentimeter an den Wänden war mit Masken bedeckt und davor türmten sich zusammengelegte Ballkleider und Kostüme zu hohen Stapeln auf.

Das Licht wurde von den Pailletten, Perlen und Schmucksteinen reflektiert und warf einen Regenbogen aus Farben an die Decke. Es sah magisch aus.

»Gehören die alle dir?«

Violet setzte Pascal auf das Bett. »Jetzt schon. Ich sammle so was.«

»Warum?«

Sie starrte mich an, als könnte sie die Frage nicht verstehen, als läge die Antwort auf der Hand. Dann fing sie an, in den Stapeln aus Abendkleidern und Kostümen herumzuwühlen. »Der Ball der Arnauds ist sehr förmlich. Jede Familie hat ihren eigenen und in der letzten Nacht von Mardi Gras wird immer ein Ball des Rates veranstaltet. Du brauchst etwas, mit dem du nicht auffällst ... nein, nicht das da ... Ah. Das ist es.«

Violet stand mitten in einem Kleiderstapel, wie eine kleine dunkle Fee in einem Kreis aus Edelsteinen, und hielt ein Ballkleid aus schwarzem Satin mit weißen Verzierungen hoch. Das Oberteil war trägerlos und mit Hunderten von Perlen und Strasssteinen besetzt, die wie Sterne an einem tintenschwarzen Himmel funkelten. »Das passt zu deinem Tattoo und sieht auch gut zu deinen Haaren aus. Wie ein Domino. Schwarz und weiß.«

Sie stapfte über die aussortierten Abendkleider, drückte mir ihre Auswahl in die Hand und stellte sich dann vor die Wand, um eine passende Maske zu finden. Es war mir völlig egal, was sie für mich aussuchte. Mein einziges Ziel bestand darin, in Josephines Haus zu kommen und meine Freunde zu retten. Doch als meine Hände über den weichen Stoff glitten, machte mein Herz einen kleinen Hüpfer vor lauter ... Vorfreude. In mir schlummerte eben doch irgendwo ein richtiges Mädchen, das das Ballkleid einfach sagenhaft schön fand.

»Die hier«, sagte Violet und deutete auf eine Maske.

Ich folgte Violets winzigem Finger zu einer Maske aus schimmerndem weißem Satin, die an den Ecken spitz auslief und mit kleinen schwarzen Federn und Strass besetzt war. Sie war gerade so groß, dass sie Augen, Augenbrauen und einen Teil meiner Nase verdecken würde.

Weil ich groß genug war, um die Maske zu erreichen, holte ich sie herunter, während sich Violet daranmachte, ein Kleid für sich selbst zu finden. Ich wollte ihr schon sagen, dass sie nicht mitkommen konnte, aber hatte ich denn das Recht dazu? Nein, ich hatte Violet nichts vorzuschreiben. Die Kleine konnte selbst auf sich aufpassen, sie hatte Gott weiß wie lange in den Sümpfen überlebt, ohne jede Hilfe. Sie würde sowieso tun, was sie wollte, und vermutlich würde ich sie beleidigen, wenn ich ihr verbot, mich zu begleiten.

»Violet?«, sagte ich, während ich T-Shirt und Jeans ablegte, um das Ballkleid anzuziehen.

»Hmm?«

»Gibt es in New 2 eigentlich Schulen?«

Sie zuckte mit ihren kleinen Schultern, während sie mir den Rücken zuwandte und fortfuhr, einen der Stapel zu durchwühlen. »Die Novem haben eine Schule, aber die ist nur für ihre eigenen Kinder und Kinder mit einer Menge Geld. Nicht für uns. Einmal in der Woche kommt eine Frau in den *GD* und gibt Unterricht. Wenn man will, kann man dahin gehen.«

Violet tauchte wieder aus dem Kleiderstapel auf, sie trug ein purpurfarbenes Kleid, das ihr bis zu den Waden reichte und ihre zu großen schwarzen Schuhe und schwarz-weiß geringelten Strümpfe frei ließ. Sie nahm ihre Maske vom Kopf und holte sich eine andere von der Kommode, purpur und weiß, passend zum Kleid. Zusammen mit Violets schwarzem Pagenkopf wirkte das Ganze ziemlich punkig, aber es passte irgendwie. Feenpunk, entschied ich.

Als Violet sah, dass ich Mühe hatte, den Reißverschluss des Ballkleids hochzuziehen, kam sie mir zu Hilfe. Es lag eng an und drückte meine Brüste nach oben, sodass ich plötzlich einen richtigen Busen hatte. Mit nackten Schultern fühlte ich mich ein wenig verwundbar, aber damit würde ich schon fertig werden. Der Saum des Kleides reichte bis knapp auf die Spitzen meiner schwarzen Stiefel, daher behielt ich sie an und zog die Maske über mein Gesicht.

Das Gefühl, mich hinter etwas zu verstecken, gefiel mir auf Anhieb. Niemand wusste, wer ich war oder was mit mir nicht stimmte. Doch meine Haare würden mich verraten, daher drehte ich sie zu einem festen Knoten im Nacken zusammen. Violet gab mir ein Paar Chandelier-Ohrclips mit schwarzem Strass und falschen Diamanten. Mein Hals blieb, wie er war; die Ohrringe und die Maske genügten als Schmuck.

Ich suchte mir einen Ledergürtel und schnallte damit das τέρας-Schwert an die Außenseite meines Oberschenkels. Es würde gegen mein Bein schlagen, doch der Rock war weit und fließend, sodass ich genügend Bewegungsfreiheit hatte.

»Perfekt.«

Als wir die Treppe hinunterhasteten, fühlte ich mich plötzlich wie in einem Traum. Ein Traum, in dem ich die Treppe eines alten Herrenhauses hinabschwebte, ein Traum, in dem ich die Ballkönigin war und die Nacht mir gehörte.

Die kühle Luft draußen steigerte meine freudige Erregung nur noch, als wir in einem Wirbel aus Farben und Geräuschen auf die menschenleere Straße stürmten. Das Rascheln unserer Röcke. Violets aufgeregtes Kichern. Alle Geräusche wurden durch ein Echo um uns herumgewirbelt.

Ich weiß, ich hätte den fließenden Stoff um meine Beine

nicht so sehr genießen sollen oder die atemlose Aufregung, ausgelöst davon, eine gespenstisch wirkende dunkle Straße mit alten, verfallenden Herrenhäusern hinunterzulaufen. Der Blick durch die Maske machte mich zu einem anderen Menschen, zu einer selbstsicheren Version von mir selbst. Es machte mich schön, geheimnisvoll und mächtig, als wäre ich ein Teil dieser Nacht und der Magie, die hier wie an keinem anderen Ort der Welt zu spüren war. Als wäre die Stadt ein Teil von mir.

Ich war außer Atem, als wir die St. Charles Avenue erreichten und gerade noch eine Straßenbahn erwischten, die voller kostümierter Touristen war. Unsere Fahrkarten bezahlte Violet; ich hatte an nichts gedacht als an mein Kostüm und die Rettung meiner Freunde. Wenigstens hatte sich eine von uns vorbereitet.

Auf der Fahrt redeten und lachten die Fahrgäste laut durcheinander. Im *French Quarter* stiegen wir aus und drängten uns an einer Menschenmasse mit und ohne Kostüm vorbei, die zu einem der Nachtumzüge in der Royal Street wollte. Musik wehte durch das *Quarter* und mischte sich mit der ausgelassenen Stimmung und der Musik aus den Klubs und Bars.

Das Haus der Arnauds stand an der Ecke, an der sich die Dauphine Street und die Orleans Street kreuzten. Es umfasste drei Etagen, von denen zwei umlaufende Balkone und gusseiserne Ziergitter als Geländer hatten. Von den filigranen Deckenleisten hingen in Töpfen Farne herab und die hohen Fenster waren hell erleuchtet. Hin und wieder huschten Schatten vorbei und wir hörten klassische Musik.

Violet und ich blieben auf dem Gehweg gegenüber stehen und sahen zu, wie eine Gruppe maskierter Männer und Frauen das Haus betrat. An der Tür waren zwei Butler in Livree postiert. Meine Hand umklammerte die zerknitterte Einladung. Wir waren etwas früher gekommen als angegeben und wir trugen Kostüme. Allem Anschein nach waren das unsere beiden einzigen Vorteile. Die echte Herausforderung wartete da drinnen auf uns.

»Kann es losgehen?«

Violet schob ihre kleine Hand in meine und drückte sie. Sie hob den Kopf und selbst durch die Löcher der Maske hindurch konnte ich sehen, dass ihre großen Augen glänzten. »Unbedingt.«

Dreizehn

Im Erdgeschoss des Hauses wimmelte es von kostümierten Gästen, die durch die verschiedenen Räume gingen und mich mit ihren farbenprächtigen, funkelnden Abendroben ablenkten. Durch die offenen Fenster strömte eine leichte Brise herein und wehte Gesprächsfetzen und Gelächter zu mir, die sich mit der gedämpften Musik des Streichquartetts im Ballsaal oben mischten. Ich folgte der Musik und ging in den ersten Stock. Der Ball war atemberaubend und schien irgendwie unwirklich, als wäre ich in einem anderen Land und hätte die Zeit um Hunderte von Jahren zurückgedreht.

Ich drängte mich durch die Scharen von Gästen und schlenderte zu dem Balkon auf der Rückseite des Hauses, der auf einen weitläufigen Innenhof mit runden Tischen, frischen Blumen und Kerzendekoration hinausführte. Zwischen den Bäumen hingen Lichterketten, unter denen Kellner hin und her eilten.

Ich hielt mich an dem gusseisernen Geländer fest und suchte in der Menge unten nach Josephine und Michel, doch es war schwer, unter den Maskierten jemanden zu erkennen. Als ich Violet sagen wollte, dass es zwecklos sei, fiel mir auf, dass sie verschwunden war. »Violet!«, flüsterte ich, während ich mich rasch umdrehte und ins Haus zurückging, doch ich konnte sie nirgends finden.

Die Butler hatten die Eingangstür geschlossen und zu beiden Seiten Aufstellung genommen. Violet war hier irgendwo. Und die anderen auch. *Konzentrier dich.* Josephine würde ihnen nichts tun, oder? Sebastian war schließlich ihr Enkel und die anderen waren seine Freunde. Allerdings hatte sie selbst gesagt, sie hätte kein Herz.

Nachdem ich mich gründlich, aber unauffällig im Erdgeschoss umgesehen hatte, raffte ich meine Röcke und eilte wieder in den ersten Stock, um meine Suche dort fortzusetzen.

Im Ballsaal wurde inzwischen getanzt. Die Gäste drängten sich an den Wänden, um den Tänzern zuzusehen, die als glitzernde Farbtupfer vorbeiwirbelten. Langsam schob ich mich durch die Zuschauer und fing an, um die Tanzfläche herumzugehen.

»Ah, eine Schönheit unter Schönheiten«, sagte eine Stimme mit einem französischen Akzent. Eine Hand legte sich auf meinen Arm und führte mich durch die Zuschauer. »Möchtest du Walzer tanzen?«

Ich wollte etwas sagen, als ich sanft nach hinten geschoben wurde. Wir hatten die Umstehenden hinter uns gelassen und waren auf der Tanzfläche. Seine warme Hand glitt von meinem Arm zu meiner Taille, dann zog er mich an sich und wirbelte mich herum.

Mein Körper wurde steif. Als ich zurückwich, gab die Hand auf meinem Rücken ein wenig nach, doch er ließ mich nicht los. »Ich bin keine besonders gute Tänzerin«, murmelte ich verlegen. Ich wusste gar nicht, wie man tanzte. Ich fühlte mich hier völlig fehl am Platz. Hier, bei diesen Leuten. »Ich sollte …«

»Nur ein Tanz. Bitte.« Er machte größere Schritte und passte sich den anderen Paaren auf der Tanzfläche an. Wir drehten uns alle in die gleiche Richtung, in einem schnellen, atemlosen Oval. Mein Rücken wurde nass vor Schweiß. Meine Augen suchten in der Menge nach einem Punkt, an dem sie sich ausruhen konnten, und … »Entspann dich, *ma chère*. Lass mich einfach führen.« Mein Verstand versuchte zu folgen, als er mich mit sich riss und im Takt der Musik herumwirbelte. »Atme. Atmen hilft immer«, sagte er mit einem Lachen in der Stimme.

Sofort stieß ich die Luft aus meinen Lungen aus; mir war gar nicht bewusst gewesen, dass ich die ganze Zeit den Atem angehalten hatte. Meine Finger klammerten sich an seine Schulter, als meine Füße anfingen, die einfachen Schritte zu übernehmen. Wir wirbelten an einer Treppe vorbei und mein Blick wanderte nach oben, bis mir die Maske die Sicht versperrte und ich meine Aufmerksamkeit wieder meinem Partner zuwenden musste. Ich wollte von hier weg, doch irgendetwas in mir wollte auch bleiben.

Augen, Wangen und Nase meines Tanzpartners wurden von einer schlichten goldenen Maske verdeckt, doch ich konnte erkennen, dass er groß und jung war. Ein leichtes Lächeln lag um seinen Mund und seine Augen funkelten wie zwei Smaragde, die ins Licht gehalten wurden. Seine hellbraunen, gewellten Haare waren von der Sonne gebleicht und so lang, dass sie sich an seinen Ohren und am Kragen seines weißen Hemds ringelten. Ein leichter Duft nach Rasierwasser ließ mich tief einatmen. *Schön.*

Die Maske half mir dabei, mich für diesen einen Tanz zu entspannen, einfach jemand anders zu sein, ein junges Mädchen, das sich gern amüsierte, mit einem Mann tanzte, flirtete und das Gefühl hatte, etwas Besonderes zu sein.

Ich wirbelte immerzu im Kreis herum und verlor jedes Gefühl für Zeit.

Danach tanzte ich noch mit vielen anderen und mir schien, als wäre jeder neue Partner, der mich in seinen Armen hielt, noch geheimnisvoller und attraktiver als sein Vorgänger. Die Musik hüllte mich ein. Ich berauschte mich an ihr und an der Schönheit, dem Lachen und der Wärme in meinem Körper.

Plötzlich ließ mich mein Tanzpartner los, doch ich lachte und drehte mich einfach weiter, bis mich jemand um die Taille fasste. Ich hatte so viel Schwung, dass ich unsanft gegen seine Brust stieß. »Oh, tut mir leid!« Schwer atmend blieb ich stehen. »Du schon wieder.«

Mein erster Tanzpartner war zurückgekehrt und hielt mich eng an sich gezogen fest. Ich spürte seine warme Hand auf meinem Rücken. Er beugte sich zu mir herunter und streifte mit den Lippen mein Ohr. In meinem Magen kribbelte es auf einmal. »Mir tut es nicht leid.« Dann küsste er mich aufs Ohr und begann zu tanzen.

»Wie heißt du?«, fragte er. »Nymphe? Sirene? Märchenprinzessin?«

Ich genoss das Flirten und das Gefühl der Macht, das ich dabei hatte. »Ich bin nichts davon«, erwiderte ich lächelnd.

»Ah, du bist mehr, viel mehr.« Er zog mich noch enger an sich und legte seine Wange an meine Schläfe. »Für mich bist du die Mondkönigin.«

Ich lachte. »Und was bist dann du?«

»Gute Frage.« Er lehnte sich zurück und sah auf mich herab. Ein Grinsen erschien auf seinem Gesicht. »Der König zu sein, wäre furchtbar langweilig. Ich weiß etwas Besseres... der Gemahl der Königin.«

Das Blut schoss mir in die Wangen und das Atmen fiel mir immer schwerer. Sein Mund berührte meine Schläfe, dann wanderten seine Lippen ganz langsam meine Wange hinunter, streiften mein Ohr und verharrten schließlich auf meinem Hals.

Heiße Schauer liefen mir über den Rücken. Ich wollte mehr, ich wollte mich fallen lassen in eine endlose Spirale der Gefühle. Die Konsequenzen waren mir egal. Er hielt mich fest an sich gedrückt, als würde er mein Verlangen spüren. Und ich ließ es zu und bot ihm meinen Hals dar, während wir uns im Kreis drehten.

Irgendwo in meinem Hinterkopf war mir bewusst, dass das alles viel zu schnell ging und irgendwie seltsam war, doch die Deckenmalereien und die vielen Lichter verschmolzen zu schimmernden Farben und lenkten mich ab. Seine Arme umschlangen mich, als er meinen Hals küsste. Die sanften, hauchzarten Küsse und sein heißer Atem ließen meine Knie weich werden. Mein Blick begann zu wandern und fiel auf die Tänzer, während die Musik immer mehr in den Hintergrund trat, zusammen mit den Stimmen und dem Lachen der anderen.

Während wir durch den Ballsaal schwebten, sah ich einzelne Bilder aufblitzen, sinnliche, freizügige Bilder. Maskierte Männer und Frauen, die ihre Lippen auf den Hals ihres Partners pressten. Einige standen an den Wänden. Küsse. Lustvolle Seufzer. Ein dunkelhaariges Paar – sein Mund näherte sich ihrem Hals, sie lehnte mit dem Kopf an der Wand, die Augen geschlossen.

Und wieder ging es einmal im Kreis herum. Mein Herz schlug so laut, dass es die Musik übertönte. Meine Reaktionen wurden langsamer, doch in mir drin loderte es wie Feuer. Als wir zu der

Stelle kamen, an der sich das dunkelhaarige Paar geküsst hatte, konnte ich nicht umhin, wieder hinzusehen.

Oh mein Gott – der Mann machte den Mund auf, und als sich seine Zähne in den Hals des Mädchens bohrten, wurden sie immer länger. Im selben Moment spürte ich, wie mein Tanzpartner mit seiner Zunge über meinen Hals fuhr. Meine kurzen, schwarz lackierten Fingernägel krallten sich in seine Schulter, als die Lippen des Mädchens sich öffneten. Ich war mir nicht sicher, ob ich tatsächlich ein lustvolles Stöhnen vernahm oder ob ich es mir nur einbildete, doch ich konnte es ganz deutlich hören.

Mein Herz klopfte wie wild und in meinem Magen kribbelte es. Ich bekam keine Luft mehr. Mein Blick verschwamm und der Saal begann, sich zu drehen.

Plötzlich spürte ich die Wand in meinem Rücken. Mein Partner drückte mich dagegen, während er mit den Zähnen meinen Hals liebkoste. Ich war verloren, doch das war mir egal. Ich war jemand anders, eine maskierte Fremde, eine Frau, die begehrt wurde.

Ja.

Und dann war er plötzlich weg.

Kühle Luft strich über meine Haut. Ich blinzelte und war zu keinem klaren Gedanken fähig. Seine Berührung fehlte mir.

»Lass sie in Ruhe, Gabriel«, sagte eine Stimme, die mir bekannt vorkam.

Das Gefühl der Trunkenheit wollte einfach nicht weichen, doch ich versuchte verzweifelt, mich zu konzentrieren. Mir war klar, dass etwas nicht stimmte. Ich reagierte viel zu langsam.

»Sie *will* aber nicht in Ruhe gelassen werden«, sagte mein Partner. »Frag sie doch.«

Der Saal drehte sich noch immer, doch ganz allmählich wurden die Musik und die Stimmen um mich herum wieder deutlicher. Eine Gestalt trat vor mich und schob ihre schlichte schwarze Maske nach oben.

Es traf mich wie ein Eimer kaltes Wasser. »Sebastian?«

Vierzehn

Nachdem ich ein paarmal geblinzelt hatte, konnte ich die beiden Jungen vor mir endlich deutlich erkennen. Mein Gesicht brannte heißer als die Sonne, als mir bewusst wurde, was ich gerade um ein Haar getan hätte. *Wie kann man nur so dumm sein?* Mir war das Ganze so peinlich, dass ich mich am liebsten in Rauch aufgelöst hätte.

Hier waren überall Vampire. Sie tranken das Blut jener, die ihnen ihre nackten weißen Hälse darboten, das Blut kostümierter Frauen, die sich in einer Art hypnotischem Zustand befanden, in dem Gefühle und Verlangen das Einzige waren, was zählte. Und wenn Sebastian nicht eingegriffen hätte, wäre ich eine von ihnen gewesen.

War ich so schwach, so willig, Gabriels »Verlangen« zu stillen?

»Ari«, sagte Sebastian, »alles in Ordnung mit dir?«

Ich stieß mich von der Wand ab. »Mir geht's gut.« Aber ich war stinksauer, weil ich so naiv und willig gewesen war, weil ich immer noch die Wärme unter meiner Haut und der engen Korsage meines Ballkleids spürte. Ich war heilfroh, dass ich die Maske trug. So war wenigstens nicht ganz so offensichtlich, wie rot mein Gesicht leuchtete. Ich versuchte zu ignorieren, was um uns herum geschah. Die Tänzer drehten sich immer noch im Kreis, die kostümierten Gäste unterhielten sich immer noch miteinander, doch die anderen, die Paare an den Wänden und in den dunklen Ecken, die sich in den Armen lagen … »Bist du so wie sie, Sebastian?«

Um seinen Mund erschien ein harter Zug.

Gabriel lachte, während er die Augen hinter der goldenen Maske zusammenkniff. »Sebastian leugnet, was er ist. Aber er ist genauso wie ich.«

Sebastians Augen wurden dunkel. An seinem Kiefer zuckte ein Muskel. »Verpiss dich, Baptiste. Ich werde nie so sein wie du. Wie ihr.« Der Ton in seiner Stimme war so grob wie die Hand, die mich am Oberarm packte. »Komm, wir gehen.«

»Selbst du, Lamarliere, solltest eine Dame nicht so behandeln. Warum fragst du sie nicht, ob sie mit dir gehen will?«

Ich räusperte mich und wollte nichts lieber, als sofort von hier zu verschwinden, als die beiden voneinander zu trennen, bevor etwas Schlimmes passierte. »Danke für den Tanz«, sagte ich. Das war hoffentlich deutlich genug.

Gabriels Haltung wurde förmlich. »Es war mir ein Vergnügen, Mondkönigin«, erwiderte er mit einer leichten Verbeugung. Dann ging er.

Sebastian zog mich in die andere Richtung und schob uns durch das Gedränge, bis wir einen freien Platz in der Nähe des Balkons zur Straße hin fanden. Die frische Luft, die durch die offenen Terrassentüren hereinkam, half mir, wieder klar im Kopf zu werden. »Was zum Teufel ist eigentlich los? Wo sind die anderen? Und wo ist Violet?«

»Was los ist? Wir suchen nach dir, seit du gestern Abend auf dem Markt verschwunden bist, *das* ist los.« Sebastian starrte mich an, zog mit einer ungehaltenen Geste seine Maske vor das Gesicht und stürmte auf den Balkon hinaus.

Mit der einen Hand packte er das eiserne Geländer, mit der anderen fuhr er sich durch die Haare, dann seufzte er laut. Sein Blick ging nach unten, zu den Feiernden, die unten auf der Straße vorbeizogen. Jetzt, da er die Maske wieder vor dem Gesicht trug, wirkte sein Profil streng und hart. Mit seinen dunklen Haaren, die über den Rand des schwarzen Satins fielen, sah er aus wie ein Raubvogel. Er trug ein weißes Hemd und eine schwarze Hose und die dunkle Maske auf seiner hellen Haut ließ seine Lippen noch röter wirken als sonst. Was natürlich auch davon kommen konnte, dass er so wütend war.

Der schrille Ton einer Tröte unter uns riss mich aus meinen Gedanken. Dieser Ort, diese Party oder was immer es auch war, hatte mich voll erwischt und mich zu einem willenlosen Spielzeug für einen von diesen verdammten Blutsaugern gemacht. Meine Fingerknöchel wurden weiß, als ich mit beiden Händen das Balkongeländer umklammerte.

»Ich habe Violet nicht gesehen«, sagte Sebastian. »Wo zum Teufel warst du?«

»Das ist eine lange Geschichte. Deine Großmutter hat mir eine Nachricht geschickt und behauptet, sie habe Dub, Crank und Henri in ihrer Gewalt.«

Er starrte mich verwirrt an. »Wir haben pausenlos nach dir gesucht, bis heute Abend, als meine Großmutter mir sagte, du würdest zum Ball kommen. Ich habe die anderen nach Hause geschickt, damit sie sich ausruhen können.«

»Dann hat dein Vater also noch nicht mit dir gesprochen?«

Er schob die Maske nach oben und starrte mich an, als hätte ich den Verstand verloren. »Mein Vater? Mein Vater hat uns verlassen, als ich noch ein kleines Kind war.«

Scheiße. Mein Ärger verrauchte. »Nein, das hat er nicht. Er wurde von Athene gefangen gehalten. Er ist hier, im *French Quarter.* Ich war bis vorhin mit ihm zusammen.«

Sebastian wurde kreidebleich und schwankte.

Ich nahm seinen Arm und führte ihn zu einer langen Bank an der Außenmauer des Hauses. Mechanisch wie ein Roboter nahm er Platz. Dann fuhr er sich mit der Hand über das Gesicht, doch er zitterte so heftig, dass er es aufgab und einfach nur dasaß.

Ich war nicht gut darin, anderen dabei zu helfen, mit ihrer Vergangenheit zurechtzukommen. Ich wurde ja nicht einmal mit meiner eigenen fertig. Sebastian beugte sich vor, die Ellbogen auf die Knie gestützt, den Kopf nach unten hängend. Ich setzte mich neben ihn, wusste aber nicht, was ich tun oder sagen sollte. Unschlüssig schob ich meine Maske nach oben.

Er hob den Kopf und sah mich mit glasigen Augen an. Hoffnung, aber auch Skepsis lagen in seinem Blick. »Bist du sicher, dass es mein Vater ist?«

»Ja. Du siehst genauso aus wie er.« Für einen Moment spielte ich mit der Maske in meinen Händen herum. Ich wollte ihm helfen, doch ich wusste einfach nicht, wie. »Er hat dich nicht im Stich gelassen. Ich habe das Gefängnis selbst gesehen.«

»Scheiße«, murmelte er ungläubig. »Und wo ist er jetzt?«

»Er war in einem Haus im *Quarter.* Ich bin dort weggegangen, als ich hörte, dass …«

»Was hast du gehört?«

Ich schluckte. »Dass deine Großmutter mich nicht gehen lassen will. Sie hält mich für eine Art Waffe und will mich einsetzen, um die Novem vor Athene zu schützen. Aber ich bin nicht wie ihr. Ich habe keine besonderen Kräfte. Gegen eine Göttin komme ich nicht an.«

»Das ist jetzt das zweite Mal, dass du diesen Namen erwähnst. Du meinst *die* Athene? Die Göttin?«

»Klingt ganz schön schräg, nicht wahr?« Ich versuchte ein kleines Lächeln. »Deine Großmutter hat meine Mutter vor Athene versteckt. Und Athene hat das dermaßen angepisst, dass *Sie* vor dreizehn Jahren die beiden Hurrikans geschickt hat. Inzwischen weiß *Sie*, dass *ich* hier bin, und *Sie* sucht nach mir. Ich glaube, *Sie* will mich auch benutzen, genau wie die Novem.«

Er schüttelte den Kopf und stieß einen lauten Seufzer aus. »Großer Gott. Und du weißt nicht, warum?«

»Nein. Ich habe keine Ahnung.« Ich schwieg eine Weile, bevor ich ihm die Frage stellte, die mir schon die ganze Zeit im Hinterkopf herumspukte. »Ich weiß, was du mir gestern in diesem Café gesagt hast…« Aber Sebastian hatte vielleicht gelogen oder er hatte Angst gehabt, mir die Wahrheit zu sagen. Zögernd sah ich ihm in die Augen. »Hat Gabriel die Wahrheit gesagt? Bist du wirklich so wie er?«

»Gabriel Baptiste soll sich zum Teufel scheren. Er denkt gern, dass ich genauso werde wie er.« Sebastian seufzte frustriert. »Es kann gut sein, dass ich mein ganzes Leben lang kein Blut brauche. Aber vielleicht wird das Verlangen danach eines Tages übermächtig und dann brauche ich es, so wie die anderen. Ich weiß es einfach nicht.«

In meinem Kopf blitzten Bilder von dem auf, was ich im Ballsaal gesehen und empfunden hatte, und die Vorstellung, dass Sebastian eines Tages vielleicht genauso sein würde wie die anderen Vampire, machte ihre Wirkung noch intensiver. Wie würde es wohl sein, wenn er mich so in seinen Armen hielt wie Gabriel eben?

Was für ein bescheuerter Gedanke, Ari.

»Er hätte dich nicht so ausnutzen sollen.«

Ich richtete mich auf. »Er hat mich nicht ausgenutzt.« *Musste er ja gar nicht, du hast dich ihm ja wie auf einem Silbertablett angeboten.* »Ich muss hier weg. Ich bin mir ziemlich sicher, dass deine Großmutter mich nicht gehen lassen wird, wenn sie mich hier findet.«

»Du bist wegen der anderen hier?«

»Ja, aber sie hat offensichtlich gelogen, damit ich herkomme. Ich hätte es wissen sollen.« Ich blickte mich suchend um, weil ich hoffte, Violet zu finden.

Sebastian stand auf und nahm meine Hand. »Komm mit.«

Ich folgte ihm durch die Menge und sah stur geradeaus, um nur nicht den Versuchungen des Vampirballs zu erliegen. Doch dem, was seine Hand bei mir auslöste, konnte ich nicht widerstehen. Ich spürte ein Gefühl der Sicherheit, und das, obwohl ich wusste, was er war oder wozu er fähig war.

Sebastian führte mich nach unten in den Innenhof. Obwohl das Gedränge hier nicht ganz so groß war wie im Haus, mussten wir uns trotzdem zwischen kleinen Gruppen, Tischen und Kellnern hindurchschieben, um zu dem kleinen, zweigeschossigen Gästehaus im hinteren Teil des Grundstücks zu gelangen.

Zu einem Atelier mit Wohnung, um genau zu sein.

Als wir eintraten, fiel Licht aus dem Innenhof in den Raum und ließ Staffeleien, Leinwände, Malutensilien und eine lange Arbeitsplatte mit einem Spülbecken erkennen. Hinter dem Atelier sah ich einen Sitzbereich, ein Schlafzimmer und eine Küche.

»Hier können wir reden.«

Ich blieb dicht hinter der Tür stehen und nahm meine Maske ab. »Seit wann wollen Jungs reden?«

Sebastian hielt an, als ihm auffiel, dass ich ihm nicht folgte. Er kam zurück, nahm meine Hand und führte mich zu der Couch. »Wenn meine Großmutter darauf besteht, dass du in New 2 bleibst, und eine Göttin hinter dir her ist, will ich reden. Fang ganz von vorn an.«

Mein Rock bauschte sich auf, als ich mich setzte. Ich hielt die Maske auf meinem Schoß. Sie funkelte, als sich das Licht von draußen in einem der Strasssteine brach. Ich holte tief Luft und setzte mich so hin, dass ich ein Bein anziehen und Sebastian ansehen konnte. Und dann erzählte ich ihm alles, was ich wusste. Angefangen bei meinem Besuch in Rocquemore House über die Briefe in dem Schuhkarton, meinen Fluch, die Typen, die ich getötet hatte, bis hin zu dem Herrenhaus an der River Road und dem, was ich erfahren hatte, als ich in Michels Haus an der Tür gelauscht hatte. Was abwegig und irrwitzig hätte klingen sollen, hörte sich ganz normal an. Es war mein Leben. Und während ich redete, war mir, als würden meine Worte sich verselbstständigen. Ich leugnete nichts mehr. Ich hielt das Ganze nicht mehr für Irrsinn. Ich versteckte mich nicht mehr. Ich war anders, so wie Violet. Und hier in New 2, hier bei Sebastian, brauchte ich mich nicht zu verstellen.

»Das ergibt keinen Sinn«, sagte er, nachdem ich fertig war. »Warum verflucht Athene die Frauen in deiner Familie dazu, Augen wie deine zu haben und Haare wie… Mondlicht?« Er griff in meinen Nacken und begann, meinen Haarknoten zu lösen, doch ich hielt seine Hand fest.

»Nein. Bitte nicht.«

Doch er fuhr fort, meine Haare zu entwirren. Ich hielt den Atem an. Ein dicker Kloß steckte mir im Hals und mein Herz klopfte schneller. »Warum«, redete er leise weiter, »gibt *Sie* deinen Ahnen diese Schönheit und lässt sie dann vor ihrem einundzwanzigsten Geburtstag sterben?«

»Ich weiß es nicht.« Ich starrte auf meine Hände, die in meinem Schoß lagen. Ein Schauer lief mir über den Rücken, als ich an die Harpyie dachte. »Und ich weiß auch nicht, ob ich es herausfinden will.«

Er ließ meine Haare los, nahm meine Hände und wärmte sie mit seinen. »Wir müssen so lange untertauchen, bis wir mehr über deine Vergangenheit herausgefunden haben.«

»Schade, dass wir nicht einfach die Novem fragen können. Sie scheinen alles darüber zu wissen.«

Ich lauschte auf die Geräusche, die von draußen zu uns hereindrangen – das gelegentliche Gelächter, das Klirren von Besteck, die Musik. Für die meisten Gäste hörte sich das wohl alles fröhlich und heiter an, doch nicht für mich. Für mich war es trügerisch und verstärkte das Gefühl der Bedrohung, das ich hier empfand. »Wo, glaubst du, sind die anderen?«, fragte ich. »Im Haus waren sie nämlich nicht. Violet war die Einzige, die da war.«

»Ich weiß es nicht. Als ein Angestellter meiner Großmutter uns bei unserer Suche nach dir am Fluss gefunden hat, sagte Henri, sie würden in den *GD* zurückgehen. Dann bin ich hergekommen, um zu duschen und auf dich zu warten.«

»Was ist mit deinem Vater?«

»Wenn er wieder da ist, wird er heute Nacht kommen. Doch zuerst müssen wir uns vergewissern, dass Josephine die anderen nicht von jemandem hat abholen lassen, nachdem ich weg war. Sie hat den Verstand verloren, wenn sie glaubt, dass sie dich gegen deinen Willen hierbehalten oder meine Freunde als

Köder benutzen kann.« Er warf einen Blick auf seine Uhr und stand auf. »Wir haben noch genug Zeit.«

Ich erhob mich ebenfalls und rückte den Ledergürtel zurecht, mit dem ich das τέρας-Schwert an mein Bein geschnallt hatte. »Zeit für was?«

Sebastian wich meinem Blick aus. Seine Körpersprache verriet mir, dass er sich unbehaglich fühlte. »Um Mitternacht herum gerät der Ball ein wenig außer Kontrolle.«

Mein Herz setzte für einen Schlag aus. »Was meinst du mit *außer Kontrolle?«*, fragte ich, obwohl ich ziemlich sicher war, dass ich wusste, was er meinte.

»Es liegt an der Jahreszeit«, meinte er. »Um diese Zeit des Jahres ... gibt man sich seinen Neigungen hin. Wenn der Karneval vorbei ist und die Fastenzeit beginnt, fasten wir auch. So ist es Brauch. Und daher wird während des Mardi Gras ...«

Sie berauschten sich an Blut und vermutlich auch an Sex und einer ganzen Reihe anderer Vergnügungen. Ich verstand. Er brauchte es nicht genauer zu erklären. Plötzlich kam ich mir neben ihm sehr klein vor. »Und du hattest wirklich nie das Verlangen danach? Kein einziges Mal?«

»Ich habe nie gesagt, dass ich kein Verlangen danach habe. Aber ich will nicht, dass mein Leben von Blut beherrscht wird, wie das bei einigen anderen der Fall ist. Wenn man es einmal getrunken hat, wirkt es wie eine Droge.« Er starrte aus dem Fenster zu den maskierten Gästen im Innenhof. »Es ist warm, schwer und man kriegt niemals genug.«

Ich nickte und spielte mit meiner Maske herum. »So ähnlich wie Schokolade.« Ich versuchte, ein Grinsen zu unterdrücken. Casey sagte immer, ich hätte einen merkwürdigen Humor.

Sebastian blinzelte etwas verwirrt, bevor er losprustete. Er hatte ein tolles Lachen und das unwiderstehlichste Lächeln, das ich je gesehen hatte. Es ließ seine grauen Augen strahlen und in seinen Wangen entstanden richtig süße Grübchen. »Ja, es ist, glaube ich, wie Schokolade.«

Die Anspannung im Raum löste sich ein wenig.

Er nahm meine Hand und öffnete die Tür, während ich meine Maske aufsetzte. »Bleib in meiner Nähe, dann wird dir nichts passieren. Wir suchen Violet und vergewissern uns, dass die anderen nicht vielleicht doch hier sind. Und dann verschwindest du schleunigst von hier.«

Fünfzehn

Sebastian ging voraus. Es war unmöglich, nur auf seinen Rücken zu starren; der Lockruf von Pailletten, Satin und Masken war einfach zu stark für mich. Das leise Stimmengewirr, die Musik, die Farben und das Licht, das sich auf jeder Oberfläche widerspiegelte, ließen das ganze Haus pulsieren.

Er ging schnell und schob sich geschickt durch das Gedränge, sodass ich immer nur flüchtig zu sehen bekam, was sich um mich herum abspielte. Ich gab mir alle Mühe, *nicht* danach zu suchen, doch ich konnte nicht widerstehen. Bereitwillig wanderte mein Blick in dunkle Ecken und fand Paare, die mehr taten, als nur miteinander zu tanzen oder sich zu unterhalten. Mein Herz stockte, als ich kleine, weiße Fangzähne sah, dann einen Blutstropfen, der im Mundwinkel eines Lächelns leuchtete wie ein tropfenförmiger Rubin, bevor eine Zunge hervorblitzte, um ihn wegzulecken.

Sebastian schüttelte mich leicht und riss mich aus meiner Starre. Wir waren in der Nähe des Balkons im ersten Stock stehengeblieben. Hier war es kühler als unten und ich bekam besser Luft, was mir half, wieder einen klaren Kopf zu bekommen.

Draußen waren Becken und Trommeln zu hören, die immer näher kamen und das Orchester im Ballsaal übertönten. Die Gäste im Haus drängten auf den Balkon. Sebastian fluchte und hielt meine Hand fest, als die Menge uns mitriss und gegen das Balkongeländer drückte, während unten auf der Straße der Mardi-Gras-Umzug um die Ecke bog.

Um uns herum wurde laut gelacht und gejubelt. Gläser schwappten über. Die Augen der Gäste glänzten vom Alkohol, ihre Wangen glühten vom Blut und der Begeisterung über den farbenprächtigen Anblick des Umzugs.

Unten schoben sich langsam Motivwagen vorbei, einer nach dem anderen, bei allen ging es um das Leben im Meer. »Der Poseidon-Umzug«, erklärte Sebastian.

Auf einem Kriegsschiff, das aussah, als sei es jahrhundertealt, standen einige Männer, die Gesichter nach oben zum Balkon gewandt, die Augen unter schlichten goldenen Masken mit Hakennasen verborgen. Sie trugen Dreispitze und lange bunte Uniformröcke zu weißen Strümpfen. Manche Gäste riefen ihnen etwas zu, doch sie verzogen keine Miene und starrten uns nur an. Die Wirkung war beängstigend.

Auf dem nächsten Wagen waren Meerjungfrauen postiert, die den Zuschauern an der Straße und auf dem Balkon Ketten aus Glasperlen zuwarfen. Die Leute hinter uns drängten nach vorn und drückten uns noch stärker gegen das Geländer. Sebastian legte die Arme um meine Taille, doch ich wusste, dass es eine instinktive Reaktion war – er tat es nicht, weil er mir möglichst nah sein wollte.

Er beugte sich zu mir hinunter und flüsterte mir ins Ohr: »Wir sollten das Haus durchsuchen, solange alle abgelenkt sind.«

Unten rollte gerade der nächste Wagen vorbei, mit einer Klippe, auf der halb nackte Sirenen lagen, die auf arglose Matrosen warteten. Die Musik, die von dem Wagen zu uns nach oben drang, klang betörend und verführerisch, wie der Gesang einer Sirene.

Plötzlich schossen schimmernde Blitze – bronzefarbene, glitzernde Körper – unten durch die Zuschauer. Die Menge brach in verzückte Schreie aus. Männer, die nur Lendenschurze und Bronzemasken trugen, sprangen auf den Wagen der Sirenen. Sie gingen in die Hocke und warteten. Und dann winkten die Sirenen sie mit einem einladenden Lächeln auf den Lippen zu sich. Die maskierten Männer näherten sich ihnen, legten sich auf die Sirenen und bedeckten ihre Körper mit ihren. Die Menge jubelte.

Mein Gesicht brannte. Ich war völlig durcheinander. Ich ertrug es nicht länger. Es war, als hätte die Musik unten eine hypnotisierende Wirkung. Aber das konnte nicht sein... oder doch? Dieser Ball war wie eine Droge. Ich hatte mich an den Bildern und den Geräuschen berauscht, wie jemand, der nichts vertrug, und jetzt wurde mir schlecht davon. Ich kniff die Augen zusammen und nahm mir vor, mich nicht mehr ablenken zu lassen. Ich musste hier weg. Das Haus durchsuchen. Violet und die anderen finden und dann gehen.

Sebastian verlagerte sein Gewicht, sein Oberschenkel drückte gegen meinen und ließ das Schwert verrutschen. Das Metall war genauso warm wie mein Körper geworden und der Lederriemen saß sehr fest, fast zu fest. Es genügte, um meine Konzentration zurückzubringen.

Ketten aus Glasperlen und Süßigkeiten flogen über unsere Köpfe. Ich drehte mich zur Seite und schob mich mit Sebastian zusammen vom Geländer weg, sodass andere unseren Platz einnehmen konnten. Wir gingen wieder ins Haus.

Ich musste aus diesem Kleid heraus! Es war viel zu warm geworden und auch zu eng. Ich nahm meine Maske ab. Dann steckte ich die Finger unter den Rand der Korsage und schob sie von meiner Haut weg, um mir etwas Kühlung zu verschaffen. Es half nichts.

»Komm mit.« Sebastian hatte den Ballsaal betreten, der inzwischen völlig leer war.

Wir hasteten über die Tanzfläche.

Eine der Terrassentüren schlug zu.

Dann noch eine. Und noch eine.

Ich blieb mitten auf der Tanzfläche stehen und drehte mich um. Die Türen gingen zu und verriegelten sich von selbst. Das Orchester hörte auf zu spielen. Durch die verglasten Türen sah ich, wie einige der Gäste versuchten, wieder in den Ballsaal zu kommen, doch es gelang ihnen nicht. Überall schlugen Türen zu, Schlösser klickten.

Und dann war alles still.

Nur noch eine der Türen stand offen.

Wir starrten sie an und warteten darauf, dass sie zuging, doch aus irgendeinem Grund wusste ich, dass sie wartete. Ich hatte ein ungutes Gefühl.

Die dünnen weißen Vorhänge zu beiden Seiten der Terrassentür bauschten sich auf. Die Luft zwischen ihnen flimmerte.

Und dann erschien wie aus dem Nichts eine hochgewachsene Gestalt.

Mir gefror das Blut in den Adern.

Ich wusste sofort, wer da gerade in den Ballsaal kam. Es gab keinen Zweifel.

Mit einem lauten Knall fiel die Tür hinter ihr zu. Ich zuckte zusammen.

Etwa eins achtzig groß. Makellose Figur. Und von Kopf bis Fuß in dünnes, hautenges Leder gehüllt, das in einem dunklen Olivgrün schimmerte. Das Leder hatte ein Muster aus Linien, wie bei einer Schlange, und sah aus, als wäre es irgendwann einmal lebendig gewesen.

Athene.

Sie hatte porzellanweiße Haut, smaragdgrüne Augen, die von innen heraus glühten, und gewelltes schwarzes Haar, das ihr bis zur Taille reichte. Zwischen den Haarsträhnen konnte ich kleine Zöpfe erkennen, die mit dünnen Streifen aus Leder, Sehnen und Knochenperlen verwoben waren und aussahen, als wären sie schon seit Jahrhunderten in ihren Haaren. In die Haut an den Schläfen waren winzige Symbole eingeätzt, direkt am Haaransatz.

Volle weinrote Lippen verzogen sich zu einem spöttischen Lächeln. »Du wolltest doch nicht etwa gehen, oder?«, hörte ich eine raue Stimme, die es gewohnt war zu befehlen.

Ich musterte *Sie* von Kopf bis Fuß. Völlig schockiert. Ich bekam kein Wort heraus.

»Seit Jahren frage ich mich, ob es dich wirklich gibt, mein Kind.«

Ich schluckte den Kloß in meinem Hals hinunter und stand wie angewurzelt da, als die Göttin näherkam, im Gesicht ein breites Grinsen, ein boshaftes, siegessicheres Grinsen. Ich suchte nach Sebastians Hand und hielt sie fest.

Oh Gott.

Mein Magen zog sich schmerzhaft zusammen, als ich Athenes Lederkostüm genauer sehen konnte.

Es *bewegte* sich.

Das verdammte Ding bewegte sich. Als hätte *Sie* sich etwas Lebendes um den Leib gewickelt, etwas, auf dem man gerade noch die Umrisse eines riesigen, flach gedrückten Gesichts erkennen konnte, als wäre die Haut vom Schädel geschält, gepresst und dann zusammengenäht worden, um dieses … dieses Ding zu machen.

»Gefällt's dir?«, fragte *Sie* amüsiert. »Das habe ich mir aus der Haut von Typhon gemacht. Eigentlich war es nur ein kleines Stück seiner Haut. Er war ja einer der Titanen.«

Es war klar, welche Wirkung Athene mit dem Overall erzielen wollte. *Sie* wollte mir Angst machen. Mich einschüchtern.

Die Göttin musterte mich von Kopf bis Fuß, mit einem gleichgültigen Ausdruck im Gesicht, der jedoch angestrengt wirkte, als müsste *Sie* sich große Mühe geben, um so zu tun, als wäre ihr das alles hier egal. »Nicht so hübsch wie die Erste von euch, aber wie ich sehe, hast du die Haare und die Augen.«

»Ich *will* die Haare und die Augen nicht«, krächzte ich. Ich hatte Mühe, die Worte herauszubringen. »Du kannst sie haben.«

Als Athene lachte, wurden ihre Augen zu schmalen Schlitzen. »Sei vorsichtig, was du sagst, mein Kind. Es könnte sein, dass ich dich beim Wort nehme. Die Haare und die Augen hast du nicht von mir. Die hast du von Natur aus.«

»Aber …« *Was zum Teufel hatte* Sie *mir dann gegeben?*

»Athene, du hast nicht das Recht, hier zu sein!« Josephines wütende Stimme ließ mich zusammenzucken. Die Tür, durch die sie gekommen war, knallte gegen die Wand. Die Matriarchin der Familie Arnaud trug ein prächtiges Ballkleid und hielt Einzug wie die Königin von England. »Du hast die Übereinkunft gebrochen.«

»Diese lächerliche Übereinkunft kannst du dir sonst wo hinstecken, du Schlampe.«

»Du hast dich verpflichtet, New Orleans nie wieder zu betreten. Nur deshalb haben wir den τέρας-Jäger in unserer Gewalt an dich übergeben. Das war die Vereinbarung.«

»Das Kind ändert alles, Josephine. Das weißt du. Und du weißt auch, dass ich es nicht in deinen Händen lassen kann. Was willst du denn tun? Willst du es etwa schützen, so wie seine Eltern? Willst du es auch verraten?«

Ich starrte Josephine an. »Sie haben gesagt, Sie hätten meiner Mutter geholfen.«

Josephine warf mir einen ungeduldigen Blick zu. »Deine Mutter war jung und dumm und hat nicht gewusst, was für sie am besten war.«

Jetzt kamen die übrigen Mitglieder des Rates in den Ballsaal und stellten sich in einem Kreis um uns herum auf. Die Tür, durch die sie eingetreten waren, schloss sich hinter ihnen und verriegelte sich von selbst. Ein Blick über die Schulter sagte mir, dass die Gäste auf dem Balkon immer noch den Umzug verfolgten, doch es gab auch einige, die an den Terrassentüren rüttelten und versuchten, wieder ins Haus zu gelangen. Offenbar legten auch die Novem keinen Wert auf Zuschauer.

Michel nickte mir zu und sein Blick sagte mir, dass er auf meiner Seite war. Doch darauf konnte ich mich nicht verlassen. Wie sollte ich noch etwas glauben, nach dem, was ich gerade gehört hatte?

Sebastian erstarrte und der Druck seiner Hand verstärkte sich, als er seinen Vater zum ersten Mal seit fast zehn Jahren wiedersah. Ich drückte seine Hand und ließ meine dann schlaff werden, weil ich ihm sagen wollte, dass er zu seinem Vater gehen solle, doch Sebastian blieb neben mir stehen.

»Es reicht. Das Kind gehört mir.« Athene streckte ungeduldig die Hand aus und packte mich am Arm.

Angst fuhr in meinen weit aufgerissenen Mund, jagte meinen Hals hinunter und setzte sich in meinen Lungen fest. Athenes Berührung war kalt, ihre Finger fühlten sich auf der nackten Haut meines Oberarms an wie Eis.

Sebastian weigerte sich, meine Hand loszulassen. Athene richtete ihren Blick auf ihn, während die Mitglieder des Rates die Arme zur Seite ausstreckten. Die Luft im Ballsaal lud sich auf, als eine zitternde Linie aus blauer Energie von Fingerkuppe zu Fingerkuppe sprang und den Kreis um uns herum schloss.

»Wir haben dich schon einmal vertrieben.« Josephines Stimme war laut und bestimmt. »Und wir können es wieder tun.«

Athenes lange Fingernägel gruben sich in mein Fleisch. Das Brennen auf meiner Haut sagte mir, dass es nicht mehr lange dauern würde, bis Blut floss. Langsam wandte die Göttin ihre Aufmerksamkeit wieder Josephine zu. Ihr ganzes Wesen erstarrte und in ihrer leisen Stimme lag noch mehr Macht als bisher. »Na los. Bündelt eure Kräfte. Lasst sie auf mich los. Und dann könnt ihr zusehen, wie euer Ball in einem Blutbad endet.«

Entsetzt wurde mir klar, dass Josephine tatsächlich in Erwägung zog, das zu tun. Und in diesem Moment begriff ich, dass es Josephine völlig egal war, ob hier alle starben, solange sie bekam, was sie wollte.

An Athenes Arm und Handgelenk bewegte sich die Anzugshaut, so nah an mir, dass ich versuchte, mich aus dem eisernen Griff der Göttin zu befreien. Panik überkam mich. »Warum willst du mich haben?«, platzte ich heraus.

Athene erstarrte und richtete ihre Aufmerksamkeit wieder mir zu. *Sie* beugte sich zu mir herunter. Ihr Gesicht war nur noch wenige Zentimeter von meinem entfernt. Und dann zeigte *Sie* mir, wie die Göttin des Krieges wirklich aussah.

Das makellose Gesicht veränderte sich. Die Schönheit fiel von ihr ab und zum Vorschein kam eine Hölle, die so entsetzlich war, wie ich es noch nie gesehen hatte. Tod. Krieg. Knochen. Ihr Gesicht verwandelte sich in das der Königin, die über dieses Grauen herrschte. Der Kopf sah jetzt aus wie ein Totenschädel. Ein Auge war verschwunden, das andere leuchtete wie bisher in einem dunklen Smaragdgrün. Aus dem Spalt zwischen Augapfel und knöcherner Augenhöhle kroch Ungeziefer heraus. Frei liegende Sehnen verzogen Athenes Lippen zu einem Lächeln. Und in ihrem Schädel, zwischen den verfilzten Haaren, den Knochen und dem verwesenden Fleisch bewegte sich etwas. Im Inneren der Göttin, in ihrem ganzen Körper, unter ihren Rippen, sah ich die Seelen von Kriegern und die Hölle, die sie in ihr gefunden hatten.

Athene, die jetzt wieder eine Schönheit war, richtete sich auf und grinste. »Wir lassen das Kind entscheiden.«

Ich hatte in das Herz von Krieg und Tod geblickt und wusste, dass Athene die gesamte Stadt auslöschen konnte. Sicher, es gab Übereinkünfte und Gesetze, die vielleicht sogar für die Göttin galten. Doch wenn es sein musste, würde *Sie* die ganze Welt zerstören, um das zu bekommen, was *Sie* haben wollte. Mich.

»Nein«, sagte Sebastian, dem klar wurde, was ich tun wollte. Sein Griff wurde fester, doch ich zog meine Hand weg.

»Eines Tages«, meldete sich Michel zu Wort, den Blick auf die Göttin gerichtet, »werden sich die Kreaturen, die du geschaffen hast, gegen dich wenden. Mögen die Götter dir beistehen, wenn es so weit ist.«

Athenes Kopf fuhr herum. »Jedes Mal, wenn sie es versuchen, scheitern sie«, fauchte *Sie*. »Ich kann dich sofort dahin zurückbringen, wo du gewesen bist, also halt verdammt noch mal dein Maul, Lamarliere.«

Er hatte einen Nerv getroffen.

Meine Gedanken überschlugen sich und ich bekam eine Gänsehaut. Ich dachte an die Harpyie und an Arachne, hatte aber zu viel Angst davor, sie zu rufen. Ich hatte Angst vor dem, was Athene dann tun würde.

»Vor dreizehn Jahren wäre es dir um ein Haar gelungen, uns zu zerstören«, sagte Michel mit ruhiger Stimme, doch in seinen Augen brannte der Hass. »Sag mir, Athene, bereust du, den Wind und das Meer gerufen zu haben? Bereust du deinen Hunger nach Macht?«

»Ich bereue nichts«, zischte *Sie*.

»Natürlich bereust du es. Deine Hurrikans gerieten außer Kontrolle. Und wenn du nicht so *übereifrig* gewesen wärst, wäre dir die Ägis vielleicht nicht aus der Hand geglitten und ins Meer gefallen.«

Athene schnappte nach Luft, was mir sagte, dass Michel etwas verraten hatte, was er nicht hätte wissen dürfen. Doch er grinste nur. »Außer reden kann man im Gefängnis nicht viel tun ... Wenn dein Vater, der große Zeus, heute noch leben würde und wüsste, dass du seine Ägis verloren hast, eine seiner mächtigsten Waffen, die Waffe, deretwegen du ihn *getötet* hast, würde er die Ironie dahinter sicher sehr amüsant finden. Ohne die Ägis bist du nicht mehr unbesiegbar.«

Die Göttin erstarrte und sah Michel mit zusammengekniffenen Augen an. Dann riss *Sie* unsanft an meinem Arm und zog mich zu sich. »Auch ohne Ägis bin ich immer noch mächtiger als ihr. Und dieses kleine Drecksstück hier« – *Sie* packte mich an den Haaren – »wird meine neue Ägis sein. Ich werde ihr den Kopf abschlagen, ihr die Haut abziehen und daraus einen neuen Schild machen, der besser ist als die alte Ägis. Vielleicht wird meine nächste Ägis auch ein Brustharnisch oder ein Umhang sein.« *Sie* fuhr mit dem Finger über mein Gesicht. »Haut ist sehr vielseitig.«

Josephine lachte. »Ich glaube, du hast da etwas vergessen, Athene. Den einzigen Gott, der dir eine neue Ägis anfertigen kann, hast du getötet. Kann es sein, dass du außer deiner Weisheit auch noch deinen Verstand verlierst?«

Scheiße. Meine Augenlider zuckten. Michel war nicht der Einzige, der lebensmüde war. Josephine war es ebenfalls. Ihre Worte führten dazu, dass sich Athenes Fingernägel noch tiefer in meinen Arm gruben und die Haut durchbohrten. Der Schmerz lähmte mich, doch nach einer Sekunde hatte ich mich wieder gefasst. Langsam floss Blut meinen Unterarm hinunter.

Athene wurde immer wütender. Eine bleierne, erstickende Energie hüllte uns ein. »Ich kann sie auch gleich hier und jetzt benutzen. Und ich glaube, du, Josephine, stirbst als Erste.«

»Du kannst das Mädchen nicht benutzen«, wandte Josephine ein. »Sie ist noch nicht erwachsen.«

Athenes grausamer Mund verzog sich zu einem Grinsen. »Und wenn ich diesen Prozess ein wenig beschleunige?« *Sie* legte mir ihre Hand auf die Brust.

»NEIN!« Josephine machte einen Satz nach vorn und durchbrach den Kreis. Athene streckte die andere Hand aus und schleuderte Josephine in hohem Bogen gegen die Wand. Plötzlich tauchte Sebastian hinter Athene auf.

»Sebastian, nicht!«, brüllte Michel.

Sebastian legte den Arm um Athenes Hals und nahm *Sie* in den Schwitzkasten. Dann drückte er mit aller Kraft zu, doch ihr

Fleisch gab gerade so lange nach, um seinen Arm hindurchgleiten zu lassen. Er verlor den Halt und fiel nach hinten.

Die Hand der Göttin auf meiner Brust wurde warm und schickte eine brennende Hitze in meinen Körper, die bis in meinen Kopf stieg. Ich spürte den gleichen grauenhaften Schmerz, der mich nach dem Besuch bei Jean Solomon auf der Straße überfallen hatte. Der Schmerz verbrannte mein Gehirn und vergrößerte die Blutgefäße unter meiner Kopfhaut, die zu einer pochenden Masse wurden. Tief in meinem Innern bildete sich ein Schrei, der langsam nach oben stieg und dann aus meinem Mund drang. Er klang nicht mehr menschlich.

Als meine Augen sich schlossen, sah ich gerade noch, wie Sebastian von Michel daran gehindert wurde, Athene ein zweites Mal anzugreifen, und Josephine sich wieder in den Kreis einreihte. Die Mitglieder des Rates setzten zu einem Sprechchor an und die blaue Linie zwischen ihnen wurde dicker. Aber es spielte keine Rolle mehr. Ich starb. Mein Kopf würde platzen oder in sich zusammenbrechen oder einfach schmelzen.

Ich wusste gar nicht, dass ich so laut schreien konnte. Oder so lange. Der Schrei klang, als würde er aus den Tiefen meiner Seele gespeist werden.

Vor meinen geschlossenen Augen tauchten Blitze auf. Dann eine schöne Frau, die genauso aussah wie ich. Gütig. Liebevoll. Treu ergeben. In einem Tempel, einem Tempel am Meer. Ein weinendes Baby. So viel Tod. Viele Jahrhunderte lang. Leid und Elend.

Es musste aufhören.

Es musste aufhören. *Großer Gott!*

Ich wollte nicht sterben!

Mit der rechten Hand packte ich Athene am Handgelenk und

versuchte mit aller Kraft, ihre Hand auf meiner Brust wegzuziehen und meinen Qualen ein Ende zu bereiten.

Plötzlich stieg Zorn in mir hoch und verdrängte für kurze Zeit den Schmerz in meinem Kopf. Mein ganzer Körper wurde davon erfasst. Die Bilder, die ich vor mir gesehen hatte, all das Leid meiner Familie und alles wegen Athene. Ich hatte nichts Unrechtes getan, keine von uns hatte etwas Unrechtes getan.

Ich öffnete die Augen.

Mit meiner Hand drückte ich so fest zu, wie ich nur konnte. Dann sah ich Athene direkt in die Augen. »Ich… *hasse*… dich«, zischte ich. *Sie* sollte es wissen, bevor ich starb. »Für alles, was du ihnen angetan hast… und dafür, dass du so ein… gottverfluchtes… Miststück bist!«

Athene fuhr zusammen und riss für den Bruchteil einer Sekunde die Augen auf. Es waren nur ein kurzes, schmerzhaftes Zucken und eine ruckartige Bewegung in ihrem Arm. Ich biss die Zähne zusammen. *Sie* drückte noch fester auf meine Brust, doch irgendwie gelang es mir, ihre Hand wegzuziehen.

Ich starrte auf meine Hand, die das Handgelenk der Göttin umklammert hielt. Athenes weiße Haut wurde an dieser Stelle hart und grau.

Was zum Teufel?

Wir waren beide so erschrocken, dass wir gleichzeitig losließen.

Doch ich war diejenige, die das ausnutzte. Etwas verdrängen und erst später darüber nachdenken, konnte ich gut. Jetzt zählte nur noch der Kampf. Ich ballte die Hand zur Faust und holte zu einem Schlag aus, auf den Bruce sehr stolz gewesen wäre. Meine Faust traf Athene ins Gesicht und ließ ihren Kopf zur Seite schleudern.

Mein Herz klopfte wie wild. Der Schmerz in meinen Kopf ließ alles vor meinen Augen verschwimmen. Ich spürte meine Knie nicht mehr und wusste nicht so genau, warum ich überhaupt noch stehen konnte. Trotzdem nahm ich beide Hände hoch und machte mich darauf gefasst, dass die Göttin zurückschlug.

Athenes Hand glitt langsam zu ihrem Kiefer. Verwunderung stand in ihren grünen Augen und ich hätte schwören können, auch eine Spur Verwundbarkeit und Verlegenheit darin aufblitzen zu sehen. Es war reine Spekulation, aber vermutlich hatte es bis jetzt noch niemand gewagt, der Göttin des Krieges eine zu verpassen.

Und dann war *Sie* weg.

Einfach so. Von einer Sekunde zur anderen.

Meine Beine gaben unter mir nach und ich plumpste auf meinen Hintern. Mein Ballkleid bauschte sich um mich wie eine Wolke und ich kam mir sehr klein vor, so klein wie das Kind, das alle in mir sahen. Ein Kind, das sich ein glitzerndes Ballkleid angezogen hatte und so tat, als wäre es erwachsen. Ein Kind, das überhaupt nichts wusste von der Welt, in der es plötzlich war. Ein Kind im Vergleich zu den uralten Wesen, denen ich hier begegnet war.

Michel ließ Sebastian los. Sebastian rannte zu mir und fiel vor mir auf die Knie. »Ari. Alles in Ordnung?«

Ich brachte keinen Ton heraus und konnte nur nicken.

Mit klickenden Absätzen marschierte Josephine zu uns und riss mich am Arm hoch. »Steh auf. Wir haben zu arbeiten.«

»Josephine«, dröhnte Michels tiefe Stimme. »So behandelt man doch nicht die Person, die soeben dieses Haus vor seiner Vernichtung bewahrt hat.«

Sie machte den Mund auf, um ihm zu widersprechen, doch die übrigen Mitglieder des Rates waren ebenfalls näher gekommen. Offenbar waren sie nicht damit einverstanden, wie Josephine mich behandelte. »Na schön.« Josephine wandte sich an die anderen. »Athene hat sich zurückgezogen, um ihre Wunden zu lecken, aber das ist erst der Anfang. *Sie* wird mit Sicherheit einen Krieg um dieses Kind anzetteln.« Sie hob ihre Röcke und rauschte mit klackernden Absätzen davon, wobei sie den Dienstmädchen zurief, die Türen zu entriegeln, und den fassungslosen Musikern bedeutete, wieder zu spielen.

»Josephine hat recht.« Michel hielt Sebastian die Hand hin und half ihm beim Aufstehen.

Ich klopfte meine Röcke ab, während Sebastian vor seinem Vater stehen blieb, einem Vater, den er seit Jahren nicht mehr gesehen hatte. Sein Blick ging vom Gesicht seines Vaters zu ihren Händen, die immer noch ineinanderlagen. Als ihn seine Gefühle übermannten, wurden seine grauen Augen feucht und plötzlich sah auch er aus wie ein Kind. Michel umarmte ihn und hielt ihn fest.

Ich ließ die beiden allein und beobachtete, wie die Gäste in den Ballsaal strömten. Das Orchester begann zu spielen, dann kamen Kellner herein, die Tabletts mit Hors d'œuvres und Champagnergläsern trugen.

Doch ich hatte nur Augen für eine Person und das war Violet. Sie hüpfte in ihrem purpurfarbenen Kleid auf die Tanzfläche, ihre Maske vor dem Gesicht, und kam direkt auf mich zu. Als sie mich erreicht hatte, schob sie die Maske nach oben und fragte: »Hab ich was verpasst?«

Die Absurdität dessen, was gerade passiert war, traf mich mit voller Wucht. Ich lachte. Ich lachte und lachte und konnte gar nicht mehr damit aufhören. Violet starrte mich mit ihren großen Augen an. Und dann sagte sie: »Ich bin müde. Lass uns nach Hause gehen.«

Ich blinzelte und mein Lachen erstarb.

Nach Hause.

Tränen schossen mir in die Augen. Ich hielt Violet die Hand hin und sie legte ihre winzigen Finger hinein. »Ja. Wir gehen nach Hause.«

Die Novem konnten mich mal. Wir würden jetzt gehen.

Wir verließen den Ballsaal und ignorierten Josephines lautes Rufen, gefälligst zurückzukommen.

Mir war klar, dass Athene nicht für immer ihre Wunden lecken würde. Doch jetzt musste ich in das alte Haus im *GD* zurück und versuchen, für eine Weile normal zu sein, selbst wenn es nur für eine Nacht war.

»Hey! Wartet!« Sebastian holte uns ein, als wir gerade das Haus verlassen hatten. Ich hielt mitten auf der Straße an. Der Umzug war vorbei, doch noch immer standen Zuschauer herum, die nicht aufhören wollten zu feiern.

Zum ersten Mal, seit ich Sebastian kannte, sah er richtig glücklich aus, als hätte jemand die dunkle Wolke vertrieben, die ständig über ihm schwebte.

»Bleibst du nicht bei deinem Vater?«

»Ich will nicht, dass du allein in den *GD* zurückgehst.« Sein Gesicht bekam etwas Farbe und er steckte die Hände in die Hosentaschen. »Wenn keine Göttin hinter dir her wäre, die es darauf anlegt, die Novem zu zerstören, würde ich eine Weile bei ihm bleiben, aber so nicht.«

»Sie ist nicht allein, Bastian«, meinte Violet beleidigt.

Sebastian lächelte. »Ich weiß. Aber je mehr Beschützer Ari

hat, desto besser.« Unsere Blicke trafen sich. »Mein Vater bietet dir an, bei ihm zu bleiben. In seinem Haus wärst du sicherer.«

Ich wusste, wo ich bleiben wollte. »Ich werde darüber nachdenken. Aber jetzt möchte ich einfach nur aus diesem Kleid heraus und etwas essen. Ich bin am Verhungern. Und in den Häusern der Novem wird Athene als Erstes nach mir suchen, nicht in irgendeiner Bruchbude im *GD.«*

Sebastian nickte. Er verbeugte sich und machte eine einladende Geste mit seiner Hand. »Wollen wir?«

Ich spürte ein seltsames Gefühl in der Brust. Er hatte sich für mich entschieden. Es lag ihm tatsächlich etwas an mir. Die Welt, die ich kannte, war aus den Fugen geraten und mein Leben war in der Schwebe, doch das Glücksgefühl, das ich in diesem Moment empfand, machte das alles wieder wett. Wir gingen zu der Straßenbahn, die uns nach Hause bringen würde.

Sechzehn

Dub, Henri und Crank saßen im Wohnzimmer vor einem Beistelltisch auf dem Boden und spielten Poker um einen Topf mit Münzen, Goldzähnen, Anhängern und diversem altem Schmuck. Auf dem Tisch stand ein Topf mit Gumbo, daneben stapelten sich benutzte Schalen. Es roch großartig.

»Wo zum Teufel seid ihr gewesen?«, fragte Sebastian, während er sich auf die Couch fallen ließ und die Beine hochlegte.

»Ihr wart auf einem Ball!« Crank warf ihre Karten auf den Tisch und starrte bewundernd mein schwarz-weißes Ballkleid an, als ich meinen Hintern auf der Armlehne der Couch platzierte und das Gesicht verzog, weil der Gürtel um meinen Oberschenkel an der wunden Stelle auf meiner Haut rieb. Dub warf Crank einen sonderbaren Blick zu und sofort tat sie so, als sei ihr das völlig egal. »Sieht ganz danach aus, als würde es fürchterlich kratzen.«

»Tut es auch.« Ich hätte das Kleid am liebsten sofort ausgezogen, war aber zu müde, um nach oben zu gehen. Doch eins konnte ich tun: das Schwert loswerden. Ich stand auf, drehte den anderen den Rücken zu und hob den Rock an. Dann schnallte ich das Schwert los und legte es zusammen mit dem Ledergürtel auf den Beistelltisch.

Als ich mich umdrehte, fiel mir auf, dass alle Augen auf mich gerichtet waren. »Was ist denn?«

Dubs helle Augen gingen von dem Schwert zu mir. »Ich mag sie. Ich mag sie wirklich.«

Crank grinste. »Ich bin dafür, dass wir sie behalten.«

Henri warf eine Karte mit dem Gesicht nach unten auf den Tisch. »Ja«, seufzte er. »Sie passt zum Rest von euch Spinnern.«

»Haha. Sehr witzig«, erwiderte Crank, während sie ihm eine Karte austeilte. »Was für ein Ball war es denn?«

»Der von den Arnauds«, trällerte Violet, während sie aus dem Wohnzimmer hüpfte. Ihre Schritte hallten auf der Treppe.

Sebastian stieß einen tiefen Seufzer aus und fuhr sich mit den Fingern durch die Haare. »Und wo seid *ihr* gewesen? Ich dachte, ihr geht nach Hause, nachdem wir uns getrennt hatten.«

»Wir haben unterwegs noch ein paar Gräber geplündert.« Dub wies mit dem Kopf zu den Wertsachen auf dem Tisch. »Wer den Topf gewinnt, darf ihn Spits verkaufen.«

Ich zog meine Stiefel aus. »Wer ist Spits?«

»Ein Antiquitätenhändler im *Quarter«*, antwortete Sebastian, als Violet mit Pascal hereinkam. Sie ging zu einer der Terrassentüren, um den Alligator ins Freie zu lassen.

»Wollt ihr mitspielen?«, fragte Dub Sebastian und mich.

»Nein«, erwiderte ich, »aber ich will was von dem Gumbo.«

»Bedien dich.« Henri wies auf den Topf. »Ms Morgan hat den Topf hergebracht und unsere *petits bébés* sind komplett ausgeflippt, als sie das Gumbo gesehen haben.« Crank trat ihn gegen das Schienbein. »Au, das hat wehgetan.«

»Dann hör auf, uns Babys zu nennen. Und du bist auch ausgeflippt, wie immer.«

»Nein«, mischte Dub sich ein, »Henri ist wegen Ms Morgan ausgeflippt. Er ist nämlich in sie *verliiiiiiebt.«*

Henri wurde dunkelrot, griff sich einen Backenzahn mit Goldfüllung und warf ihn Dub an die Stirn. »Ich bin *nicht* in sie verliebt, du Idiot.«

Dub and Crank bekamen einen Lachanfall, während Sebastian zwei Schalen mit Gumbo füllte. Ich rutschte von der Armlehne herunter auf die Couch, drapierte meine Röcke um mich und zog die Beine an. »Ms Morgan«, sagte er, während er mir eine Schale gab, »ist so etwas wie eine mobile Lehrerin. Sie kommt einmal in der Woche in den *GD* und bringt was zu essen mit.«

»Violet hat mir schon von ihr erzählt.«

Ich war so hungrig, dass ich viel zu schnell aß. Aber das Gumbo war so verdammt gut. Und es machte satt. Das Pokerspiel ging weiter. Es dauerte nicht lange, bis Crank den Topf gewonnen hatte. Sie platzte fast vor Stolz.

Nachdem Sebastian mir die Wahrheit gesagt hatte – dass Crank gar nicht seine Schwester war –, beobachtete ich sie jetzt etwas genauer. Es tat mir leid, was sie durchgemacht hatte. Die Arme.

Ich hatte gedacht, eine Menge über New 2 zu wissen, doch nach ein paar Tagen hier wurde mir klar, dass ich keine Ahnung davon hatte, wie es in dieser Stadt wirklich war. Abgesehen von den ganzen übernatürlichen Phänomenen war mir nie in den Sinn gekommen, dass es hier Kinder und Jugendliche gab, die allein überleben mussten, die in aufgegebenen Häusern wohnten und sich irgendwie durchschlugen.

Was ihnen erstaunlich gut gelang. Ich war stolz darauf, bei ihnen zu sein.

Einer nach dem anderen ging nach oben, um sich schlafen zu legen, bis schließlich nur noch Sebastian, Henri und ich im Wohnzimmer waren.

Henri saß auf einem Stuhl gegenüber der Couch und lehnte sich zurück. »Erzählt mir jetzt mal endlich einer von euch, was heute Abend wirklich passiert ist?«

Die kleine Lampe auf dem Beistelltisch flackerte und ließ die langen Schatten an der Wand zittern. Das Licht brachte Henris Augen zum Leuchten – ein übernatürliches Glühen, das mich an den wachsamen Blick eines Raubtiers erinnerte.

Nachdem ich genickt hatte, erzählte Sebastian ihm alles, was auf dem Ball geschehen war. Meinen Tanz mit Gabriel und unser Gespräch im Gästehaus ließ er aus.

»Dann hat also Athene die Hurrikans verursacht.« Henri schüttelte den Kopf.

»Wer weiß? Vielleicht hat *Sie* sie nur verstärkt oder den letzten entstehen lassen. Aber« – Sebastian sah mich an – »das erklärt immer noch nicht, was deine Mutter damit zu tun hatte.«

»Ich glaube, Athene wollte meine Mutter haben, so sehr, wie *Sie* jetzt mich haben will.«

»Und *Sie* will dich lebend haben. Sonst hätte *Sie* dich auf dem Ball getötet.«

»Und du hast keine Ahnung, warum sich eine Göttin des *Krieges* und die Novem um dich streiten?«, fragte Henri. Ich zuckte mit den Schultern. »Und jetzt? *Sie* wird zurückkommen. *Sie* wird *hierher* kommen. Wenn *Sie* merkt, dass du nicht bei den Novem bist, kommt *Sie hierher.«*

Und dann riskierten alle ihr Leben. Henri brauchte es gar nicht auszusprechen. Ich wusste, dass meine Anwesenheit eine Gefahr für sie war.

Ein dicker Kloß saß mir im Hals. »Ich werde die Stadt verlassen.«

Sebastian runzelte die Stirn. »Außerhalb des Walls hat

Athene ihre volle Macht. Wenn du gehst, wird *Sie* das sofort wissen. Du hättest keine Chance. Hier haben die Novem überall ihre Wachen. Das reicht zwar nicht, um Athene fernzuhalten, aber die Macht der Novem schwächt die Macht der Göttin.«

»Vielen Dank dafür, dass du mir so viel zutraust.«

»Sie hat Angst vor dir.« Er ignorierte meinen Sarkasmus. »Das spüre ich. Es liegt an dem Fluch… was auch immer *Sie* deiner Familie angetan hat, es kann ihr schaden.«

Ich dachte an Athenes Handgelenk, daran, wie ihre Haut durch meine Berührung hart geworden war.

Henri stand auf, streckte die Arme über den Kopf und gähnte. »Das nützt uns herzlich wenig. Wir wissen ja nicht einmal, was für ein Fluch das ist.«

Ich starrte Henri an. Das Ticken der Standuhr wurde immer lauter in der Stille. »Es gibt eine Möglichkeit, das herauszufinden«, sagte ich, während mein Blick von Henri zu Sebastian ging.

»Alice Cromley«, ergänzte Sebastian prompt.

Henri erstarrte und riss die Augen auf. »Auf keinen Fall! Bei dieser gruseligen Sache werde ich dir *nicht* helfen, Bastian. Nicht noch einmal.«

»Du weißt, wo sie ist?« Ich richtete mich auf und sah Sebastian an. »Das hat Jean Salomon also gemeint. Du hast ihre Knochen schon mal benutzt.«

»Das ist Jahre her«, gestand er leise. »Wir haben sie im Lafayette Cemetery gefunden.«

»Du wolltest herausfinden, ob…«

»Das ist jetzt nicht wichtig«, unterbrach mich Sebastian, der sich immer mehr für die Sache begeisterte. »Wir wissen, wo sie ist, und ich weiß, wie man das Ritual durchführt. Ari findet die Wahrheit heraus und dann haben wir vielleicht eine Chance.«

Gegen eine Kriegsgöttin? Um ein Haar hätte ich laut losgelacht.

»Wir gehen vor der Morgendämmerung los.« Der Blick, mit dem er Henri ansah, ließ keinen Widerspruch zu.

Für einen Moment dachte ich, der große Rothaarige würde protestieren. Doch dann nickte er und verließ den Raum, während er vor sich hin murmelte, er wolle noch etwas schlafen, da es bis zur Morgendämmerung nur noch wenige Stunden seien.

Als er weg war, fragte ich: »Warum in der Morgendämmerung?«

»Weil Rituale am Übergang von Tag und Nacht, Nacht und Tag besser funktionieren.«

»Aha.«

Das Licht flackerte wieder und wurde schwächer. Ich starrte in die Ecken des großen Raums und hatte das Gefühl, als wären wir auf einer kleinen Insel in einem Meer aus Dunkelheit, völlig abgeschirmt vom Rest der Welt.

Sebastian brach die Stille. »Du solltest auch noch etwas schlafen.«

Ich musste an Gabonna's denken, wie ich in seinen Armen geschlafen hatte, wie ich an diesem warmen, sicheren Ort aufgewacht war. Das Blut stieg mir in die Wangen. »Ich glaube nicht, dass ich jetzt schlafen kann.«

»Ich auch nicht.«

Die Stille hätte unangenehm sein sollen, doch das Gegenteil war der Fall. Ich holte tief Luft, kuschelte mich tiefer in die Couchkissen und legte den Kopf auf meinen Arm, der auf der Lehne ruhte. Wir brauchten keine Worte. Keiner von uns wollte nach oben gehen. Wir wollten uns nicht voneinander trennen, wollten nicht versuchen zu schlafen. Ein kurzes Nickerchen war alles, was wir uns jetzt leisten konnten, und selbst das würde mir wohl nicht gelingen.

Sebastian legte die Füße auf den Beistelltisch, lehnte sich mit vor der Brust verschränkten Armen zurück und schloss die Augen. Ich beobachtete ihn eine Weile, während ich versuchte, mich zu entspannen und den Wirbel an Gedanken in meinem Kopf aufzuhalten. Ich sprang von Ereignis zu Ereignis, wiederholte immer wieder, was in den letzten Tagen geschehen war, was ich hätte tun sollen, was anders hätte sein sollen.

Ich musste immer wieder an den τέρας-Jäger denken, der, den ich im Gefängnis zurückgelassen hatte, so lebhaft, dass ich den Gestank und den Schlamm riechen konnte. Und an seine Stimme. Die Verbitterung darin. Der kurze Moment der Güte, als er mir den kürzesten Weg in die Freiheit verraten hatte. Aber warum? Warum hatte er das getan? Und warum war er überhaupt dort, einmal abgesehen davon, dass Athene ganz offensichtlich stocksauer auf ihn war?

Dass wir ihn zurückgelassen hatten, machte mir schwer zu schaffen. Es war ein Fehler gewesen, egal, was Michel und die anderen dachten.

Alice Cromleys Knochen waren der Schlüssel zu allem. Wenn ich wusste, welche Macht ich über die Göttin hatte, wenn ich den Grund kannte, warum *Sie* mich so dringend haben wollte, reichte das vielleicht aus, um meine Sicherheit zu garantieren und Athene für immer von New 2 fernzuhalten. Und wenn alles vorbei war, würde ich vielleicht in das Herrenhaus zurückkehren und den Jäger freilassen können.

Sebastians Atmung wurde gleichmäßig.

Es war schon seltsam, dass er in einer solchen Situation so schnell einschlafen konnte. Bruce war genauso. Er konnte überall einschlafen, in jeder Haltung, und das meist innerhalb von fünf Minuten.

Sebastians schwarze Haare schimmerten im Licht. Eine Strähne fiel ihm in die Stirn, was ihn wie einen kleinen Jungen und so verletzlich aussehen ließ. In meinem Magen wirbelte Konfetti durcheinander, während ich ihn von der Seite musterte. Sein Gesicht wirkte völlig entspannt und das dauernde Stirnrunzeln war verschwunden. Einer seiner Mundwinkel zuckte. Wie sehr ich die dunkelrote Farbe seiner Lippen liebte. Sie war so einzigartig, so bezaubernd.

Ich hörte ein Lachen in meinem Kopf. *Oh, Ari, dich hat es ganz schön erwischt.*

Doch es war viel mehr. Es gab eine Verbindung zwischen uns, die aus Gemeinsamkeiten entstanden war. Selbst hier, in der verrückten Welt von New 2, war er anders, weil er aus zwei sehr unterschiedlichen Familien stammte.

Ich sah zu, wie sich seine Brust hob und senkte. *Sogar seine Art zu atmen war attraktiv.* Ich lachte leise. Bis jetzt hatte Ari Selkirk noch nie so etwas gedacht und sie würde eher sterben, bevor sie das zugab.

Immer noch lächelnd schloss ich die Augen. Es war schon merkwürdig, wie New 2 mich veränderte.

Als ich erwachte, war es noch dunkel. Mein Kopf ruhte auf Sebastians Brust, die Arme hatte er um mich gelegt. Ein Blick zum Fenster sagte mir, dass die Dämmerung noch fern war. Meine Augen schlossen sich wieder und ignorierten den Teil meines Verstandes, der *Steh auf!* sagte. Ich genoss die Wärme von Sebastians Körper und den Geruch seiner Haut, die wie Wasser aus einem kristallklaren See in den Bergen von Tennessee duftete.

Seine Hand auf meinem Arm zuckte und sorgte für ein Kribbeln auf meiner Haut. Er wachte auf. *Verdammt.* Sebastian räusperte sich leise. Ich hob den Kopf und rutschte ein Stück von ihm weg, als er sich halb aufsetzte. Während ich gähnte und die Arme streckte, wich ich seinem Blick aus. Es war mir ein bisschen peinlich, dass ich mich im Schlaf an ihn gekuschelt hatte.

Das Knarren über uns bedeutete, dass Henri schon aufgestanden war.

Sebastian hob den Arm mit seiner Uhr und hielt sie sich vor das Gesicht, weil seine Augen noch nicht ganz wach waren. Mit seinen zerzausten Haaren sah er richtig süß aus. Ich lächelte.

»Scheiße. Wir müssen gehen«, murmelte er. Dann schob er den Rock meines Ballkleids von seinen Beinen, nahm die Füße vom Tisch und beugte sich vor. Als er die Ellbogen auf die Knie stützte, fielen ihm seine schwarzen Haare ins Gesicht.

Ich hörte Schritte auf der Treppe, zu viele, um nur von einer Person zu stammen. Henri kam ins Wohnzimmer, Dub, Crank und Violet im Schlepptau. »Ich habe ihnen schon gesagt, dass sie nicht mitkommen können.«

Dub schnaubte empört. »Ich weiß nicht, was du geraucht hast, Henri, oder in welcher *Welt* du lebst, aber uns sagt niemand, was wir tun sollen.«

Violet und Crank nickten zustimmend. Violet hatte sich Pascal unter den Arm geklemmt und trug jetzt wieder ihr übliches schwarzes Kleid, dazu eine Mardi-Gras-Maske, die sie sich auf den Kopf geschoben hatte.

Ich stand auf und rückte mein Kleid zurecht. »Ich muss mich umziehen.«

Das sollten sie unter sich ausmachen. Ich ging nach oben und zog die Sachen an, die Michel für mich herausgelegt hatte, als ich im *Quarter* gewesen war. Dann steckte ich das Schwert in meinen Rucksack.

Sebastian zog gerade den Reißverschluss an seinem Rucksack zu, als ich die Treppe herunterkam. Die anderen standen mit entschlossenen Gesichtern an der Haustür. »Dann gehen wir also alle?«, fragte ich.

»Ich kann sie nicht daran hindern.« Sebastian schwang sich seinen Rucksack über die Schulter. »Falls jemand verletzt wird – das Charity Hospital ist ganz in der Nähe.«

Während die anderen das Haus verließen und die Coliseum Street hinuntergingen, blieb ich stehen. In der nebelverhangenen Dunkelheit vor Anbruch der Dämmerung war 1331 First Street ein beeindruckender Anblick. Vor mir ragte der riesige schwarze Schatten eines Gebäudes auf. Ein gespenstischer, stummer Riese, der über die verwüsteten Straßen wachte. Ich nickte ihm ehrfürchtig zu.

Hier fühlte ich mich zu Hause.

Ich würde Bruce und Casey immer dankbar sein für das, was sie für mich getan hatten, doch Memphis war nicht meine Heimat. Ich wollte hierbleiben, ich wollte im *GD* leben, mehr als alles andere auf der Welt. Aber zu meinen Bedingungen, nicht zu denen der Novem.

Ob mein Traum jemals wahr werden würde, musste sich erst noch zeigen. Zuerst musste ich noch eine Kleinigkeit erledigen und mir die Novem und die griechische Göttin vom Hals schaffen.

»Ari!«, rief Dub.

Ich riss mich von dem Haus los und rannte die Straße hinunter. Als ich die anderen eingeholt hatte, fragte ich Sebastian: »Was hast du vorhin gemeint, als du gesagt hast, falls jemand verletzt wird?«

»Ein Teil des Friedhofs wurde während der Stürme überflutet und ist ein Stück gesunken. Bis jetzt wurde er noch nicht wieder trockengelegt.«

Henry lachte. »Lafayette-Sumpffriedhof trifft es wohl eher. Die Stadt der Toten. Das Land der Schlangen und anderen Ungeziefers.«

Ein eiskalter Schauer lief mir über den Rücken. Ich schüttelte mich. Na großartig.

»Wie ich schon sagte – wenn jemand gebissen wird, das Krankenhaus ist nicht weit weg.«

In welchem Teil des Friedhofs lagen wohl die Knochen von Alice Cromley?

Ich fragte erst gar nicht. Eigentlich wollte ich es auch nicht wissen. Schnell rein, schnell wieder raus. Darauf musste ich mich konzentrieren. Dem Aussehen unserer Gruppe nach zu urteilen, würde es uns vielleicht gelingen, das »Ungeziefer« in die Flucht zu schlagen, bevor es uns zu nahe kam.

Eine kleine Hand auf meinem Arm ließ mich nach unten sehen. Violet ging neben mir und Pascals Kopf wippte bei jedem ihrer kleinen Schritte auf und ab. »Hoffentlich ist das Grab in dem sumpfigen Teil«, murmelte sie mit einem sehnsüchtigen Ausdruck im Gesicht.

Okay. Vielleicht solltest du darauf achten, dass Violet direkt neben dir bleibt. Falls es dort tatsächlich Schlangen gab, konnten sie und Pascal sich darum kümmern. Eigentlich war das gar keine schlechte Idee. Genau. Ab jetzt blieb Violet direkt neben mir.

Lafayette Cemetery No. 1 lag vier Häuserblocks von der First Street entfernt. Die anbrechende Dämmerung hatte den tintenschwarzen Himmel in ein trübes Violett verfärbt. Es war schon so hell, dass man etwas erkennen konnte, was aber auch bedeutete, dass Schatten an dunklen Orten lauerten und die langen, silbern glänzenden Flechten, die von den Eichen und Zypressen vor und auf dem Friedhof herabhingen, aufleuchteten. Durch den hohen, schmiedeeisernen Zaun konnte man die Grabmäler erkennen, die wie graue Geister aus der weichen Erde ragten. Das Tor quietschte laut, als Henri es aufstieß. Ein Geräusch, das mein Herz schneller klopfen ließ.

Der Geruch von nassem Stein und Morast lag schwer in der taufeuchten Luft, was mich an das Herrenhaus am Mississippi erinnerte. Blätter und Abfall bedeckten den Boden am Haupttor. Der eiserne Bogen war von buschigen Kletterpflanzen überwuchert. Ich duckte mich unter den Ranken und betrat einen Pfad, der früher ein gepflasterter Weg gewesen, jetzt jedoch voller Risse und mit Moos und Unkraut bewachsen war.

Unsere Schritte waren das einzig hörbare Geräusch, das die Ruhe des Friedhofs störte. Auf beiden Seiten des Wegs standen lange Reihen mit Grabmälern aus Marmor und Stein, die aussahen wie kleine Kirchen.

Die Zeit und die Hurrikans hatten ihre Spuren hinterlassen und den Stein verfärbt oder zerstört. Überall lagen Marmorstücke herum. Einige der Grabmäler waren bei der Überschwemmung angehoben und als hoher Trümmerhaufen gegen den Zaun gespült worden. Zwischen Geröll, Schlingpflanzen und

Blättern lagen ungeschützt menschliche Knochen und Begräbnisutensilien herum.

Ich starrte auf Sebastians Rücken und fragte mich, was ihm so wichtig gewesen war, dass er dafür an einen Ort wie diesen gekommen war und Alice Cromley gesucht hatte.

Am Ende einer langen Reihe von Grabmälern blieb Henri stehen. Sebastian ging an ihm vorbei und bog in einen anderen Weg, der ebenfalls von Grabmälern gesäumt war. Das Licht war jetzt hell genug, um kleine Details auf dem Boden erkennen zu können. Ich stolperte, weil ich einen zerbrochenen Schädel unter einer Marmorplatte gesehen hatte.

Dub schob mich über einen kleinen Geröllhaufen. »Mach dir nicht die Mühe.« Er war meinem Blick gefolgt, glaubte aber, dass ich nach etwas suchte. »Hier ist schon alles leer geräumt.«

»Was meinst du damit?«

»Na, du weißt schon. Das Zeug, mit dem sie begraben wurden. Ringe. Ketten. Erinnerungsstücke. In dem Grab da habe ich einen riesigen Rubin gefunden.«

»Du hast ein Grab geplündert?« Ich wusste, dass Dub ein Grabräuber war. Sebastian hatte es mir gesagt, aber irgendwie hatte ich es immer noch nicht begriffen.

»Na klar. Die Toten brauchen die Sachen ja nicht mehr. Wo, glaubst du, haben wir das Zeug von gestern Abend her? Wir verkaufen es an Spits, er verkauft es an die Antiquitätenläden und die verkaufen es an die Touristen.«

Die Vorstellung, dass ahnungslose Touristen mit dem Schmuck von Toten in der Gegend herumliefen, jagte mir einen Schauer über den Rücken. Ich musste an den Totenschädel denken, der in dem Schlafzimmer, in dem ich übernachtet hatte, auf dem Frisiertisch lag. »Bitte sag mir, dass der Schädel in dem Schlafzimmer oben nicht echt ist.«

Crank drehte sich zu mir um und lachte. Ihre geflochtenen Rattenschwänzchen lugten unter der Schiebermütze hervor. »Das ist Eugene Hood vom Saint Louis No. 1.«

Saint Louis No. 1 war ein Friedhof im *French Quarter*. Kein Wunder, dass der Totenschädel mich so aus der Fassung gebracht hatte – er war echt!

Ich duckte mich unter einem Ast, der quer auf die Grabmäler gefallen war. Der Weg endete an dem hohen Eisenzaun, der den Friedhof umgab. Sebastian ging um ein Grabmal herum und folgte dem Zaun über den weichen Teppich aus Blättern und Gras, bis der Boden nachgab und matschig wurde und es immer stärker nach Sumpf roch.

Aus dem schwarzen, brackigen Wasser vor uns ragten endlose Reihen von Grabmälern auf.

Zu meiner Erleichterung bog Sebastian wieder ab. Ich atmete auf. Wenigstens mussten wir nicht zu dem, was vor uns im Wasser lag.

Das glucksende Geräusch unserer Schritte wurde lauter. Meine Erleichterung war nur von kurzer Dauer, denn bei dem Gedanken daran, in leichenverseuchtem Schlamm zu versinken, drehte es mir den Magen um.

»Hier ist es«, sagte Sebastian leise, der vor einem Grabmal stehen geblieben war. Ein paar Stufen führten zu einer fast zwei Meter hohen Tür aus Eisen, die rechts und links von Marmorurnen mit Schlamm, Steinbrocken und ein paar Grasbüscheln flankiert wurde. Flechten und Algen wuchsen auf dem Grabmal. An der Tür war eine Aufschrift angebracht: DIE FLUSSENGEL, 1867.

Je länger ich an einem Fleck stehen blieb, desto mehr Wasser sickerte über die Spitzen meiner Stiefel. Violet setzte Pascal auf den Boden und der Alligator watschelte davon. Vermutlich um sich sein Frühstück zu besorgen.

Als ich einen Blick hinter mich warf, erkannte ich in dem dunklen, mit Schatten durchsetzten Sumpf das schwache Glühen von Augen. Es waren Dutzende und ich hoffte inständig, dass es sich dabei um Frösche oder Alligatoren handelte.

Henri half Sebastian, die schwere Eisentür nach innen zu drücken, bis die Lücke groß genug war, um hindurchzuschlüpfen. Dann trat Henri zurück und wischte sich die Hände ab. »Dieses Mal gehe ich nicht mit rein. Viel Spaß.«

Sebastian nahm den Rucksack von der Schulter und holte eine dicke vanillefarbene Kerze heraus. »Dub.«

Dub schnippte mit den Fingern über dem Docht. Eine Flamme zuckte in die Luft, als Sebastian mich ansah. »Kann es losgehen?«

Ein letzter Blick über die Schulter sagte mir, dass noch mehr glühende Augen aufgetaucht waren, endlose Reihen winziger Punkte, die im Wasser dümpelten. Sie starrten uns an und warteten. Ich ging einen Schritt weiter, während ich ein heftiges Schaudern unterdrückte und die Vorstellung verdrängte, dass die glühenden Augen meinetwegen gekommen waren.

Ganz ruhig. Einatmen. Und ausatmen.

Als Sebastian das Grabmal betrat, ging ich die Stufen aus gesprungenem Marmor hinauf. Das kleine orangefarbene Licht wies mir den Weg.

Dann drehte ich mich seitwärts und schlüpfte hinein.

Die modrige, feuchte Luft erschwerte das Atmen. Das Grabmal war etwa zwei Meter fünfzig tief, an der höchsten Stelle der Gewölbedecke etwas über zwei Meter hoch und so groß, dass vier, vielleicht fünf Leute locker hineinpassten.

Auf jeder Seite des rechteckigen Raums hingen zwei lange Regale, auf denen Urnen und kleine Kisten standen. Auf dem Boden unter den Regalen konnte ich noch mehr davon erkennen.

»Die Grabmäler wurden immer wieder benutzt. Deshalb sind hier auch so viele Tote. Früher hat man die Knochen aus dem ältesten Sarg geholt, sie in eine dieser kleinen Kisten gelegt und dann einen neuen Sarg mit einem gerade Verstorbenen hereingestellt. Wenn die Leiche darin verwest war oder ein anderes Familienmitglied starb, wiederholte man das Ganze. So etwas wie Reise nach Jerusalem für Tote.«

»Nett hier.« Ich sah mich in dem engen Grabmal um, wobei mir auffiel, dass die älteren Knochenkisten auseinandergebrochen und morsch waren, sodass man die Knochen darin sehen konnte. Mein Herz hämmerte zum Zerspringen, während ich krampfhaft versuchte, nur ja nicht den Geruch von verwesenden Leichen in meine Lungen zu lassen. »Welche war Alice?«

Sebastian ging bis zur Rückseite des Grabmals, wo etwas stand, das ich für eine lange Sitzbank aus Marmor gehalten hatte. In Wirklichkeit war es ein Sarkophag, den man an die Rückwand geschoben hatte. In die Wand aus Marmor war eine kleine Vertiefung gehauen, in der eine halb niedergebrannte, mit Moder überzogene Kerze stand.

»Du hast doch gerade gesagt, dass die Knochen in den Kisten sind.«

»Alle, bis auf die hier. Die Legende, die du von dem Kutscher gehört hast... die beiden Leichen im Fluss? Alles erfunden.« Er stellte die Kerze in die kleine Nische in der Wand und kniete sich neben eine Ecke des Sarges. »Hilf mir mal mit der Platte.« Ich hockte mich vor die andere Ecke und legte meine Hände auf den Sargdeckel aus rauem Marmor.

»Und was ist wirklich passiert?«

»Alice Cromley wurde von ihrem Liebhaber getötet. Ein Verbrechen aus Leidenschaft. Niemand weiß, was genau passiert ist, aber in den Fluss geworfen wurde sie mit Sicherheit nicht. Als sie im Sterben lag, gab sie ihrem Liebhaber Anweisungen, was er mit ihrer Leiche machen sollte. Irgendein Voodoo-Ritual. Er tat, was sie ihm auftrug, weil er Angst hatte, verflucht zu werden, und – wie einige sagen – weil er sie wirklich geliebt hat. Fertig?«

Ich nickte. Gleich würde ich Luft holen müssen. Meine Lungen brannten. Mit zusammengebissenen Zähnen starrte ich den Sarg an und atmete schließlich tief ein. Es war besser, es jetzt zu tun, als zu warten, bis der Sarg offen und die Luft erfüllt sein würde von … Alice Cromley.

Der Sargdeckel aus Marmor war so schwer, dass wir beide heftig schwitzten, als es uns endlich gelungen war, den oberen Teil zur Seite zu schieben. Danach gingen wir an das andere Ende und drückten auch diesen Teil des Deckels weg, bis der Sarg fast zur Hälfte offen lag.

Sebastian lehnte sich zurück. Schweißtropfen standen ihm auf der Stirn. »Das dürfte genügen.« Er wischte sich mit dem Unterarm den Schweiß weg, bevor er aufstand, um die Kerze zu holen. Mit grimmigem Gesicht starrte er in den Sarg.

Ich richtete mich auf den Knien auf, was genügte, um über den Rand des Sarges zu spähen und mir die letzte Ruhestätte der berüchtigten Alice Cromley anzusehen.

Mir stockte der Atem. Meine Hände suchten nach etwas, an

dem sie sich festhalten konnten, irgendetwas, das mich daran hinderte, nach hinten zu kippen. Ich klammerte mich an das untere Ende des roh behauenen Sarges.

Im Innern lag eine völlig erhalten gebliebene, sehr schöne Kreolin.

Alice Cromley.

Ihr Kleid bestand nur noch aus Fetzen, doch Haut und Haare sahen aus, als wäre sie erst vor ein paar Stunden in den Sarkophag gelegt worden.

»Das ist doch nicht möglich«, flüsterte ich.

Ein leises Lachen sorgte dafür, dass ich mich von der makabren Szene losriss und umdrehte. Sebastian hatte eine seiner schwarzen Augenbrauen hochgezogen und grinste mich an. »Nach allem, was du hier gesehen hast? Vampire. Eine Göttin. Eine *Harpyie.*«

»Was auch nicht möglich ist. Genau wie das hier.«

Sebastians Lachen klang an diesem Ort irgendwie fehl am Platz. »Nicht in New 2. In New 2 ist alles möglich.«

»Sogar der Sieg über eine griechische Göttin?«

Sebastian zog den Reißverschluss seines Rucksacks auf. »Wir sollten uns beeilen. Die Sonne geht bald auf.« Er zog eine Gartenschere hervor.

»Großer Gott.« Ich musste mich fast übergeben.

»Dann werde wohl ich die Ehre haben.«

Offenbar hatte er auch nichts anderes erwartet, denn er drehte sich schon zu dem Sarg hin. Er beugte sich hinein und hob Alice Cromleys nackten Fuß an. Mir fiel auf, dass ihr ein kleiner Zeh fehlte.

Scheiße. Scheiße. Scheiße.

Ich wandte mich ab und verzog das Gesicht. Als die Schere

den Knochen durchtrennte, wurde das Geräusch von den Marmorwänden zurückgeworfen. Jeden Moment würden die Toten aufwachen. Sehr wütende Tote, die stinksauer waren, weil wir eine von ihnen geschändet hatten. Um ein Haar wäre ich aus dem Grabmal gerannt.

»Schnell«, flüsterte Sebastian, während er sich mit dem Rücken an den Sarkophag lehnte und einen Mörser aus dem Rucksack zog. Er zog die Haut von dem Zehenknochen ab, schälte das Fleisch herunter und ließ ihn in den Mörser fallen. Dann nahm er den Stößel und begann, den Knochen zu zermahlen. Als er den Kopf hob, sah er, dass ich wie erstarrt dastand. »Willst du es nun wissen oder nicht?«

Ich schluckte und verdrängte die Angst und die Panik, die meinen Körper lähmten. Alles in mir schrie *Lauf weg.* Lauf weg, weit weg von dieser düsteren, albtraumhaften Szene, und denk nie wieder daran, vergiss das alles. Stattdessen setzte ich mich steif auf den Boden, während Sebastian fortfuhr, das winzige Knochenstück zu zermahlen.

Irgendwo in meinem Hinterkopf wusste ich, dass der Inhalt der Schale in meinem Körper landen würde. Doch ich dachte nicht darüber nach. Ich sah einfach nur zu, während ich alles andere in meinem Kopf ausblendete.

Siebzehn

Nach einigen Minuten, die sich endlos in die Länge zogen, klopfte Sebastian mit dem Stößel auf den Rand des Mörsers. Ein winziger Schauer aus Knochenpulver regnete in die Schale. »Streck die Hand aus.«

Meine Nasenflügel weiteten sich. Ich bewegte mich nicht. Ich konnte nicht. Mein Blick suchte Sebastian. Seine grauen Augen waren ausdruckslos. An seinem Kiefer zuckte ein Muskel. Nur ein einziges Mal, doch ich sah es. Dann streckte er den Arm aus, packte meine Hand und kippte den Inhalt des Mörsers hinein.

»Zuerst bin ich auch ausgeflippt«, sagte er leise. »Aber wenn es sein muss, würde ich es wieder tun. Es ist nur Knochen. Staub. Es schmeckt nach nichts. Als würde man Steinpulver einatmen.«

»Steinpulver«, wiederholte ich. *Steinpulver. Ich schaffe das. Ich bin stark. Ich schaffe alles. Alles.*

Ich konzentrierte mich auf das kleine Häufchen in meiner hohlen Hand, das gerade einmal die Größe eines 25-Cent-Stücks hatte. *Steinpulver.* Mit klopfendem Herzen hob ich die Hand, beugte mich vor und inhalierte das Pulver.

Es schoss durch meine Nase und traf meine Kehle, körnig und… wie Stein, genau wie Sebastian gesagt hatte. Ich musste würgen. Es war viel zu trocken für meine bereits ausgedörrte

Kehle. Ich konnte nicht schlucken. Das Pulver klumpte zusammen. Mein Magen verkrampfte sich, wollte sich übergeben und schickte das Signal dazu an meine Kehle, im selben Moment, in dem alles vor meinen Augen verschwamm und ein Kribbeln durch meinen Körper zuckte und wie ein Blitz unter meine Haut schoss.

Das Grabmal kippte zur Seite und alles drehte sich plötzlich wie in einem Gruselkabinett auf dem Jahrmarkt.

Meine Wange traf den Boden. Nein, es war nicht der Boden. Es war Sebastians Hand, die meinen Aufprall abschwächte und dann langsam weggezogen wurde.

Meine Augen starrten auf die Flamme der Kerze, die auf dem Boden stand, Sebastians Knie in der Ecke und die Knochenkisten in den Schatten dahinter.

Ich war wie erstarrt, vollkommen gelähmt, doch meine Gedanken überschlugen sich, drehten sich im Kreis, wie in einer Achterbahn. Meine Augenlider wurden immer schwerer, bis sie sich schließlich in einer Explosion aus weißem Licht schlossen.

Helle Blitze.

Farbfetzen. Grelle Farben. Schimmerndes Weiß und leuchtende Blautöne.

Das flimmernde Licht der Sonne auf dem Meer, auf glattem Marmor.

Gedämpfte Stimmen.

Bilder eines griechischen Tempels, der sich auf einem Felsen über dem Meer erhebt. Es ist schön hier. Wunderschön.

Hinter den makellosen Säulen tanzt weißes Haar, an dem der Wind wie an einer Fahne reißt.

Die Brust wird mir eng. Angst erfasst meinen Körper, weil

mir klar wird, was hier geschieht. Dass es sich so anfühlt, als würde es mir selbst zustoßen. Das Entsetzen, als die Frau mit den weißen Haaren sich losreißt von der großen Hand, die ihren Arm gepackt hat. Sie verliert das Gleichgewicht und stolpert, als sie ins Innere des Tempels flüchtet. Sie ist viel zu verängstigt, um Schmerzen zu empfinden, als sie auf den harten, kalten Mosaiksteinen aufkommt. Sie dreht sich um, rutscht auf dem Gesäß nach hinten, völlig verzweifelt, als eine riesige Gestalt vor ihr aufragt.

Sie weiß es.

Er will sie haben und es gibt keine Möglichkeit, ihn daran zu hindern.

Seine Hand bewegt sich nach unten und schiebt langsam den Saum ihres Gewands bis über ihre Oberschenkel. Sie kann nichts tun, überhaupt nichts, während die Gestalt über ihr beruhigend auf sie einredet, mit Worten einer fremden Sprache, die Macht bedeuten, jene Art von Macht, die ihr befiehlt, die Augen niederzuschlagen und ihm nicht ins Gesicht zu sehen. Denn das bedeutet den Tod.

Meine Hand ballt sich zur Faust, mein Körper wird steif und taub.

Tief in meinem Innern bildet sich ein wütender Schrei, entfacht von Zorn, Unrecht und Angst. Er löst sich aus meiner Kehle und ich höre meine Verzweiflung, mein Nicht-wahrhaben-Wollen darin.

Irgendwo in meinem Gehirn ist noch ein kleiner Rest vorhanden, der einen klaren Gedanken fassen kann, und deshalb weiß ich, was mit dieser Frau geschieht. Doch ich weigere mich, diese Gefühle zu empfinden, also wehre ich mich dagegen, wehre mich gegen die Macht von Alice Cromleys hellsehenden Kno-

chen, ich verschließe meine Gedanken vor den Gefühlen, noch während ich einzelne Bilder von der Vergewaltigung der Frau in meinem Kopf sehe.

Und dann ist es vorbei.

Die Frau auf dem Boden krümmt sich zusammen und weint. Ihr silberweißes Haar ist wie ein Fächer auf dem bunten Mosaikboden ausgebreitet, das weiße Gewand hinten an ihrem Gesäß blutbefleckt. Sie zittert am ganzen Körper.

Mein Zorn wird größer angesichts der qualvollen Szene, die ich in Gedanken vor mir sehe. Meine Kehle ist wie zugeschnürt, Tränen laufen mir über die Wangen.

Ein greller Blitz blendet das Bild aus.

Eine Stimme. Eine Stimme, die mir so vertraut ist, dass ich Gänsehaut bekomme.

Athene.

Ich kenne die Stimme, doch die Worte bleiben mir fremd. Sie sind wie seine, die gleiche Sprache, doch dieses Mal nicht von verlogenem Trost verschleiert. Die Bilder beginnen zu wackeln. Und die Worte sind grausam, missbilligend und selbstgerecht. Unglaube tropft wie Honig in mich hinein, während ich das Entsetzen und die düsteren Vorahnungen der Frau in mir spüre. Die Göttin gibt ihr die Schuld für die Vergewaltigung im Tempel, gibt ihr die Schuld dafür, dass Athenes geweihter Ort geschändet wurde.

Die Frau rappelt sich auf, verletzt, verwirrt, mit gebrochenem Herzen, weil sie von der Göttin verstoßen wird, die sie seit ihrer Kindheit anbetet und liebt.

Ich sehe durch die Augen der Frau. Athenes Füße und den Saum ihres Gewands. Jedoch nicht ihr Gesicht. Nie. Es ist nicht erlaubt, den Göttern ins Gesicht zu blicken. Und dann spricht Sie *den Fluch aus. Die Worte, die über Athenes Lippen kommen, verstehe ich jetzt genauso wenig wie vorhin, doch ihre Bedeutung ist klar. Die Luft lädt sich auf mit Urgewalt, sie peitscht und knallt, umhüllt die Frau wie einen Mantel, zerrt an ihrem Gewand und an ihren Haaren. In diesem Moment werden ihr ihre Augen, ihre Schönheit, ihre Haare zum Verhängnis, denn eine rachsüchtige, ungerechte Göttin lässt ihre lächerlichen Eifersüchteleien an einer unschuldigen Frau aus.*

Zuerst vergewaltigt und jetzt gibt man ihr die Schuld daran.

Die Frau schreit, als die Luft selbst in ihren Körper eindringt, eine Luft, die Athenes machtvolle Worte mit sich trägt. Sie strömt in Haut, Organe und Knochen. Sie formt alles um und lässt Hässlichkeit und Gift hervorbrechen. Der brennende Schmerz in ihr sucht sich einen Weg hinaus, als kehliger Urschrei, der meinen Atem stocken lässt. Ich spüre ihren Schmerz. Doch ich weiß, dass er nicht mit dem zu vergleichen ist, was tatsächlich passiert ist. Die Frau krümmt sich zusammen und ihr Magen entleert sich auf die Mosaiksteine. Der Schmerz hat ihr die Sehkraft genommen. Sie sieht nichts mehr, sie fühlt nur noch. Ihre Kopfhaut brennt und reißt auf. Sie hebt die Arme, um sie auf den mit Blasen übersäten Kopf zu pressen, doch ihre Hände werden von etwas gebissen. Schmerzhafte Bisse. Immer wieder, bis sie in gnädiger Dunkelheit versinkt.

Atme, *sage ich zu mir. Mein Herzschlag klingt wie eine wilde Trommel, die in mir widerhallt. Ich bin gefangen.*

Ein weiterer Blitz bringt mich von dem weißen Tempel in eine dunkle Höhle. An einen Ort voller Schatten. Ein Ort, an dem das Licht einer Öllampe an den Wänden flackert, an dem die Schreie und das heftige Keuchen der Frau von dem Felsgewölbe widerhallen.

So viele Schmerzen und Qualen.

Und dann die Schreie eines Neugeborenen, das von seiner Mutter durch die Dunkelheit getragen wird. Ihr Körper schmerzt von der Geburt. Ihr Herz rast. Sie kann sich kaum auf den Beinen halten, doch ihr Wille ist stark, so stark. Sie will das Kind retten. Sie will es wegbringen. Weg von hier. Heiße Tränen laufen ihr über das Gesicht und mit jedem Schritt, mit jedem Schritt, den sie ihrem Ziel, das Kind auszusetzen, näher kommt, bricht ihr Herz ein wenig mehr.

Doch sie hat keine andere Wahl.

Monatelang hat sie sich versteckt und bald werden sie sie finden. Und wenn sie sie gefunden haben, werden sie kein Mitleid haben mit dem Kind. Dem Kind einer sterblichen Mutter und eines Gottes.

Ich stöhne laut auf, so laut, dass ich meine Stimme hören kann, als sie das Kind vor die Tür eines kleinen Bauernhauses legt.

Und dann flieht die Frau. Ihr Herz rast. Ihr Körper ist von der Geburt geschwächt, sie blutet und die warme Flüssigkeit rinnt so schnell an ihren Beinen hinunter wie die Tränen, die ihr über das Gesicht laufen. Sie ist am Ende. Ihr Kind zu retten, hat sie stärker gebrochen als alles, was Athene oder der Gott ihr jemals angetan haben.

Sie kehrt in die Höhle zurück, zu der kleinen Nische, in der sie ihr Kind geboren hat, und gräbt mit den Händen ein Loch in die Erde, um die Nachgeburt zu bedecken, um alles zu verstecken, was darauf hinweist, dass hier ein Kind geboren wurde. Und dann legt sie sich hin, als das Monster, das sie ist, und wartet auf den Jäger.

Dieses Mal wird sie sich nicht verstecken. Sie wird nicht

davonlaufen oder sich wehren. Dieses Mal wird sie zulassen, dass er das tut, was die anderen versucht haben, dass er ihr den Kopf abschlägt. Sie ist zu müde und zerstört, um wieder zu fliehen.

Sie weiß nicht, wie viele Nächte und Tage sie bereits auf dem kalten, felsigen Boden der Höhle gelegen hat, doch sie bemerkt es sofort, als jemand hereinkommt. Sie hebt den Kopf und zittert, als das Monster in ihr erwacht. Ihre Hand tastet nach der kleinen Öllampe und dem Feuerstein. Dann entzündet sie den Docht.

Schatten zucken über die Wände und zeigen einen Mann in Kampfausrüstung, der sich anschleicht. Seine Hand liegt am Griff eines Kurzschwertes. Mit der anderen Hand hebt er einen runden Schild hoch.

Die Schatten an der Wand treffen aufeinander.

Sie kniet nieder, während sie ein zischendes Geräusch hört, ein Geräusch, das sie mehr hasst als alles andere. Ein Geräusch, das bald verstummen wird.

Er holt aus.

Der scharfe Schmerz in ihrem Nacken lässt sie aufschreien, doch dann überkommt sie ein Gefühl der Erleichterung. Sie ist endlich frei. Befreit von ihrem Fluch, befreit von ihrem Dasein als Monster. Sie heißt den Tod willkommen, während sie daran denkt, wie das Kind in ihren Armen gelegen hat.

»Ari!« Mein Hinterkopf rollte auf dem harten Boden hin und her. Hände gruben sich in meine Schultern. »Ari! Verdammt noch mal, atme!«

Sebastians Stimme. Sebastians Hände. *Atmen.* Warum? Mir ging es doch gut. Alles war gut. Einschläfernd und gut. Ich ließ mich wieder in die betäubende, warme Dunkelheit fallen, die ich so tröstlich fand.

Bis eine Faust auf meinen Brustkorb donnerte.

Scheiße!

Ich schlug die Augen auf. Mit einem Ruck setzte ich mich auf, den Mund offen, die Augen weit aufgerissen, ohne etwas zu sehen. Meine Lungen brannten. Die Schmerzen in meiner Brust waren brutal. Mein Mund schnappte nach Luft wie ein Fisch auf dem Trockenen. Ich war am Ersticken. Der Nebel vor meinen Augen verschwand und plötzlich wurde mir klar, dass ich Luft holen musste, dass ich atmen musste.

Großer Gott, ich musste atmen!

Ein heftiges Zucken ging durch meinen Körper, als mein Gehirn endlich das richtige Signal abfeuerte und ich lange und angestrengt Luft in meine Lungen sog. Mein Herz pumpte so heftig, dass ein Atemzug nicht reichte, bei Weitem nicht reichte.

Sebastian lehnte sich zurück und wischte sich mit der Hand über die Stirn. Dann nahm er meine Hand und sah mich erleichtert an.

Es dauerte lange, bis er sagte: »Du hast aufgehört zu atmen. Du warst so still, die ganze Zeit über. Du hast nicht einmal geblinzelt.«

Ein Schauer lief mir über den Rücken. Ich hielt meine Tränen zurück und schluckte. »Bist du sicher?« Ich schnappte nach Luft, denn ich erinnerte mich ganz genau daran, dass ich geschrien, geweint und gestöhnt hatte.

Und ich erinnerte mich ganz genau an meine Vergangenheit. Nein, es war nicht *meine* Vergangenheit. Es war die grausame, traurige Vergangenheit meiner Vorfahrin. Es schnürte mir die Brust zu, als ich an die Verzweiflung dachte, die ich als meine Vorfahrin erlebt hatte. Ich ließ den Kopf in die Hände sinken.

»Du hast es gesehen.«

Ich hob den Kopf und sah Sebastian an, während meine Hände schlaff in meinen Schoß fielen. »Ja«, flüsterte ich mit rauer Stimme. »Ich habe es gesehen.« Er wartete, doch ich brachte es nicht über mich, ihm davon zu erzählen. »Könnten wir jetzt bitte gehen?«

Er sah mich lange an. Angst und Sorge lagen in seinem Blick, doch das war alles, nur ein kurzes Aufblitzen, bevor er den Kopf senkte und anfing, die Utensilien für das Ritual in seinen Rucksack zu packen.

Nachdem wir den schweren Deckel über Alice Cromleys unversehrte Leiche geschoben hatten, verließen wir das Grabmal.

Lange Streifen aus Violett und Orange zogen sich von Osten her über den dunklen Himmel und ließen den Friedhof in seiner ganzen morbiden Pracht erstrahlen. Der hohe Eisenzaun ragte wie Speerspitzen um ein Schlachtfeld auf, das aus den unbesiegten Grabmälern, den Ruinen und den moosbewachsenen, freigelegten Knochen bestand. Ich war immer noch etwas wacklig auf den Beinen und ging vorsichtig die verwitterten Stufen vor dem Grabmal hinunter, während mein Blick am Rücken der anderen hängen blieb. Merkwürdig. Eigentlich hatte ich vermutet, sie würden mir entgegensehen, weil sie wissen wollten, was passiert war.

Alle vier standen in einer Reihe. Schulter an Schulter. Keiner bewegte sich.

»Was ist denn?«, fragte ich langsam, während sich die Haare an meinen Armen aufstellten.

»Sch!« Henri bewegte leicht den Kopf, der einzige Hinweis darauf, dass er mich gehört hatte.

Ich wechselte einen schnellen, verwirrten Blick mit Sebastian, bevor ich ein paar Schritte weiterging, um nachzusehen, was die anderen so fasziniert anstarrten.

Der Schrei blieb mir im Hals stecken.

Nein.

Schlangen. Mindestens dreißig Stück. Sie waren am Rand des Sumpfes, an der Stelle, an der das Wasser auf festen Boden traf. Sie dümpelten im Wasser. Sie hatten sich hier versammelt, waren von etwas angezogen worden. Ihre Augen waren auf das Grabmal gerichtet. Auf mich. *Sie sahen mich an.*

Entsetzt wich ich zurück, stolperte und fiel rückwärts auf die Stufen des Grabmals. Ein heftiger Schmerz schoss durch meinen Rücken und die Ellbogen, als ich auf dem Marmor aufkam. Ein kurzer Blick hatte genügt, um das Bild vor meinen Augen für immer in mein Gehirn zu brennen. Angst packte mich, Angst, wie ich sie noch nie zuvor empfunden hatte. Als ich mich aufrappeln wollte, rutschte ich aus, stürzte auf die Knie und schrammte mir die Hände an der scharfen Kante der auseinandergebrochenen Stufe auf. Ich drehte mich um und rannte los.

Lauf.

Das Grauen, das ich gesehen hatte, ließ mein Herz so schnell schlagen, dass mir schwindlig wurde, als ich an den Grabmalen vorbeirannte und über Steinhaufen sprang. Ich wurde erst wieder langsamer, als ich das Tor, das in die Freiheit führte, vor mir aufragen sah.

Heftig keuchend blieb ich davor stehen. Meine Arme wurden schlaff, mein Rucksack glitt mir aus der Hand und fiel zu Boden. Tränen flossen mir über Wangen und Hals, während ich versuchte, wieder zu Atem zu kommen und das, was ich gerade gesehen hatte, zu verarbeiten.

Ein Albtraum. Ein grauenhafter Albtraum.

Als die hastigen Schritte der anderen näher kamen, wischte ich mir schnell die Tränen aus dem Gesicht.

Crank erreichte mich zuerst. »Alles in Ordnung?«

»Ja. Mir geht's gut.«

»Du hast Angst vor Schlangen.« Dub kam als Nächster. Er setzte sich auf einen Grabstein.

Sebastian warf Dub seinen Rucksack vor die Füße, setzte sich zu ihm auf den Grabstein und zog ein Bein an. »So etwas habe ich noch nie gesehen.« Seine Stimme klang völlig ruhig.

Ein ironisches Lachen blieb mir in der Kehle stecken und kam als schriller Ton über meine Lippen. Stimmt. Ich auch nicht. Ich legte die Hände auf die Hüften und hätte am liebsten den Kopf in den Nacken gelegt und laut losgeschrien, doch ich schwieg und starrte in den Himmel, an dem gerade der Morgen anbrach.

Ein Zittern lief durch meinen Körper. Ich fuhr mit den Händen über mein Gesicht und versuchte, das Bild aus meinem Gedächtnis zu löschen und die grauenhafte Erkenntnis, dass die Schlangen gekommen waren, um *mich* zu sehen. Um ihrer Königin zu huldigen. Medusa. Gorgo. Der, die den Fluch meiner Familie trägt und eines Tages zu einem Ungeheuer werden würde. Zu einer Kreatur, die so hässlich und abscheulich war, dass ein einziger Blick genügte, um jemanden in Stein zu verwandeln. Stein, der so hart war wie der, auf dem Dub und Sebastian gerade saßen.

Das war mein Erbe. *Das* war es, was mich erwartete.

Und es war so krank, dass sogar eine Göttin Angst davor bekam. War ja irgendwie klar. Ich lachte.

»Und?«, sagte Henri, der ganz außer Atem zum Tor kam. »Was hast du in dem Grabmal gesehen?«

»Nichts.« In meiner Stimme schwangen Entsetzen und Verzweiflung mit.

Violet, die Pascal wieder unter dem Arm trug, erreichte uns. Ich konnte nicht in die Reptilienaugen sehen, daher drehte ich um. Doch dort erwarteten mich bereits Henris Stirnrunzeln und Cranks ungläubiger Blick.

»Wir sind extra mit dir hergekommen und jetzt willst du es uns nicht sagen?«

»Crank, ich habe dich nicht gebeten mitzukommen.« Ich verzog das Gesicht, weil ich wusste, dass ich mich wie ein erstklassiges Miststück benahm. »Tut mir leid, es liegt daran … ich kann nicht …« Ich konnte es ihnen nicht sagen. Ich könnte nicht ertragen, dass sie mich schockiert und voller Abscheu ansahen.

»Du hättest es nie ohne unsere Hilfe herausgefunden«, protestierte Henri. »Wir haben ein Recht darauf zu erfahren, mit wem wir es zu tun haben. Wenn Athene auf den Kriegspfad geht, betrifft uns das alle.«

»Nicht, wenn ich nicht hier bin.«

Crank riss ungläubig die Augen auf und ballte die Hände zu kleinen Fäusten. »Was soll das heißen? Willst du weg?«

Ich hob die Hände und starrte auf einen Punkt hinter Cranks Schulter. Ich wusste nicht mehr, was ich sagte. Aber ich wusste ganz genau, dass ich ihnen nicht erzählen konnte, was ich war, was ich werden würde. Ich konnte nicht zusehen, wie sie mir den Rücken zudrehten und vor mir davonliefen – vor mir, der größten Missgeburt von allen, die selbst die Bewohner von

New 2 nicht haben wollten. Und wenn *das* geschah, wohin sollte ich dann gehen? Wo zum Teufel würde mich noch jemand akzeptieren?

Nein. Wenn es sein musste, würde ich dieses Geheimnis mit ins Grab nehmen. Auch wenn das hieß, meinen Freunden wehzutun oder New 2 für immer zu verlassen.

Ein Krächzen, das durch die dünne Morgenluft schallte, riss mich aus meinen Gedanken.

Auf dem Dach eines nahe gelegenen Grabmals landete ein Rabe, der noch einen Moment mit den Flügeln flatterte, bevor er sie zusammenklappte.

»Ari«, beharrte Sebastian, »egal, was es ist, sag es.«

Der Rabe krächzte wieder und es klang wie die letzten zwei Wörter von Sebastian. *Sag es! Sag es!* Ich hatte den Eindruck, als würde der Vogel mich auslachen. So langsam drehte ich wohl durch.

Doch die anderen starrten den Vogel ebenfalls an.

Ich war nicht die Einzige, die es gehört hatte.

Sag es! Sag es!

Kalte Angst packte mich, als der Rabe sich in eine schwarz gekleidete Frau verwandelte, die mit einem boshaften Grinsen auf den Lippen auf dem Grabmal kauerte und ihre mit langen, spitzen Fingernägeln versehenen Hände um die Kante des Steins krallte. »Ja, sag es, Ari. Sag, was du gesehen hast.«

Athene.

In ihre wilden, hochgesteckten Haare waren verwelkte Blumen und funkelnde Smaragde geflochten.

Ich musste schlucken und gleich darauf verkrampfte sich jeder einzelne Muskel in meinem Körper. Alles, was ich während meiner Vision empfunden hatte, brach aus mir heraus, genauso heftig und zornig wie noch vor wenigen Momenten. »Das solltest du doch am besten wissen, du mieses Drecksstück.«

Ich blinzelte, völlig überrascht von dem Hass und den boshaften Worten, die mir über die Lippen gekommen waren. Doch den Grund dafür kannte ich. Ich hatte Medusa gesehen, ich hatte die Qualen gefühlt, die sie erlitten hatte. Und weshalb? Weil sie schön war? Weil sie von irgendeinem Scheißgott in Athenes ach so heiligem Tempel vergewaltigt worden war?

Scheiß auf Athene.

Athenes Augen verengten sich zu schmalen Schlitzen. *Sie* legte den Kopf schief. Doch ihr etwas zu angestrengtes Atmen verriet mir, dass meine Worte *Sie* getroffen hatten. Gut.

»Na schön«, sagte die Göttin, während ihre perfekt geschwungenen Lippen zuckten. »Wenn du es ihnen nicht sagst, sollte ich das vielleicht übernehmen.«

Achtzehn

»NEIN!«, schrie ich, als Athene die Beine ausstreckte, bis *Sie* rittlings auf dem Dach des Grabmals saß und ihre Füße wie die eines kleinen Kindes über den Rand baumelten. Ihr süffisantes Lächeln ließ mir das Blut in den Adern gefrieren. »Bitte«, flüsterte ich, während ich mich gleichzeitig dafür hasste, *Sie* anzuflehen. »Tu's nicht.«

»Oooh!« *Sie* klatschte in die Hände. »Jetzt weiß ich's. Wie wäre es, wenn ich es ihnen zeige? Nur ein kleiner Vorgeschmack auf das, was kommt. Nur eine Vision, nichts, was ihnen wehtun könnte. Aber es wird genügen, um *dir,* liebe Ari, zu zeigen, dass du nicht hierhergehörst.«

Oh Gott.

Ich sank auf die Knie. »Nein«, stammelte ich mit erstickter Stimme. »Bitte nicht.«

Einer ihrer Mundwinkel zuckte nach oben. Ich wusste, dass es zu spät war. Ich sah es an dem brutalen Flackern und der unglaublichen Arroganz in ihren Augen.

Athene streckte die Hände aus und schickte zwei knisternde, grün gefärbte Blitze in meine Richtung. Ich hatte nicht einmal mehr Zeit aufzustehen, ich blieb einfach wie erstarrt auf den Knien liegen, als ihre Macht wie ein Wirbel um mich fegte und an meiner Kleidung und ein paar Haarsträhnen riss. Der Haarknoten in meinem Nacken löste sich. Meine Haare wurden in die Luft gehoben und in weißen Wellen ausgebreitet. Mein Magen krampfte sich zusammen, ich wollte mich zusammenkauern und verstecken, doch eine unsichtbare Kraft hielt mich aufrecht, zwang mein Kinn nach oben und meine Schultern gerade. Ich kämpfte dagegen an und spürte, wie mir der Schweiß ausbrach.

Ich schrie und versuchte, die Hände zu heben, um meine Haare zu fassen und festzuhalten, um zu verhindern, was geschah, doch sie gehorchten mir nicht. Meine Knie verloren den Kontakt zum Boden, ich drehte mich in der Luft, sodass ich in die bleichen, fassungslosen Gesichter meiner Freunde sah. Die Arme weit ausgebreitet, völlig schutzlos. Es gab keine Möglichkeit, mich zu verstecken.

Sebastian hatte einen Fuß vorgestreckt und wollte zu mir, doch er konnte sich nicht bewegen, konnte mir nicht helfen. Keiner von ihnen konnte sich bewegen.

Das Einzige, was *ich* bewegen konnte, waren meine Augen. Sie suchten Sebastians Blick und wurden glasig. Meine Kehle war wie zugeschnürt. Mein Herz klopfte so schnell, dass es wehtat. Und dann teilten sich meine Haare in mehrere dicke Strähnen, die sich ineinander verdrehten und hin und her bewegten. Meine Kopfhaut brannte wie Feuer.

Großer Gott, ich brenne!

Ein grauenhafter Schrei drang aus meiner Kehle. Ich kniff die Augen zusammen und versuchte, ihn zu unterdrücken. *Bitte! Aufhören!*

Und dann spürte ich, wie sie sich unter meiner Kopfhaut bewegten. Mein Mund öffnete sich, als ich nach Luft rang, vergeblich. Ekel überkam mich, der meine Nerven vor Angst zucken ließ. Heiße Tränen stiegen mir in die Augen. *Nein! Nein! Nein!*

Meine Kopfhaut platzte auf und ich hatte das Gefühl, als würde Rauch aus mir aufsteigen, der sich um meine Haarsträhnen legte und zum diffusen Schatten eines Lebewesens wurde. Eines furchterregenden Lebewesens. Eine glühende Vision dessen, was mir bevorstand. Ein Heiligenschein aus widerwärtigen milchweißen, gelben und orangefarbenen Kreaturen, die sich drehten und wanden.

Meine Augen rollten nach hinten und mein Herz klopfte schmerzhaft, zum letzten Mal, weil es nicht mehr gegen das Adrenalin in meinen Adern ankämpfen konnte. Plötzlich standen meine Augen wieder offen, gegen meinen Willen, und Athene zwang mich hinzusehen. *Sie* wollte, dass ich den Blick auf meine Freunde richtete.

Meine Freunde.

Sie wichen zurück. Tasteten Hilfe suchend nach der Hand des anderen. Entsetzen ließ ihre verängstigten Gesichter bleich werden und ihre weit aufgerissenen Münder nach Luft schnappen.

Nein, wollte ich sie anflehen. *Geht nicht. Bitte nicht.*

Doch ich konnte nicht sprechen.

Und Sebastian. Sebastian, der immer noch einen Fuß ausstreckte, der versucht hatte, die unsichtbare Barriere zu durchbrechen, machte einen Schritt nach hinten.

Er machte einen Schritt nach hinten.

Die Luft entwich aus meinen Lungen, als ich begriff, dass meine letzte Hoffnung zunichtegemacht worden war. Eigentlich hätte es mich nicht überraschen sollen. Wenn man sich nicht zu viel erhofft, wird man nicht enttäuscht. Wenn man niemandem vertraut, wenn man niemanden liebt, wird man nicht enttäuscht. Ich hatte meine eigenen Regeln gebrochen.

Außerdem wäre jeder, der noch halbwegs bei Verstand war, weggelaufen oder völlig gelähmt gewesen. Ich konnte ihnen keinen Vorwurf machen.

Crank hatte sich an Henris Arm geklammert und drückte ihr Gesicht dagegen, die Augen so rund wie Frisbeescheiben. Sie wichen alle zurück. Alle bis auf Violet, die fasziniert dastand und langsam ihre Mardi-Gras-Maske nach hinten schob. Kindliches Staunen stand ihr ins Gesicht geschrieben.

Henri packte Violet und riss sie zurück. Das Mädchen wirbelte herum und entblößte seine winzigen Fangzähne. Er ließ sie los, als hätte er sich die Finger verbrannt.

Jetzt waren sie schon alle jenseits des Tors, packten die Eisenstangen und brüllten Violet zu, sie solle mitkommen. Ihre Stimmen drangen nur gedämpft in das Chaos, das mein Gehirn umnebelte, und mischten sich mit den Schmerzen und meinem Kummer.

Violet ignorierte die anderen und setzte sich trotzig mit gekreuzten Beinen auf den Boden. Schließlich gaben sie auf. Henri zog Crank und Dub von den Eisenstangen weg und rannte mit ihnen die Straße hinunter. Sebastian zögerte. Er warf mir noch einen unergründlichen Blick zu und blieb unschlüssig innerhalb des Friedhofs stehen, doch dann eilte er den anderen nach.

Athene gab mich frei. Ich atmete stoßweise, als mein Körper auf dem Boden aufkam und in den weichen Grund sank. Meine Wange klatschte auf die feuchte, kühle Erde, die sich gut anfühlte.

Ich blieb einfach liegen, zu schwach und zu verletzt, als dass es mir etwas ausmachen konnte.

Athene sprang von dem Grabmal herunter und ging die wenigen Schritte zu der Stelle, an der ich lag. *Sie* stieß mir ihren Stiefel gegen die Schulter und drehte mich auf den Rücken.

Ich starrte in das Gesicht der Göttin. Das grausame Miststück hatte mit Sicherheit einen Ehrenplatz in der Hölle. Athene ging in die Hocke und wischte mir sanft die Tränen auf der linken Seite meines Gesichts weg. Dann stützte *Sie* die Ellbogen auf die Knie. »Du gehörst nicht hierher, mein Kind. Sie wollen dich nicht. *Er* will dich nicht. Selbst die Missgeburten weisen dich zurück. Weder in New 2 noch sonst wo in dieser Welt wird man dich so akzeptieren, wie du bist. Dein Zuhause ist bei mir.«

Verzweiflung und Einsamkeit schnürten mir die Kehle zu. Athene hatte recht. Das Miststück hatte recht.

»Du hast Zeit bis zur Abenddämmerung, um dich zu entscheiden. Komm mit mir, Tochter der Medusa. Ich werde dir Zuflucht gewähren, ich werde dir Reichtum schenken, ich werde dir alles geben, was dein Herz begehrt. Du musst mir nur gehorchen, das ist alles.« *Sie* streckte die Hand aus, berührte eine Strähne meiner Haare und rieb sie zwischen ihren Fingern, während in ihren Augen Neid und Verbitterung aufblitzten. »Was wirst du tun, wenn du dich verwandelst? Wohin wirst du gehen? Vielleicht… vielleicht werde ich nach einer Weile diesen Fluch von deinem Körper nehmen und dir dein Leben zurückgeben. Wenn du ein braves Mädchen bist, Aristanae, eine gute Dienerin, werde ich es vielleicht tun.«

Als Athene aufstand und verschwand, liefen mir wieder Tränen über das Gesicht.

Ich ließ meine Augenlider zufallen und rollte mich auf die Seite. Dann zog ich Arme und Beine an, kauerte mich zusammen und weinte stumm in das nasse Gras.

Alles tat weh. Außen. Innen. Jetzt begriff ich, wie es sich

anfühlte, wenn man gebrochen war. Ich ließ mich von meinem Kummer überwältigen und versank in einer Welt aus Verzweiflung.

Nach einer Weile setzte sich Violet hinter mich und kuschelte sich an meinen Rücken. Die kleine Geste tat so weh, dass mir schon wieder die Tränen kamen. Violet. Die kleine Violet hatte mich akzeptiert. Sie war die Einzige, die zu mir hielt.

Ich erwachte, als ich die Hitze auf meinem Rücken und lauwarmen Nieselregen in meinem Gesicht spürte. Sämtliche Muskeln protestierten, als ich mich langsam auf den Ellbogen stützte und mit einem Blick über die Schulter feststellte, dass Violet sich auf dem Gras zusammengerollt hatte, Pascal lag ausgestreckt neben ihr. Die Hand des Mädchens ruhte klein und zerbrechlich auf den Blättern neben seinem Maul.

Ich rieb meine geschwollenen Augen und wartete darauf, dass ich wieder richtig sehen konnte. Doch stattdessen wurde ich von Erinnerungen überflutet. Erinnerungen an meine Vergangenheit, an meinen Fluch und an das, was Athene getan hatte, um meinen Willen zu brechen.

Ein tiefer Seufzer drang über meine Lippen, als ich meine Haare zusammennahm und über die Schulter schob. Jetzt verstand ich, warum meine Mutter ihrem Leben ein Ende bereitet hatte, warum so viele vor ihr das Gleiche getan hatten. Ich wusste, warum die Harpyie in den Sumpf geflüchtet war, anstatt in die Zivilisation zurückzukehren. Allein zu sein, war weitaus besser, als die entsetzten Gesichter seiner Freunde zu sehen.

Musik wehte durch den Friedhof. Eine Blaskapelle. Trompeten. Trommeln. Becken. Noch weit entfernt.

Violets Nase zuckte. Ihre schwarzen Wimpern flatterten auf

der bleichen Haut. Ihre winzige Hand krallte sich in die weiche Erde, als sie sich aufsetzte. Nachdem sie eine Strähne ihres schwarzen Pagenkopfs hinter das Ohr geschoben hatte, legte sie den Kopf in den Nacken und hielt ihr kleines Gesicht in den nebelverhangenen Himmel.

Ich rutschte ein Stück nach hinten. Die Feuchtigkeit hatte meine Kleidung durchnässt und war bis auf meine Haut gedrungen. Der Regen lief mir über das Gesicht. »Violet? Warum bist du geblieben?«

Pascal tapste in Violets Schoß. Ihre schlanken Finger streichelten dem Alligator über den Rücken, als sie ihr Gesicht aus dem Regen nahm und mich mit ihren großen schwarzen Augen ansah. »Für mich warst du wunderschön.«

Ich spürte einen Stich in meinem wunden Herz und blinzelte die Tränen weg, die mir schon wieder in die Augen schossen. Dann lachte ich leise. »Danke.« Nur Violet, nur diese kleine, schwarz gekleidete Puppe mit einer Schwäche für Reptilien und Pailletten war bereit, mich so zu akzeptieren, wie ich war.

Seit ich nach New 2 gekommen war, hatte ich nur wenig Zeit mit Violet verbracht, doch es gab eine Verbindung zwischen uns. Die, so glaubte ich, daher rührte, dass wir beide so anders waren und unsere Seelenverwandtschaft erkannt hatten. Violet war bei mir geblieben. Und in diesem Moment wusste ich, dass ich alles für sie tun würde.

»Der Umzug kommt«, sagte sie. »Der Kinderumzug. Wir sollten eigentlich auch mitlaufen.« Ihr Kopf drehte sich in die Richtung, aus der die Musik kam. »Die Dämmerung bricht gleich an.«

Gänsehaut kroch über meinen Körper. Der Nieselregen hatte den tief hängenden Nebel noch weiter nach unten gedrückt und jetzt lag er wie ein dünnes graues Leichentuch auf dem Gras. Den Himmel über mir überzogen Dunstschleier und dicke Wolken. In der Nähe stand eine alte Eiche, deren knorrige Äste wie dunkle Blitze in die Höhe ragten.

»*Sie* wird bald zurückkommen«, meinte Violet. »Was wirst du tun?«

Mein Blick ging zu dem Grabmal, auf dem Athene erschienen war. »Ich weiß es nicht.«

»Du solltest *Sie* töten.«

»Ich? Ich soll eine Göttin töten?« *Ja, klar.*

Violet zuckte mit den Schultern und stand auf. Nachdem sie sich das Gras und ein paar Steinchen von Kleid und Haaren gewischt hatte, rückte sie die Maske auf ihrem schwarzen Pagenkopf zurecht und ließ sie dort oben, sodass man ihr Gesicht sehen konnte.

Die Musik wurde immer lauter, doch der Nebel verbarg die Teilnehmer des Umzugs. Ich stand auf. Als ich meine Haare ausschüttelte, zitterte ich unwillkürlich. Ich wusste jetzt, was ich war, was aus mir werden würde… und ich fragte mich, wie viele meiner Ahnen in der Lage gewesen waren, nach der Verwandlung weiterzuleben, wie sie es geschafft hatten, als Monster zu leben anstatt ihrem Leben ein Ende zu setzen. Und wie viele waren durch das Schwert der τέρας-Jäger gestorben? Das Ergebnis war letztendlich immer das Gleiche. Warum also wollte Athene mich verschonen?

Es schien mir nichts anderes übrig zu bleiben, als mit der Göttin zu gehen. Das oder ich musste verschwinden. *Und wo willst du hingehen? Wie kannst du mit diesen Dingern an dir leben?* Diese Dinger, die mir mehr Angst eingejagt hatten als der Tod selbst.

Violet stieß mich an. »*Sie* ist da.«

Ich wirbelte herum. Athene kauerte auf einem langen, dicken Ast der Eiche. *Sie* sprang herunter und kam zu mir. »Hast du dich entschieden, Gorgo?«

Diese Kreatur, diese *Göttin* hatte so viel Tod und Kummer über meine Familie gebracht, hatte im Laufe der Jahrhunderte so viele Frauen ins Unglück gestürzt. Und in diesem Moment wusste ich, dass ich nicht nachgeben konnte. Lieber würde ich sterben, so wie die anderen. Aber noch lieber wollte ich mich an ihr rächen.

»Du kannst mich mal.«

Violet griff nach meiner Hand und drückte sie. Ich wollte sie von mir stoßen, wollte ihr sagen, dass sie weglaufen solle, doch das hätte Athenes Aufmerksamkeit auf das Mädchen gelenkt.

Athene gab mir eine Ohrfeige, so schnell, dass ich nicht einmal Zeit hatte, meine Muskeln anzuspannen. Ich war so überrascht, dass ich hörbar nach Luft schnappte. Meine Ohren klingelten und ein heftiger Schmerz zuckte durch mein Gesicht.

Langsam richtete ich mich auf, biss die Zähne zusammen und ballte die Hände zu Fäusten. Dann stellte ich mich vor die groß gewachsene Göttin. Athene packte mein Kinn, drückte fest zu und beugte sich zu mir hinunter. In ihren Augen stand ein unwirkliches Glühen, das sogar schön gewesen wäre, hätte man das grausame Lächeln auf ihren Lippen ignoriert. »Pass auf, was du sagst, meine Kleine. Oder ich spieße deinen Kopf auf einen Pfahl, so, wie ich das mit dem deiner Mutter getan habe.«

»Meine Mutter hat sich umgebracht«, stieß ich hervor, erbost darüber, dass *Sie* von ihr sprach.

»Und ich habe ihre Leiche abholen lassen. Vor meinem Tempel hat sie sich ganz gut gemacht.«

Eine unbändige Wut packte mich. Ich schlug mit aller Kraft zu, doch *Sie* fing meine Faust ab und beugte sich zu mir, während ich mich verzweifelt zu befreien versuchte. »Hörst du das, Aristanae? Das sind deine Freunde, das sind die Kinder von New 2, die gleich an diesem Friedhof vorbeikommen und durch die Hand meiner Armee sterben werden.«

Hinter ihrer Schulter konnte ich Bewegung in dem grauen Dunst ausmachen, die den Nebel ins Wirbeln brachte und immer mehr von Athenes Kreaturen sichtbar werden ließ. Die Wesen krochen aus dem Dunst. Sie kletterten auf Grabmale, schleppten sich langsam über den Boden, sprangen von den Bäumen herunter. Es waren widerwärtige, verkrüppelte Geschöpfe, die aussahen, als hätte sich Frankenstein persönlich an die Arbeit gemacht. Athenes Armee.

»Jene dort« – Athene wies mit dem Kopf über ihre Schulter und ließ mein Kinn los – »sind jetzt deine Familie. *Gemacht* wie deine Vorfahrin, aus Flüchen und Macht. Sie würden dich als ihre Königin verehren. Du gehörst zu ihnen. Zu mir. Komm mit mir und ich werde New 2 nie wieder betreten.«

Die Musik des Umzugs wurde lauter. Kam näher. Als ich einen Blick über die Schulter warf, konnte ich die grauen Umrisse der Teilnehmer erkennen, die langsam über die Straße hinter dem Eisenzaun marschierten. Bald würden sie am Friedhofstor vorbeikommen, und wenn Athene nicht bluffte, schwebten sie in großer Gefahr.

Ich wandte mich wieder an die Göttin. »Warum hast du mich nicht einfach getötet, so wie die anderen?«

»Weil du anders bist als die anderen und ich eine bessere Verwendung für dich gefunden habe.« Ihr Gesicht wurde weicher. »Du hast das Herz einer Rebellin, Ari. Früher war ich genauso, ich wollte kämpfen, auch wenn ich wusste, dass ich nicht gewinnen konnte, einfach nur, weil es das Richtige war. Aber all diese Dinge, Hoffnung, Unschuld, Optimismus, Glaube… Sie sind vergänglich und was bleibt dann? Du musst erwachsen werden, du musst erkennen, wo dein Platz und was das Beste für dich ist. Schwöre mir die Treue und du wirst sicher sein.«

Meine Augen wurden zu schmalen Schlitzen, als mir plötzlich etwas klar wurde. Athene gab sich zu viel Mühe damit, mich zu überzeugen. *Sie* hatte mir viel Zeit zum Überlegen gewährt und mich am Leben gelassen. Ein lautes Lachen drang aus meiner Kehle. »Du hast tatsächlich Angst vor mir, oder?«

Athene blinzelte und richtete sich auf. Ihr Mund zuckte. »Ich bin die Göttin des Krieges, mein Kind. Ich habe vor niemandem Angst, denn ich kann nicht sterben. Ich bin der Tod, denn ich habe die Göttin des Todes in ihrem Bett ermordet. Vergiss das nicht, denn deine Freunde sind hier.«

Der Umzug war nicht am Tor vorbeigezogen, sondern durch das Tor marschiert. *Was zum Teufel?*

Die Teilnehmer waren alle maskiert. Und zu Fuß.

Scheiße.

Die maskierten Gestalten verteilten sich hinter mir und Violet. Die Musik hörte auf zu spielen. Mein Herz klopfte rasend schnell, als ich mich fragte, was hier los war. Waren sie verrückt geworden?

Eine schwarz gekleidete Gestalt mit einem weiten Umhang machte einen Schritt nach vorn und schob ihre Maske nach oben. Sebastian. Unsere Blicke trafen sich. Er nickte mir zu, als eine leichte Brise an mir vorbeiwehte. Eine zweite Gestalt trat vor. Michel. Und dann noch acht weitere. Die Novem waren gekommen. Und Dub, Henri und Crank. Alle mit einem entschlossenen Ausdruck im Gesicht. Und alle bereit zu kämpfen.

Sie waren zurückgekommen.

Weitere Maskierte strömten auf den Friedhof.

Athenes Wangen waren leicht gerötet, als *Sie* Ihren wütenden Blick auf die Menge richtete. »Das geht euch nichts an, Novem«, stieß *Sie* hervor. »Ich habe sie *gemacht.* Sie gehört mir.«

»Sie hat dir schon von dem Moment an nicht mehr gehört, in dem du dich gegen dein eigenes Geschöpf gewandt und Medusa hast ermorden lassen. Die Gorgonen haben dir nie gehört. Sie waren ihr eigener Herr und konnten ihre eigenen Entscheidungen treffen. Sie haben ein freies Leben geführt«, sagte Michel mit seiner tiefen, selbstbewussten Stimme. Er kam mit Sebastian und den anderen zu mir und stellte sich neben mich.

Die Monster und menschenähnlichen Kreaturen hinter Athene zischten und wurden unruhig. Sie wollten kämpfen, angreifen, töten. Gänsehaut überkam mich.

»Ihr würdet tatsächlich einen Krieg um sie beginnen?« Athene flippte aus. »Sie nützt euch doch nichts. Sie ist noch nicht erwachsen. Sie hat keine Macht.«

»Nein«, erwidert Josephine. »Jetzt noch nicht, aber wir brauchen sie nur noch kurze Zeit vor dir zu beschützen. Wenn sie ihre Macht erst einmal hat, wirst du nie wieder eine Gefahr für New 2 sein.«

Athene zischte laut, während sich ihr Gesicht in den Tod und wieder zurück verwandelte. »Dann gibt es eben Krieg.«

»Überleg dir gut, was du jetzt tust«, sagte Michel. »Denn wir sind einander ebenbürtig.«

Athene ignorierte Michel und hob die Hände. Dann warf *Sie* den Kopf zurück und stieß einen schrillen, übernatürlichen Kriegsschrei aus.

Mein Trommelfell vibrierte, während Sebastian meine Hand packte und mich und Violet von der Front wegzerrte. Die Novem und ihre Familienmitglieder stürzten nach vorn, um Athene und ihre Gefolgsleute anzugreifen. Sie bewegten sich unnatürlich schnell. Ihre Umhänge und Gliedmaßen wirbelten den Nebel auf. Grauenhafte Kreaturen flogen durch die Luft, kämpften und kreischten. Rot schoss in hohem Bogen durch den Dunst, als Blut floss.

Ich stemmte mich gegen Sebastian und stolperte über eine Grabplatte aus Marmor. »Lass mich los!«

Wir waren jetzt hinter der letzten Reihe aus Angreifern in der Nähe des Eingangstors. »Du kannst nicht hierbleiben.«

»Ich muss aber! Das ist mein Kampf, Sebastian. Ich kann nicht gehen.«

»Du musst von hier weg. Sie geben ihr Leben, um dich zu beschützen!«

Ich zögerte. Jetzt war ich völlig verwirrt. »Warum?«

Er beugte sich zu mir. »Mein Vater hat mir alles erzählt. Ari, du bist eine Gottesmörderin.«

»Was?«

»Athene. Als *Sie* Medusa verfluchte und ihr die Macht gab, jeden in Stein zu verwandeln, vergaß *Sie*, die Götter davon auszunehmen. Als *Sie* ihren Fehler erkannte, schuf *Sie* die τέρας-Jäger, um Medusa und danach alle ihre Nachkommen zu töten. Du allein hast die Macht, *Sie* und jeden anderen Gott in Stein zu verwandeln.«

»Aber warum hat *Sie* mich dann nicht einfach getötet, so wie die anderen?«

»Weil *Sie* bis jetzt die Ägis hatte, eine Waffe, die es nahezu unmöglich machte, *Sie* zu töten. Aber Athene hat sie verloren, und daher braucht *Sie* jetzt dich. Eine neue Waffe, um die anderen Götter zu zerstören oder um uns zu töten, wer zum Teufel weiß das schon« – er stieß mich zur Seite – »aber jetzt lauf!«

Zwei Kreaturen durchbrachen die Reihen der anderen. Sebastian duckte sich, als eine davon mit einem Riesensatz auf ihn zusprang, über seinen Rücken schoss und sich abrollte. Die andere kam mit einem höllisch scharf aussehenden Schwert auf mich zu. Ich duckte mich, trat gegen ihr Knie und schlug ihr mit der Rückhand ins Gesicht, während ich ihr mit der anderen Hand das Schwert entriss. Mein Schwung reichte für eine volle Drehung aus und ich nutzte die zusätzliche Energie, um das Schwert nach unten durchzuziehen und der Kreatur den Kopf abzutrennen.

Ihr Kopf rollte in den Dunst.

Großer Gott! Mein Herz hämmerte wie wild, als mir klar wurde, was ich gerade getan hatte. Doch mir blieb keine Zeit zum Überlegen. Wieder kam eine der Kreaturen auf mich zu und ich brüllte Sebastian entgegen, er solle Violet und die anderen Kinder in Sicherheit bringen. Doch Violet kletterte bereits an einem der Bäume hoch und die anderen kämpften, wobei sie ihre Größe nutzten, um ihre Gegner zu besiegen oder abzulenken, während die Novem und ihre Familien ihre Zauberkräfte und andere Fähigkeiten einsetzten.

Die Vampire griffen brutal und erbarmungslos an und kämpften wie im Rausch. Mir stockte der Atem, als ich sah, wie Gabriel – selbst ohne Maske erkannte ich ihn – die Kehle einer Kreatur mit seinen Fangzähnen zerfetzte, die genauso erbarmungslos waren wie die Klauen und Kiefer der Gestaltwandler neben ihm. Jemand rannte an mir vorbei, blinzelte mir zu und sprang in die Luft, wo er sich in einen braunen Wolf verwandelte, bevor er mit seinen Pfoten auf der Erde landete. Hunter Deschanel. Einer der Männer, die ich aus Athenes Gefängnis befreit hatte.

Und dann fand mein Blick die Göttin, die in jeder Hand ein Schwert hielt und mit übernatürlicher Geschwindigkeit jeden Gegner tötete, der auf *Sie* zukam. Ihre Augen glühten dunkelgrün.

Ein heftiger Schmerz zuckte durch meinen Schädel.

Ich bekam nicht einmal mit, dass eine der Kreaturen von hinten auf mich sprang und mich zu Boden riss. Ich schrie Sebastians Namen, doch er kämpfte gerade gleichzeitig gegen zwei der Wesen. Derbe Hände drehten mich auf den Rücken, fanden meine Kehle und drückten zu. Ich trat mit den Füßen nach der Kreatur, versuchte, mich wegzurollen, doch es gelang mir nicht. Ein graues, ledriges Gesicht grinste auf mich herab. Haarlos. Kleine Löcher anstelle einer Nase. Keine Lippen, nichts, das mich vor den Reihen scharfer kleiner Zähne schützte, die nach mir schnappten.

Und dann erinnerte ich mich an Arachne und die Harpyie.

Ich musste die Hände der Kreatur von meinem Hals losbekommen.

Mit letzter Kraft schwang ich beide Beine nach oben, verdrehte den Oberkörper und klemmte den Kopf der Kreatur zwischen meine Unterschenkel. Sobald ich keine Hände mehr an meiner Kehle spürte, schrie ich ihre Namen in den Nebel, so laut ich nur konnte.

»Mapsaura! Arachne!«

Ich spürte, wie sich die Luft durch die Macht ihrer Namen veränderte, als würde sie elektrisch aufgeladen, ehe sie in die Wolken schoss.

Die Kreatur befreite sich aus meiner Beinklammer. Ich drehte mich um, um davonzulaufen und noch einmal die beiden Namen zu rufen, doch sie packte mit beiden Händen meinen Kopf und krallte ihre Klauen in meine Schläfen. Dann zog sie meinen Kopf nach oben und versuchte, meinen Schädel von der Wirbelsäule zu reißen. *Großer Gott!* Ich würde mich nicht viel länger wehren können, die Kreatur war einfach zu stark. Ihr Arm legte sich um meinen Hals und würgte mich wieder.

Mein Herz schlug langsamer. Ich spürte einen unerträglichen Druck in meinem Gesicht. Die Schlacht um mich herum schien wie in Zeitlupe abzulaufen, während meine Lungen vergeblich versuchten, Luft zu holen.

Wind kam auf, der den Nebel aufwallen ließ und Blätter und Geröll durcheinanderwirbelte.

Ein lautes, durchdringendes Kreischen erfüllte die Luft.

Ich hörte das Schlagen riesiger Flügel und gleich darauf wurde die auf mir liegende Kreatur nach oben gerissen. Sie ließ erst los, als ich mich einen halben Meter hoch in der Luft befand. Ich fiel auf den Rücken und sah erschrocken zu, wie der Nebel im Sog der Harpyie und ihrer Beute nach oben gerissen wurde.

Drei Sekunden später fiel die Leiche der Kreatur vom Himmel und krachte auf ein Grabmal.

Mapsaura landete vor meinen Füßen.

Ich rang nach Luft und war völlig überrascht, dass sie mein Rufen gehört hatte. »Danke.«

Die kleinen Nasenlöcher am Schnabel der Harpyie weiteten sich. Ihr Kopf fuhr herum. Sie erstarrte, als sie Athene sah. Und dann bemerkte ich Arachne. Die Spinnenfrau bahnte sich wie eine Dampfwalze ihren Weg durch die Kreaturen und versuchte, zu der Göttin zu gelangen, die sie so lange gefangen gehalten hatte.

Mapsaura beugte ihre muskelbepackten Knie und stieß sich vom Boden ab. Sie flog senkrecht nach oben, verschwand kurz im Nebel und schoss dann wie ein Torpedo nach unten auf Athene zu, genau in dem Moment, in dem sich Arachne auf die Göttin stürzte.

Die beiden Kreaturen griffen *Sie* gleichzeitig an.

Doch Athene war nicht umsonst die Göttin des Krieges. *Sie* durchbohrte beide Kreaturen mit ihren Schwertern und nutzte deren Schwung, um sie hinter sich zu schleudern.

Die Harpyie rollte herum, richtete sich auf und kam schließlich zum Stehen, nachdem ihre Krallen einen tiefen Graben in die Erde gezogen hatten. Mapsaura breitete ihre Flügel aus und stieß ein markerschütterndes Kreischen aus, das fast so laut war wie Athenes Kriegsschrei.

Als sich die Göttin überrascht umdrehte, traf *Sie* ein Energieblitz von Michel und Sebastian, die sich an den Händen gefasst hatten, mitten auf die Brust.

Ich blinzelte und merkte mir für später, dass Sebastian *so* etwas konnte.

Athene wurde von dem Angriff der Hexenmeister nach hinten geworfen und die Harpyie schwang sich wieder in die Luft.

Arachne lag reglos auf dem Boden. Doch Athene war anzusehen, was *Sie* gerade dachte. Ihre Kreaturen wurden von den Novem abgeschlachtet. Und hier in New 2 hatte *Sie* nicht ihre volle Macht. *Sie* konnte besiegt werden.

»Rückzug!«, schrie die Göttin, die gerade noch rechtzeitig den Kopf hob und sah, wie die Harpyie mit angelegten Flügeln aus dem Himmel auf *Sie* herabschoss.

Athene verschwand.

Mapsaura riss erstaunt die Augen auf. Sie breitete die Flügel aus und bekam für zwei Sekunden Luft darunter, bevor sie zur Seite rollte und den Boden berührte. Ihre Krallen schlugen sich in die weiche Erde, was der Harpyie genug Platz verschaffte, um mit den Flügeln zu schlagen und so weit an Höhe gewinnen zu können, um auf einem der Grabmale zu landen. Dachplatten aus Schiefer zerbrachen, als ihre Krallen nach Halt suchten.

Athenes Kreaturen verschwanden eine nach der anderen im Nebel.

Stille legte sich über den Friedhof und nur noch das leise Plätschern des Regens war zu hören.

Auf der Erde lagen Tote und Verletzte. Ächzen und Stöhnen durchbrachen die unheimliche Stille. Ich wollte zu Sebastian und Michel, in die Nähe des Grabmals, auf dem Mapsaura kauerte, doch ein übel zugerichteter Körper versperrte mir den Weg. Ich stolperte. *Großer Gott.* Es war Daniel. Ich fiel neben ihm auf die Knie. Aus seiner zerfetzten Kehle gurgelte Blut. Er blinzelte heftig. Sein Mund bewegte sich, er versuchte zu sprechen, doch es kam kein Laut heraus.

»Oh mein Gott, Daniel«, flüsterte ich. Ich beugte mich über ihn, wusste aber nicht, was ich tun sollte. Josephine stellte sich neben mich. »Er wird doch nicht sterben, oder? Er ist doch ein Vampir. Er wird leben.«

Zwei Vampire – jedenfalls glaubte ich, dass es Vampire waren – kamen zu uns und hoben Daniel hoch. Sein Kopf löste sich vom Körper und das Stück Haut, das die beiden Teile zusammenhielt, riss auseinander. Mein Magen krampfte sich zusammen. Ich rutschte auf meinem Hintern weg.

»Er ist schon tot«, sagte Josephine ohne einen Funken Mitgefühl und ging, während die beiden Männer Daniels Leiche auf den Boden warfen und einen blutigen Haufen hinterließen. Einen Haufen, der plötzlich in sich zusammensank und zu Asche wurde.

Ich musste würgen. Galle stieg mir in den Hals. Ich schluckte alles hinunter, drehte mich um und taumelte von der Asche weg. Aus den Augenwinkeln heraus sah ich Violet vom Baum herunterklettern.

Ich konzentrierte mich darauf, einen Fuß vor den anderen zu setzen. Sebastian drehte sich um und sah mich kommen. Unsere Blicke trafen sich und ich wollte gerade den Mund aufmachen und etwas sagen, als ein warnendes Kribbeln über meine Haut lief.

Die Haare an meinen Armen richteten sich auf.

Hinter mir erschien Athene, die sofort die Arme um mich schlang. Ihre Lippen streiften mein Ohrläppchen. »Du weißt doch, was man sagt.« Ihre Stimme war nur noch ein drohendes Flüstern. »Wenn ich dich nicht haben kann… soll dich niemand haben.« Ihre Lippen entfernten sich von meinem Ohr. »Oh und bevor du stirbst, möchte ich mich noch bei dir dafür bedanken, dass du deinen Vater zurückgelassen hast, als du die anderen aus meinem Gefängnis befreit hast.«

Mit einem Mal hatte ich das Gefühl, mein Innerstes würde zu Eis. »Was?«

Sie lachte. »Ironie des Schicksals, nicht wahr? Ein τέρας-Jäger, der sich in deine Mutter, eine Gorgo, verliebt, in das Monster, das er töten soll. Wenn deine Seele deinen Körper verlässt, möchte ich, dass du an ihn denkst, an alles, was ich ihm angetan habe, weil er mich betrogen und Eleni nicht getötet hat, als er die Chance dazu hatte. An alles, was ich ihm jetzt noch antun werde. Adieu, kleines Monster.«

Athene stieß mich von sich.

Mir kam es so vor, als würde alles in Zeitlupe passieren. Ich stürzte auf die Knie und sah nur flüchtig, wie ein entsetzter Ausdruck auf Sebastians Gesicht erschien und Violet sich als verschwommener Fleck aus dem Baum fallen ließ. Schock. Ich hatte einen Schock.

Athene hob ein τέρας-Schwert, um mir den Kopf abzuschlagen.

Die Zeit war jetzt so langsam geworden, dass vor meinem inneren Auge Bilder aus meinem Leben aufblitzten. Doch ein Bild schien sich länger zu halten als die anderen – das Bild von mir, wie ich auf dem Ball der Arnauds Athenes Handgelenk festhielt und in Stein verwandelte.

Es dauerte noch dreieinhalb Jahre, bis ich mich in eine Gorgo verwandeln würde, doch ich hatte Macht in mir. Ich hatte sie schon einmal benutzt, und das war der Unterschied. Ich war tatsächlich anders als alle vor mir. Zeit, Evolution, die Gene meines Vaters... egal, woran es lag, ich wusste es einfach. Ich war eine Gottesmörderin.

Das Schwert sauste durch die Luft. Irgendwo im Hinterkopf hörte ich einen Schrei und das Rufen eines Kindes. Doch es spielte keine Rolle. Es geschah alles viel zu schnell, so schnell, dass mir niemand helfen konnte. Ich hörte das Rauschen meines Blutes in den Ohren. Mein Blick richtete sich auf die Klinge, die in einem weiten Bogen auf meinen Hals zukam.

Ich beugte den Kopf, streckte meine kribbelnde Hand aus und öffnete sie. Dann ließ ich all meine Wut und all meinen Schmerz heraus, allen Schmerz meiner Mutter und allen Schmerz, den ich als Medusa, meine Vorfahrin, empfunden hatte.

Die Klinge traf meine Hand.

Und zerbrach an Stein.

Ein tiefer, dumpfer Knall ertönte, ein explodierender Kreis aus Energie, der alle Umstehenden zu Boden warf. Ich hob den Kopf, als der abgebrochene Teil der Klinge durch die Luft flog, und blickte in Athenes erstaunte Augen.

Ich hörte meinen Herzschlag in meinen Ohren, langsam und laut.

Dazu hätte ich nicht in der Lage sein sollen; dass Athene den gleichen Gedanken hatte, sah ich an ihrem erstaunten Gesichtsausdruck. Trotzdem hatte ich es getan. Meine Hand war weiß wie Marmor, kehrte aber bereits wieder zu ihrer normalen Hautfarbe zurück. Ich konnte diese Macht kontrollieren und ich brauchte mich nicht erst in ein Monster zu verwandeln, um sie einzusetzen.

Dann blinzelte Athene. Die Zeit kehrte in dem Moment zu ihrer normalen Geschwindigkeit zurück, in dem Violet von hinten auf Athenes Rücken sprang, ihre Arme um den Hals der Göttin schlang und ihre kleinen Fangzähne in ihre Haut schlug, während eine ihrer Hände einen kleinen Dolch hob und ihn Athene ins Herz stieß.

Ein Schrei drang aus Athenes Kehle.

Schock und Angst ließen mich wieder auf meinen Hintern fallen, als die anderen nach Violet riefen. Ihr Name schallte über das sumpfige Gelände.

Und dann waren die beiden weg.

Sie waren einfach verschwunden und ließen nur Nebelschwaden hinter sich zurück. Der Griff von Athenes zerbrochenem Schwert fiel auf eine Grabplatte aus Marmor, während Violets blutiger Dolch mit einem dumpfen Geräusch auf der weichen Erde aufkam.

»Violet!«, schrie ich.

Neunzehn

Drei Tage waren vergangen. Drei Tage, in denen ich vor lauter Albträumen und Sorge nicht geschlafen hatte. Violet war verschwunden. Niemand wusste, wie man sie zurückholen konnte. Und niemand hatte Athene gesehen oder etwas von ihr gehört.

Drei Tage, in denen ich immer wieder auf den Friedhof ging, nach Pascal rief und jedes Grabmal, jede Ritze nach ihm absuchte. Violet hätte es so gewollt und ich war ihr etwas schuldig. Ich würde jeden Tag hingehen, bis ich den Alligator gefunden hatte.

Sebastian hatte die letzten zwei Tage auf seinem Zimmer verbracht, getrommelt und das Haus mit einer solchen Wut erfüllt, dass es schwierig war, dort zu bleiben, wenn er spielte.

Michel hatte eine kleine Armee zu dem Herrenhaus an der River Road geschickt, um meinen Vater zu retten, doch wie erwartet war nichts mehr von dem Gefängnis zu finden, es war, als hätte es nie existiert. Dem Hexenmeister war es schwergefallen, das zu tun. Mein Vater hatte im Namen Athenes unschuldige τέρατα und Menschen mit Macht getötet. Doch die Liebe zu meiner Mutter hatte ihn verändert, hatte ihm die Kraft gegeben, sich der Göttin zu widersetzen. Dafür hatte er jahrelang gebüßt. Und jetzt würde er noch länger büßen. Meinetwegen.

Ich musste immer wieder an den Moment im Gefängnis denken. Ich hatte direkt vor ihm gestanden, war bereit gewesen, ihn aus seiner Zelle zu befreien. Ich hätte tun sollen, was ich für richtig hielt, als ich die Chance dazu hatte. Ich hätte den Schlüssel von Michel zurückverlangen können. Ich hätte mich wehren sollen, hätte mich weigern sollen zu gehen, bis *alle* Gefangenen frei waren.

Reue und mein schlechtes Gewissen quälten mich wie ein Stachel im Fleisch. Ich musste ihn finden.

Es war fast eine Erleichterung, New 2 zu verlassen, meinen Erinnerungen zu entkommen, mit Crank zusammen in den Lieferwagen zu steigen und über den Lake Pontchartrain nach Covington, der Grenzstadt, zu fahren, wo Bruce und Casey auf mich warteten.

»Bist du sicher, dass du das tun willst?«, fragte mich Casey und schlang ihre Arme um meinen Hals. Als sie mich losließ, nutzte ich die Gelegenheit, um mir ihr Gesicht einzuprägen. Rund. Freundlich. Leuchtend blaue Augen, die jede einzelne ihrer Regungen verrieten. Augen, in denen jetzt Tränen standen.

Die beiden wussten nur, dass ich einen vielversprechenden Hinweis auf meinen Vater gefunden hatte und ihm nachgehen musste, bevor die Spur sich verlor. »Ich muss es tun. Ich muss meinen Vater finden.«

Dann war Bruce an der Reihe. Er umarmte mich in einer Wolke aus Rasierwasser, ein würziger, frischer Duft, der mich tief einatmen ließ. Ich drückte seine Schulter. »Pass auf dich auf«, murmelte er. »Vergiss dein Training nicht. Und melde dich regelmäßig.«

Ich trat zurück und nickte.

»Der Papierkram ist erst in sechzig Tagen abgeschlossen, aber die Novem müssen gute Verbindungen haben, denn es war bestimmt nicht einfach, die Genehmigung für eine Übertragung der Vormundschaft zu bekommen«, meinte Casey. »Wir geben dir Bescheid, wenn es so weit ist.«

»Danke.«

In Kürze würde Michel Lamarliere mein Vormund sein. Zumindest für die nächsten sechs Monate, bis ich achtzehn wurde.

Die Sandersons halfen mir, meine Sachen von ihrem SUV in den Lieferwagen umzuladen. Ich besaß nicht viel – zwei große Müllsäcke mit Kleidung und Schuhen und ein paar Kartons mit Büchern und anderem Kram, der sich im Laufe der Jahre angesammelt hatte.

»In einem der Kartons ist ein Fotoalbum von uns«, sagte Casey, während sie mit den Tränen kämpfte.

Bruce schloss die Hecktür des Lieferwagens, dann umarmten mich beide noch einmal. Er flüsterte mir ins Ohr: »Ich habe dir auch noch etwas von mir dazugelegt.« Dem Ton seiner Stimme nach zu urteilen, musste dieses geheimnisvolle Etwas in die Kategorie persönliche Schutzmaßnahmen fallen. »Wir haben dich lieb, Kleines.«

»Ich euch auch«, stammelte ich, obwohl ein dicker Kloß in meiner Kehle saß.

Der Abschied von Casey und Bruce fiel mir furchtbar schwer. Ich unterdrückte meine Tränen und bemühte mich, nicht die Fassung zu verlieren, als wir wegfuhren. Erst als Crank die Post abgeliefert und die Säcke mit der neuen Post eingeladen hatte und wir wieder auf dem holprigen Highway waren, der nach New 2 führte, wischte ich mir ein paar Tränen aus den Augenwinkeln.

Die letzten Sonnenstrahlen spiegelten sich auf dem Wasser

des Sees und verwandelten ihn in eine glänzende Fläche aus dunklen Blau-, Violett- und Orangetönen. Am Horizont funkelte die Silhouette von New 2 und ließ mich daran denken, wie Crank und ich zum ersten Mal über die Brücke in die Halbmondstadt gefahren waren. Doch dieses Mal war unser Ziel nicht der *GD*. Dieses Mal fuhren wir ins *French Quarter*.

Langsam – und trotz des Verbots für alle Privatfahrzeuge – rollte der Lieferwagen über die Royal Street und wich Fußgängern und Pferdekutschen aus. Es war fast schon dunkel. Fast schon Zeit für den nächsten Mardi-Gras-Umzug, den nächsten Ball. Dinge, die mir inzwischen herzlich egal waren.

Crank parkte vor dem Cabildo. »Ich warte hier auf dich.«

Ich nickte und holte tief Luft. Dann setzte ich mein Pokergesicht auf und sprang aus dem Lieferwagen.

Meine schwarzen Stiefel knallten auf das Pflaster. Die τέρας-Klinge in einer brandneuen Scheide schlug gegen meine Jeans. In einer zweiten, versteckten Scheide an meinem Stiefel steckte Violets sehr scharfer und sehr gefährlich aussehender Dolch. Ich wollte einen ganz bestimmten Eindruck erwecken. Ich hatte das Schwert und machte kein Geheimnis daraus. Meine Haare hatte ich an den Seiten zu Zöpfen geflochten, die zusammen mit dem Rest der Haare zu einem festen Knoten in meinem Nacken gedreht waren.

Als ich die schwere Holztür aufstieß und hineinging, ließ ich die Blase meines Kaugummis platzen.

Der Rat der Neun hatte sich zu einer Sitzung versammelt.

Im ersten Stock legte ich eine Hand auf den Griff des τέρας-Schwertes und ignorierte den Mann am Empfang. Ich marschierte durch den Korridor, der so viele Geschichten erlebt hatte, und platzte in die Sitzung.

Neun Gesichter wandten sich mir zu. Sieben davon kannte ich noch nicht, doch nach dem, was ich von Henri, Sebastian und den anderen erfahren hatte, würde ich kein Problem damit haben, den Gesichtern einen Namen zu geben.

Auf der anderen Seite schien keiner überrascht zu sein, mich zu sehen.

Tief durchatmen.

Ich brauchte nur an Violet zu denken, daran, wie wir in unseren Masken und Ballkleidern lachend die First Street hinuntergelaufen waren, an ihre Stimme, die mir sagte, ich sei schön, an das Bild, wie sie auf Athene sprang und dem Miststück ihren Dolch ins Herz jagte, und schon hatte ich die Kraft für das, was jetzt kam.

Ich griff mir einen freien Stuhl aus einer Ecke und schleifte ihn geräuschvoll über das Parkett, weil ich hoffte, dass es den Mitgliedern des Rates kalt über den Rücken lief. Als ich den großen, ovalen Tisch erreicht hatte, drehte ich den Stuhl herum und setzte mich.

Ich sah einen nach dem anderen an.

Die Oberhäupter der drei Hexenfamilien: Lamarliere, Hawthorne und Cromley. Die drei Vampirfamilien: Arnaud, Mandeville und Baptiste. Und die drei Halbgott-/Gestaltwandlerfamilien: Deschanel, Ramsey und Sinclair.

Ich atmete noch einmal tief durch. Und ließ noch eine Kaugummiblase platzen.

»Ich würde gern in die Presbytère gehen«, sagte ich.

Josephine, die ein teures cremefarbenes Kostüm trug, lachte spöttisch. Doch außer ihr lachte niemand.

Nach einer ganzen Weile meldete sich Michel. »Ich wüsste nicht, warum das ein Problem sein sollte.«

»Dass du so denkst, war mir klar, Michel. Ari, sag uns, wie kommst du überhaupt auf die Idee, die Schule der Novem besuchen zu wollen?«

»Ich werde hierbleiben. Und so, wie ich das sehe, brauchen Sie mich. Sie brauchen alle meine Hilfe. New 2 droht ein Krieg.«

»Wir haben Macht«, meinte Soren Mandeville. »So viel Macht, dass wir die Stadt und ihre Einwohner schützen können.«

»Das war vielleicht in der Vergangenheit so. Doch dieses Mal haben Sie nichts« – ich starrte Josephine an und schwor insgeheim, mich dafür zu rächen, dass sie meinen Vater verraten hatte, dass sie ihn Athene übergeben hatte, als er Schutz bei den Novem gesucht hatte – »oder *niemanden*, um einen Frieden auszuhandeln.«

»Wir haben dich«, stellte Josephine seelenruhig fest.

»Josephine, bitte«, mahnte Rowen Hawthorne. »Wir sind uns doch bereits einig, dass wir Ari Asyl bieten. Wir haben bereits gegen Athene gekämpft und unsere Rolle in diesem Krieg ist klar. Dieses junge Mädchen zu bedrohen, ist ... überflüssig.«

»Du bietest also an, mit uns zu kämpfen, bei der Schlacht dabei zu sein. Und alles, was du dafür willst, ist Asyl und eine Schulausbildung?«, fragte Bran Ramsey misstrauisch.

»Ich will Wissen.« Ich beugte mich vor und stützte die Ellbogen auf den Tisch, während mein Herz wie wild klopfte. »Ich will alles über Athene, die Götter und die Vergangenheit lernen, alles, was an Informationen über meinen Fluch zu finden ist. Ich weiß, dass es in der Presbytère eine geheime Bibliothek gibt, von der nicht einmal die Schüler Kenntnis haben. Zu dieser Bibliothek will ich auch Zugang haben.«

Offenbar hatte es allen die Sprache verschlagen, denn ich

hörte nur, wie einige der Ratsmitglieder ungläubig nach Luft schnappten.

»Du verlangst zu viel«, sagte Bran.

Nell Cromley ergriff das Wort und ich fragte mich unwillkürlich, ob die dunkelhaarige Hexe mit den leuchtend blauen Augen eine Verwandte Alice Cromleys war, deren Knochen ich eingeatmet hatte. »Es gibt gute Gründe dafür, dass wir unser Wissen verstecken. Nur wir neun und die Übersetzer dürfen die Bibliothek betreten. Selbst unsere Familien haben keinen Zugang. Es tut mir leid, mein Kind, aber du bist einfach zu jung und zu unerfahren, um zu begreifen, worum du uns bittest. Die Verantwortung, die ein solches Wissen mit sich bringt, würde viel zu schwer auf dir lasten.«

Wenn sie wüsste, was in meinem Leben schon so alles auf mir »gelastet« hatte. Die versteckte Andeutung, dass ich es nicht konnte oder verantwortungslos war, gefiel mir nicht. *Es gefiel mir überhaupt nicht.* Vor lauter Frustration verlor ich meine Gelassenheit. »Kann einer von Ihnen einen Gott töten?« Ich sah die Mitglieder des Rates an. »Ich meine, so richtig töten? Nur dadurch, dass man dasteht und einfach man selbst ist?« Mein Blick ging zurück zu Nell. »Eines Tages werde ich diese Macht haben. Vielleicht habe ich sie auch jetzt schon. Dafür brauche ich das Wissen der Bibliothek nicht. Sie haben alle gesehen, was ich auf dem Friedhof getan habe. Die Göttin hat Angst vor mir.«

Michels Lippen verzogen sich zu einem leichten Lächeln und seine grauen Augen begannen zu glänzen. »Ich bezweifle, dass Ari vorhat, unsere Geheimnisse und unsere Geschichte in die Welt hinauszuposaunen. Wenn wir ihr Zugang zu der Bibliothek und zu unserem Wissen gewähren, werden wir davon profitieren, falls das Ergebnis Athenes Niederlage ist. Mein Sohn kann ihr behilflich sein…«

»Oh, bravo, Michel!«, spottete Josephine. »Bastian kann schon genug.«

»Und was ist mit unseren Kindern?«, warf Soren ein. »Du erwartest doch wohl nicht, dass wir damit einverstanden sind, wenn *dein* Sohn Zugang zu diesem Wissen bekommt, unsere Kinder dagegen nicht?«

»Eines Tages wird er das Oberhaupt dieser Familie sein«, erwiderte Michel. »Irgendwann wird er es sowieso erfahren.«

»Oui«, gab Soren zurück. »Wenn er deinen Platz einnimmt. Dann und nur dann. So wie das auch für den Rest von uns gilt.«

Fast alle am Tisch nickten zustimmend. Michel lehnte sich zurück und zuckte mit den Schultern. Er hatte es immerhin versucht (und seinen Sohn schon vor Jahren in die Bibliothek geschmuggelt, um ihm die Steintafel mit der Geschichte der Nebelgeborenen zu zeigen, was die Novem offensichtlich nicht wussten). Jetzt war mir klar, von wem Sebastian sein Autoritätsproblem hatte.

»Ich würde es in Erwägung ziehen«, sagte Nikolai Deschanel nachdenklich, »wenn sie die Bibliothek allein betritt und nichts mit hinausnimmt. Keine Kunstgegenstände, keine Schriftrollen, keine Bücher. Keine Notizen, nichts dergleichen, bis auf das, was sie auswendig lernt.«

»Damit wäre ich einverstanden«, erwiderte ich wie aus der Pistole geschossen. Ich hatte zwar kein fotografisches Gedächtnis, doch wenn ich Informationen fand, die mir halfen, Athene und Violet aufzuspüren, würde ich sie wohl kaum wieder vergessen. Außerdem drängte die Zeit. »Also, was ist? Sie nehmen mich in die Schule auf, gewähren mir Zugang zu der Bibliothek und« – ich lächelte – »ich kümmere mich um das Problem mit der Göttin.«

Einige am Tisch schmunzelten.

»Warum tust du das?«, fragte ein anderes Oberhaupt der Novem, Simon Baptiste. »Du bist doch ein kluges Mädchen. Du könntest dich verstecken, du könntest untertauchen, sodass Athene dich nicht findet. Weshalb nimmst du das alles auf dich, warum stellst du dich ihr in den Weg und hilfst uns dabei, die Stadt zu schützen? Was willst du wirklich? Reichtum, Kontrolle, Macht ...«

Mein Herzschlag setzte für einen Moment aus, als ich den Vampir anstarrte. Ich wusste genau, warum ich es tat. Es war ganz einfach.

»Ich will *Rache.*«

Das Wort hallte durch den Raum, als besitze es eine eigene Macht.

Langsam lehnte ich mich zurück. Die Gänsehaut auf meinen Armen verschwand wieder.

Rache.

Ich würde nicht aufhören, bis ich meine Rache hatte. Ich würde nicht aufhören, bis Violet wohlbehalten in New 2 zurück war. Ich würde nicht aufhören, bis meine Ahnen in Frieden ruhten und mein Vater frei war. Ich würde nicht aufhören. Erst, wenn Athene tot war.

Während mir diese Gedanken durch den Kopf schossen, hörte ich, wie der Rat abstimmte. Hörte, wie jedes Mitglied das Wort »Ja« aussprach.

Und da wusste ich, dass ich meine Rache bekommen würde, so oder so, egal, wie lange es dauerte.

Danksagung

Ein dickes Dankeschön an die wunderbaren Mitarbeiter von Simon Pulse und meine brillante Lektorin, Emilia Rhodes. Es war eine spannende, aufregende Zeit und ich bin so froh, dass ich mit euch arbeite!

Dank gebührt auch der großartigen Miriam Kriss, die immer an dieses Buch geglaubt und mir geholfen hat, einen Traum wahr werden zu lassen. Sie hat das Geschäftliche übernommen, damit ich mich aufs Schreiben konzentrieren konnte. Danke dafür, dass mein Autorenleben so viel einfacher geworden ist. Es ist ein Vergnügen, so eine Agentin zu haben.

Danke an meine gute Freundin, Kollegin und CP Jenna Black, dafür, dass sie das Buch gelesen hat, und dafür, dass sie bei einigen Teilen eine Gänsehaut bekommen hat. Meine Antwort darauf: *Ja! Genau das war meine Absicht.*

Danke auch an Kameryn Long, die die erste Hälfte des Buchs in einem sehr frühen Stadium gelesen hat und mir eine SMS mit dem Text *Ich hasse dich!* geschickt hat, weil sie nicht wusste, wie es weiterget. Das war eine der besten SMS, die ich je bekommen habe. Danke, Kam, dass du immer an mich geglaubt hast.

Einen dicken Kuss an die Mädels von Destination Debut dafür, dass ihr mich angefeuert, getröstet und unterstützt habt. Ich weiß nicht, was ich ohne euch machen würde.